W0350338

SUSANNE KRISTEK

Die nächste Depperte

SUSANNE KRISTEK

Die nächste Depperte

Roman

Von einer, die auszog, um Autorin zu werden

GMEINER

Personen und Handlung sind frei erfunden.
Ähnlichkeiten mit lebenden oder toten Personen
sind rein zufällig und nicht beabsichtigt.

Immer informiert

Spannung pur – mit unserem Newsletter informieren wir Sie
regelmäßig über Wissenswertes aus unserer Bücherwelt.

Gefällt mir!

Facebook: @Gmeiner.Verlag
Instagram: @gmeinerverlag
Twitter: @GmeinerVerlag

Besuchen Sie uns im Internet:
www.gmeiner-verlag.de

© 2023 – Gmeiner-Verlag GmbH
Im Ehnried 5, 88605 Meßkirch
Telefon 07575/2095-0
info@gmeiner-verlag.de
Alle Rechte vorbehalten
1. Auflage 2023

Lektorat: Claudia Senghaas, Kirchardt
Umschlaggestaltung: U.O.R.G. Lutz Eberle, Stuttgart
Illustration und Coverdesign Agostina Suazo, www.agostinasuazo.com
Druck: GGP Media GmbH, Pößneck
Printed in Germany
ISBN 978-3-8392-0404-7

»Du wirst nicht allzu weit kommen, wenn du nicht
mutig genug bist, es zu versuchen.«

Dolly Parton

Für Martina, Lucie & Michael

Interview der Woche

VON A. MITTEREGGER

Susanne Schöffmann aus Hartberg: Sie möchte, wenn möglich, einmal Schriftstellerin werden.

Susanne Schöffmann – ein Name, den man möglicherweise einmal in Zusammenhang mit Schriftstellerei bringen wird. Die 15jährige Hartbergerin schreibt nämlich mit Vorliebe Gedichte und Geschichten. „Mit 12 Jahren habe ich bereits mein erstes eigenes Buch geschrieben. Es geht um das Leben eines Mädchens, das in einem Internat aufwächst."
Susanne hat das Buch aber nur für sich selbst geschrieben.
Hauptberuflich will die 15jährige – gemäß ihrer HAK-Schulausbildung – Sekretärin werden. „Nebenbei könnte ich auch mit Musik was dazuverdienen, denn ich spiele Klavier." Zur Zeit ist Susanne etwas nachdenklich. Grund dafür ist der Alkohol: „Mich bedrückt es, daß so viele Leute aus meinem Bekanntenkreis sinnlos zu trinken begonnen haben. Menschen, die ich mal wirklich gern gemocht habe, sind total anders geworden. Durch den Einfluß von schlechten Freunden und eben dem Alkohol. Die meisten sind jetzt zwei bis dreimal die Woche betrunken. Ich versuche zwar öfters, mit ihnen darüber zu reden, sie nachdenklich zu machen. Aber das hilft nicht viel."
Susanne möchte auch, daß sich die Leute mehr Gedanken machen, was die Politik betrifft. „Manche wählen einfach nur eine Partei, weil es eben die anderen auch tun. Man soll sich aber mit den einzelnen Politikern auseinandersetzen.

INTRO

Ich sitze vor meinem hellblauen 50er-Jahre-Retro-Küchentisch neben dem Bett und starre Ildikó von Kürthy und die weiße Wand an.

Ich habe den Tisch mal bei *Ebay* gekauft und mit der U-Bahn heimtransportiert. Wie die U-Bahn-Chefin höchstpersönlich, bin ich auf den Klappsesseln ganz am Ende des Waggons gesessen, der Tisch vor mir, als wäre das Ensemble nie anders gewesen. Die meisten Fahrgäste haben verstört geschaut beim Betreten des Waggons. Manche haben mir auch unaufgefordert ihren Fahrschein gezeigt. Ich habe gütig genickt. Und ich habe dabei lustige Selfies für meine Social Media-Kanäle gemacht. No fame without Social Media! Dabei habe ich noch nicht mal 1.500 Follower auf *Instagram* erreicht. Der Hamster von meinem Nachbarn hat vermutlich mehr Fans dort. Erbärmlich. Dabei kommen jeden Tag neue Follower dazu, und am nächsten Tag ist die Gesamtzahl doch kaum verändert. Auf mysteriöse Weise verschwinden Follower wohl über Nacht. Schade, dass das mit meinem Gewicht nicht auf die gleiche Art und Weise funktioniert.

Aber am Social Media-Reichweitenaufbau muss man halt auch leider hart arbeiten, das ist wie mit der gewünschten Autorenkarriere.

Also habe ich angestrengt und mit ausgestreckter Handyhand immer wieder »Bitte lächeln« gerufen, von meinem U-Bahn-Chefinnenposten aus. Mein Handy kann nämlich Selfies machen, wenn ich »Bitte lächeln« sage. Es hört mich halt nicht immer gleich. Im Gegensatz zu den anderen Passagieren, die auch noch in meinem U-Bahn-Waggon gefahren sind. Die haben alle sehr schnell von ihren Smartphones aufgeschaut, als ich zum wiederholten Male von meinem Küchentisch aus laut »Bitte lächeln« gerufen habe. Gelächelt hat allerdings niemand. Spielverderber. Nur eine Rollator-Oma, zwei Klappsitze weiter, die hat freundlich gelacht. Als es dann endlich geklappt hat mit dem Selbstauslöser, und sogar das Licht auch noch optimal eingefallen ist, hat der Zug auf einmal blöd gebremst. So blöd, dass ich gerade noch in letzter Sekunde den Tisch aufhalten konnte, bevor er zuerst den Rollator gerammt und dann die Omi in zwei Hälften geteilt hätte.

Dann hätte es wieder geheißen, dass immer die Selfies schuld an den Unfällen sind. Angeblich gibt es ja schon mehr Todesfälle durch Influencer, die an gefährlichen Stellen Fotos schießen, als durch andere Freizeitunfälle. Auch arg, oder? Am nächsten Tag wäre ich dann vermutlich in der Zeitung gestanden, als irre U-Bahn-Täterin!

In meiner Ausbildung auf der Werbeakademie habe ich zwar gelernt »every PR is good PR«, aber das wäre vielleicht doch zu weit gegangen. Außerdem hätte ich mir den ersten Artikel über mich in einer Zeitung auch anders vorgestellt.

Vorgestellt hätte ich mir nämlich, dass wahnsinnig viele Medien bei mir anfragen werden, nachdem jetzt endlich mein erstes Buch erschienen ist. Dass die Zeitungen und Magazine bestimmt auch so Homestories machen wollen. Ein Blick hinter die Kulissen der Newcomer-Autorin. Wie lebt sie? Wie wohnt sie? Wie schreibt sie?

Ich hätte mich dann schön hingesetzt auf meinen hellblauen Vintage-Schreibtisch und mich gut ausgeleuchtet fotografieren lassen. Wie ich Bücher schreibe oder Bücher signiere oder Fanpostbriefe beantworte oder vielleicht den einen oder anderen unverlangt eingesandten Teddybären glücklich in die Kamera halte. Oder wenigstens am Bleistift kaue und nachdenklich in die Ferne schaue (Headline am nächsten Tag »Nie ohne! Den Bleistift!«).

Wobei, nachdenklich in die Ferne schauen geht eh nicht wirklich. Weil mein Vintage-Arbeitsplatz ist zugleich mein Nachtkästchen also kann ich maximal nachdenklich das Bett anstarren. Oder Ildikó.

»Los sag, Ildikó. Wird mein Buch ein Erfolg?«

Ildikó lächelt mich freundlich an. Ich erkenne ein zustimmendes Nicken in ihren Augenwinkeln.

»Ildikó, werde ich so berühmt wie du? Oder so wie du, Thomas?«

Auch Thomas Glavinic daneben lächelt freundlich zurück. Er hängt unmittelbar neben Ildikó.

Ich habe das aus einem *YouTube*-Kurs. »In 10 Minuten zum ultimativen Erfolg!« war der vielversprechende Titel.

»Wo möchtest du hin?«, hat der Mann in dem Video gefragt. Er war sehr smart, so ein Anzug-Heinzi, der nach viel Reichtum und Erfolg ausgesehen hat. »Was möchtest du am Ende deines Lebens sagen können? Das habe ich erreicht!« Dabei hat er mich von seiner *YouTube*-Position heraus sehr eindringlich angeschaut. Um dann weiter auszuführen, dass man seine Ziele visualisieren soll. Man soll das bildhaft vor sich haben, was man sich wünscht.

Nach den »10-Minuten-zum-ultimativen-Erfolg« habe ich im Internet ein Foto von Ildikó von Kürthy und Thomas Glavinic gesucht, in Farbe ausgedruckt und beide mit einem *Tixo* auf die Wand unmittelbar vor meinem Arbeitsplatz (=Nachtkästchen) geklebt.

»Wer sind die jetzt?«, hat mich der Gatte erstaunt gefragt, als er abends ins Schlafzimmer gekommen ist.

»Das sind Ildikó und Thomas«, habe ich noch voller Erfolgsenergie geantwortet.

»Weil?«, fragt er und schlägt dabei die Bettdecke zur Seite.

»Weil ich so erfolgreich wie sie, und so talentiert wie er sein will! Und man soll seine Ziele visualisieren. Das hilft!«

»Bleiben die da jetzt für immer?«

Eine berechtigte Frage. Mein Blick schweift auf den Fake-Kronleuchter, der oberhalb vom Bett hängt. Manche der zierlichen Glaselemente sind immer noch mit der Transportfolie vom Einzug gut geschützt. Wir wohnen inklusive Leuchter seit 12 Jahren hier. Manches ergibt sich eben so und dann wird es zur Dauereinrichtung.

»Nein, die bleiben nur da, bis ich das Gefühl habe, dass ich sie nicht mehr brauche.«

»Aha, wie so Schutzpatronen?«, fragt er und mir entgeht nicht der ironische Unterton.

»Du wirst schon sehen!«, sage ich und schalte das Licht aus.

UNBEFLECKT SCHWANGER

Ein Buch zu veröffentlichen ist ein bisserl, wie ein Kind zu bekommen. In meinem Fall hatte ich sechs Monate lang Presswehen und war gefühlt 30 Jahre lang schwanger.

Jetzt halte ich endlich mein erstes Buch in der Hand und versuche, mich auf meine Atmung zu konzentrieren. Damit ich vor Freude nicht hyperventiliere oder umkippe. Ein – aus – ein – aus.

Da steht wirklich mein eigener Name auf dem Cover, es hat einen Titel und es hat einen echten Buchverlag. Es wird bald in allen Buchhandlungen aufliegen und von Medien und Buchbloggern besprochen werden. Ich werde Interviews geben und Lesungen veranstalten, und nach den Lesungen werde ich mit den Zuhörern plaudern und sehr gerne die Bücher signieren.

So stellt man sich das vor.

Nichts davon ist in dieser Form eingetreten.

Aber das kann ich ja zu dem Zeitpunkt noch nicht wissen, also streichle ich weiter meinem Buch zärtlich über den Rücken und freue mich, dass es da ist.

Nur die Liege zählt heißt mein Buch, und ich muss auch gleich immer dazusagen, dass der Titel vom Gatten stammt. Darauf ist er sehr stolz, weil er wirklich genial ist. Der Titel. Der Gatte auch. Ich will am liebsten erfolgreich Bücher schreiben und die Menschen unterhalten. Der Gatte will am liebsten auf Urlaub fahren. Beide glauben wir, dass wir nicht mehr so wahnsinnig viel Zeit dafür haben. Aber das ist eine andere Geschichte.

Auf Seite neun beginnt mein Buch. Auf den Seiten eins bis acht steht aber auch schon was. Nur halt ohne Seitennummer unten. Also schaue ich mir alles ganz genau an und zähle rückwärts bis nach vorne. Seite acht, das Bild von zwei Palmen. Seite sieben »Für Michael und Lucie«. Seite fünf und sechs Inhaltsverzeichnis. Seite vier leer. Seite drei noch mal der Titel *Nur die Liege zählt – Urlaub unter deutschen Palmen*. Susanne Kristek (ich!!!) und der Verlag. Seite zwei mein Autorenfoto. Ich in Schwarz-Weiß. Das war ein Selfie, das ich bei den Wiener Stadtbahnbögen gemacht habe, weiß ich noch ganz genau. Deswegen ist die Hand auf dem Bild auch etwas komisch weggestreckt. Ich trage meine schwarze Lieblingslederjacke, darunter ein weißes T-Shirt, wo groß ‚GAME OVER' draufsteht. Die Haare sind offen und leicht gewellt. Was so einfach aussieht, ist ein Horror in der Herstellung. Ich drehe sie mir nämlich mit dem Lockenstab ein, kann das aber nicht so gut, weil ich erstens immer wieder Brandverletzungen davon an den Händen oder den Ohren habe, und zweitens sehe ich nach der Eindrehung immer aus wie die gealterte Tochter von Harriet Ohlsen aus *Unsere kleine Farm*, Nellie. Weil Korkenzieherlocken in meiner Altersgruppe nur mehr mäßig süß eingestuft werden, gehe ich danach schlafen und zerdrücke die Pracht wieder, damit es sich etwas aushängt. Und am nächsten Tag sind die Haare dann annähernd so, wie ich sie gern hätte. Noch besser sind sie am zweiten Tag. Dann sind es, wenn ich Glück habe, tatsächlich Beachwaves wie frisch aus dem Meer und einfach nur durchgeschüttelt.

In echt gibt es halt nur kein »einfach nur« durchgeschüttelt, aber meinen Aufwand davor sieht ja zum Glück keiner.

So wie viele Autoren in Interviews sagen, sie hätten »einfach nur« ein Buch geschrieben, und das sei dann sofort ein Bestseller geworden. Ich glaube das niemandem! Alles Lügner. Ich halte die Wahrscheinlichkeit unbefleckt schwanger zu werden größer, als auf Anhieb einen Bestseller zu landen. Aber auch diese Erkenntnis sollte sich in Kürze ändern. Das konnte zu dem Zeitpunkt aber noch keiner ahnen. Und schon gar nicht, dass so ein »Einfach nur«-Bestseller-Autor plötzlich in meiner eigenen »Familie« auftauchen würde!

Ich habe das Beachwaves-Selfie vor einem bunten Graffiti gemacht. Graffiti Hintergründe machen jung. Deswegen ist das ein beliebter Fotohintergrund bei Künstlern. Man hofft, dass das Wilde, Verwegene, Kreative, Unangepasste auf einen selbst abstrahlt. Zumindest aber, dass die knalligen Farben und Linien die eigenen Linien im Gesicht ein bisserl in den Hintergrund treten lassen. Das habe ich schon durchschaut! Inszenierung ist ja auch mehr oder weniger mein eigentlicher Beruf. So wie es unter dem Foto steht: »Susanne Kristek ist seit 1993 in der Werbe- und Marketingbranche tätig. Sie schreibt auf ihrem Blog www.superklumpert.com lustige Alltagsgeschichten. Ist Co-Moderatorin des *Austro Podkastl* von *Sony Music*, einen Podcast über Musik aus Österreich. Sie ist Erfinderin und Initiatorin der ersten Lesebühne zum Mitsingen.« Das war die Seite zwei.

Die Seite eins ist leer. Weiß. Da kommen dann die Widmungen hin!

Aber auf Seite neun geht es los, mein Buch! *Mein deutsches Betriebssystem* heißt das erste Kapitel. Weil ich offiziell zwar Österreicherin, aber im Herzen sehr deutsch bin. Da steht zum Beispiel auf Seite neun, dass ich Butterbrezen liebe, die *Lindenstraße* und deutschen Schlager. Dass ich fast nur deutschsprachige AutorInnen mittleren Alters lese und dass ich sehr gerne selbst so eine gefeierte deutschsprachige Autorin wäre. Das Einzige, was ich bisher diesbezüglich erreicht habe, ist das mittlere Alter. Eines habe ich auf Seite neun noch vergessen zu erwähnen, ich bin ultimativer Thomas-Glavinic-Fan. Ich habe ein eigenes Bücherregal mit all seinen Werken. Das ist creepy, ich weiß. Aber ich liebe seine Art zu schreiben und die Vielfältigkeit und Unterschiedlichkeit seiner Bücher. Das ist ganz großes Kino und Talent. Und nichts auf der Welt würde ich mir mehr wünschen, als genau das auch zu können.

Neben meinem Thomas Glavinic-Huldigungsregal steht jetzt also mein eigenes Buch. Auf dass die Genialität seiner Bücher auf meines ausstrahlt. Wie gerne würde ich ihm ein Foto davon zukommen lassen. Aber das wäre peinliches Stalking und könnte falsche Erwartungen wecken.

In meinem Buch geht es um meine Abenteuer als bekennende Liegenreserviererin in einem deutschen All-Inclusive-Klub in Thailand. Zum ersten Mal hatte unsere kleine Familie so eine exotische Reise geplant. Ich habe alle bestens darauf vorbereitet. Ich habe Gatte und Kind noch in Wien mehrfach dazu genötigt, diverses asiatisches Essen auszuprobieren, optimalerweise mit den Fingern essend. Damit sollten wir für alles vor Ort gewappnet sein! Und mich selbst habe ich auch bestens vorbereitet: mit Airbrush Tanning.

Was wir allerdings nicht wussten, dass uns unser exotisches Abenteuer in einen *deutschen* Klub in Thailand geführt hat. Ich dachte, Thailand ist wild und scharf, rasante Fahrten mit alten Mopeds auf brüchigen Freilandstraßen. Ich dachte nicht, dass Thailand ein deutsches Brotbuffet beinhaltet und die Fahrten am Hotelgelände mit einem elektrisch betriebenen Golfwagen stattfinden.

Ich dachte auch nicht, dass ich dort unmittelbar neben dem deutschen Musiksuperstar Sasha am Klub-Quiz mit dem Animationsteam teilnehmen werde und später eine abenteuerliche Taxifahrt mit Sasha unternehmen werde.

So vieles war nicht abzusehen.

Und wenn viel passiert, habe ich immer die gleiche Reaktion auf alles: Ich bleibe mit gesenktem Kopf irgendwo stehen oder liegen und tippe wie irre in mein Handy. Die Geschichten, die passieren, müssen sofort in die Welt hinaus. Ich bin eine besessene *Facebook*-Posterin! Ja, ich gebe zu, auch diese Eigenschaft trägt jetzt nicht dazu bei, mich in einem möglichst intellektuellen Licht darzustellen. Ich werde damit nicht den Literaturnobelpreis gewinnen, und es wird niemand in einer Laudation auf mich dann sagen: Eine ihrer herausragendsten Eigenschaften war es, dass sie ganz viele *Facebook*-Postings gemacht hat. Genauso wenig, wie sie lobend erwähnen werden, dass ich begeisterte Landungsklatscherin bin. Auch wenn ich das immer erhobenen Hauptes tue und finde, man kann seinen Mitmenschen nicht genug Wertschätzung zuteilwerden lassen. Auf welchem Weg auch immer.

Die Sache mit den *Facebook*-Geschichten hat angefangen, als das *Facebook* angefangen hat. Eigentlich rein aus der Tatsache heraus, dass ich mir nie gemerkt habe, wem ich welche Geschichten bereits erzählt habe. Jetzt kam es immer wieder vor, dass ich begeistert einer Freundin ein wahnwitziges Abenteuer geschildert habe und die erwarteten Reaktionen nur aus einem Grund ausgeblieben sind: Ich hatte ihr die Story davor schon mindestens zweimal erzählt.

Und ich liebe es, Geschichten zu erzählen oder Menschen zum Lachen zu bringen. Oder von mir aus auch zum Weinen. Emotionen halt.

Facebook hat mein Problem, dass ich nicht mehr wusste, wem ich was schon erzählt habe, mit einem Schlag gelöst. Ich habe es einfach öffentlich der ganzen Welt erzählt. Und somit alle inkludiert. Die Leute treffen mich auf der Straße, und keiner fragt mich, was es Neues gibt. Weil zumindest alle, die mir folgen, informiert sind.

Natürlich hat das am Anfang auch verstört. Warum ich das tue, wurde ich oft gefragt. Was das bringen würde, wurde ich auch oft gefragt.

Ich habe dann lange nachgedacht und keine richtige Antwort gefunden. Weil ich mir nicht merke, wem ich was erzählt habe, und es daher allen auf der Welt erzähle, ist keine plausible Antwort.

Die Wahrheit ist, weil ich nicht anders kann. Ich muss das tun. So wie andere Stimmen hören, höre ich Geschichten in meinem Kopf. Also wenn etwas Schräges oder Lustiges oder Banales passiert, produziert mein Kopf gleichzeitig schon eine Formulierung und Geschichte dazu. Das ist wie diese akustische Bildbeschreibung, die man beim Fernseher dazu einstellen kann. Meine Freundin hat das mal über Monate hinweg nicht gecheckt, dass sie das unabsichtlich eingestellt hatte bei ihrem Fernseher. Sie dachte, das ist eine beabsichtigte Regie-Anweisung, dass eine Stimme aus dem Off jede Situation beschreibt und kommentiert. (»Wir sehen jetzt, wie sich der Mörder dem Opfer mit einem spitzen Messer nähert.«)

So ähnlich funktioniert das mit meinem Gehirn. Dass da Sätze aufblitzen und Situationen komisch beschreiben müssen. Egal, wo ich mich gerade befinde. Im Supermarkt vor der Feinkost, bei der Rolltreppenfahrt zur U-Bahn, im Auto. Ich muss das in der Sekunde aufschreiben oder wenigstens eine Notiz dazu erstellen.

Ich lasse dann die anderen an der Feinkost vor, stehe doof im Weg bei der U-Bahn herum oder parke mich mit dem Auto in die nächste Einfahrt, nur um schnell diesen Text zu schreiben. Das muss eine seltene Art von Störung sein.

Vielleicht ist es aber auch nur ein Anerkennungs- oder Aufmerksamkeits-Dingens. Ich bin auf dem Land aufgewachsen und hatte viel Zeit, mit mir alleine und mit Bäumen oder Weizenfeldern. Ich habe als Kind schon Selbstgespräche geführt mit erfundenen Spielgefährten. Ich kann mich auch noch ganz genau an eine meiner ersten Ängste erinnern. Als ich in der Volksschule lesen und schreiben gelernt habe und überall die Buchstaben in der Klasse aufgehängt waren, habe ich voller Panik meine Lehrerin gefragt: »Können einem die Wörter auch ausgehen?«

Ich dachte, man hat nur eine begrenzte Anzahl an Wörtern für seine ganze Lebenszeit zur Verfügung. Und dass man die sparsam einsetzen muss, damit sie einem nicht ausgehen. Da haben sie mich lang nicht vom Gegenteil überzeugen können.

Am schönsten ist der Moment, wenn ich eine Geschichte auf *Facebook* geteilt habe, wo die Kommentare der Leser kommen. Die Zuschauerreaktionen. Wenn sie schreiben, dass sie laut gelacht haben, wenn ich weiß, dass ich die kurz zum Schmunzeln bringen konnte und kurz mithelfen durfte, dass sie einen kleinen lustigen Moment haben. Das ist wohl wie die Sucht des Bühnenkünstlers nach dem Applaus. Eine moderne Modifikation davon.

Blöderweise aber ist es die brotloseste Variante der Bühnenkunst. Denn leben kann man davon nicht.

Mein größter Traum aber ist es, mit meinen Geschichten die Menschen zu unterhalten, Bücher zu schreiben und davon auch leben zu können. Und jetzt ist es da.

Mein erstes Buch. Es geht los!

HERBST 1989

Herbst 1989.

Die Welt war damit beschäftigt, den Mauerfall in Berlin zu beobachten.

Bei uns in der östlichsten Oststeiermark war man damit beschäftigt zu beobachten, ob die Flüchtlinge jetzt auch zu uns kommen. Im Fernsehen hat man Bilder gesehen, wie zahlreiche Bürger aus der DDR die Zäune zwischen Ungarn und dem Burgenland niederrennen.

Ich war 15 Jahre alt und damit beschäftigt, das zu tun, was 15-Jährige eben so tun. Schule schwänzen zum Beispiel.

Normalerweise bin ich dazu mit dem Postbus ins benachbarte Burgenland gefahren, um unerkannt durch die Gassen zu streifen oder in Kaffeehäusern so zu tun, als wäre ich schon erwachsen.

An dem Tag bin ich aber in die andere Richtung. Wegen der Deutschen. Dachte, die sitzen jetzt schon in den burgenländischen Kaffeehäusern.

Also habe ich an jenem Tag das Haus früh am Morgen mit meiner Schultasche verlassen und bin mit dem Postbus 60 Kilometer weit in die andere Richtung gefahren, nach Graz. Landeshauptstadt. Dort war das Risiko weniger geringer als im Heimatort, von bekannten Gesichtern beim Schuleschwänzen erwischt zu werden, das Shoppingangebot war größer, und vor allem war das kulinarische Angebot für 15-Jährige ungemein vielfältiger.

Konkret war das der erste und einzige mir bekannte *McDonald's* weit und breit. Dort bin ich dann den ganzen Vormittag im ersten Stock, mit Blick auf den Jakominiplatz, gesessen und habe mich entspannt meinem Fisch Mac gewidmet. Ich war auf Diät, und die Zeitschrift *Bravo* hat geraten, häufiger zu Fisch zu greifen.

Wie ich da also sitze, in selbst abgeschnittener Stonewashed-Jeansjacke und den blond gemeschten Dauerwellen und mir die Fisch Mac-Mayonnaise auf die weiße Burger-Styroporverpackung tropft, spricht mich eine Frau an.

Sie sei von einer Zeitung und würde gern ein Interview mit mir machen.

Ich habe mich dreimal umgeschaut, ob sie tatsächlich mich meinen kann, aber sonst war niemand außer mir im Lokal. Es war ja auch erst Vormittag.

Dann hatte ich kurz die Idee, dass sie mich vielleicht für eine erste DDR-Vorhut hält. Eine, die es ganz früh über die Grenze geschafft hat und deren erstes Ziel der *McDonald's* in Graz war.

Kurz habe ich mein Outfit mit dem der Ost-Flüchtlinge aus dem Fernsehen verglichen. Bis auf die Oberlippenbärte waren wir jetzt auch nicht so weit voneinander entfernt. Eiserner Vorhang hin oder her.

Und ich war ja oft mit meinen Großeltern in Ungarn einkaufen. Mit den alten Sachen hin und mit neuen Sachen, Haaren, Zähnen und viel Käse retour. So war das damals.

Aber die Zeitungsfrau hat tatsächlich mich gemeint. Also wirklich meine eigene Person! Mich!

Was ich gern so machen würde? Was so meine Pläne und Ziele im Leben seien? Ich solle einfach ein bisschen aus meinem Leben plaudern.

Und wenn ich was wirklich gern mache, ist es, ein bisschen aus meinem Leben zu plaudern. Immer schon. Noch dazu, wenn man im Sternzeichen Löwe (Mittelpunkt Mensch) und gerade in einer pubertären Selbstfindungsphase ist, dann ist man sehr gerne bereit, aus seinem Leben zu plaudern.

Das war eine klassische Win-win-Situation für alle Beteiligten.

Die Redakteurin der Tageszeitung hatte ihr »Interview der Woche« bekommen. Und ich hatte eine Bühne ausgerollt bekommen, die man nicht ungenützt verstreichen lassen darf.

Natürlich habe ich mich schon ein bissl gewundert, warum die eine völlig Unbekannte interviewen will.

30 Jahre später habe ich erst in einem der unzähligen Schreibkurse gelernt, dass man »bigger than live« sein muss. Und bigger than live war ich definitiv in diesem Interview.

Aus einer Deutsch-Schularbeit mit einem »sehr gut« im Ausdruck wurde in meiner Interview-Version: »Mit zwölf Jahren habe ich bereits mein erstes eigenes Buch geschrieben.«

Aus dem altersüblichen Klavierunterricht und ein paar Vorspielstunden (»Für Elise«) wurde: »Nebenbei könnte ich auch mit Musik was dazuverdienen, denn ich spiele Klavier.«

Aus ersten Selbstversuchen mit Alkopops und Malibu Orange wurde: »Mich bedrückt es, dass so viele Leute aus meinem Bekanntenkreis sinnlos zu trinken begonnen haben.« (Jo eh, ich selbst! Aber sicher nicht sinnlos, denn der Sinn hatte einen Namen: Freitagnacht! Party Time!)

Und dann noch eine abschließende Anbiederung an die wahlberechtigte Bevölkerung, von der ich damals Jahre entfernt war.

Egal. Bigger than live eben.

Die Journalistin war happy und hat Bleistift und Notizblock wieder in ihre Tasche gepackt und später unter mein Foto geschrieben: »Sie möchte, wenn möglich, einmal Schriftstellerin werden.«

Als die Zeitung erschienen ist, waren natürlich alle aus dem Häuschen.

Die Familie war zwar stolz, aber auch massiv besorgt wegen »des sinnlos saufenden Bekanntenkreises«.

Der Bekanntenkreis war auch etwas verstört über meine angebliche Sorge.

Und ich glaube, am meisten verwundert war die Klavierlehrerin. Wegen des Plans mit dem Dazuverdienen.

ERSCHEINUNGSTAG

Ich sitze im Auto, gleich hinter dem Eingang von der Justizanstalt Wien-Josefstadt, und trau mich gar nicht hinzuschauen.

Das Packerl liegt noch neben mir auf dem Beifahrersitz. In braunes Papier gewickelt.

Ich bin so nervös. Der Parksheriff geht schon zum zweiten Mal vorbei und wundert sich, warum ich immer noch tatenlos im Auto sitze. Ab und zu geht das Tor von der Justizanstalt auf, und ein Polizeibus fährt heraus oder es geht jemand hinein. Häftlinge, Mitarbeiter, Angestellte. Mit oder ohne Drogen. Was weiß man. Rein kommt das Zeug auf jeden Fall.

Das hat aber jetzt nix mit mir zu tun, weil ich wegen was anderem hier sitze und Angst habe.

Auf dem Beifahrersitz liegt mein erstes eigenes Buch. Von einem richtigen Verlag gedruckt und noch verpackt in braunes Packpapier. Ich kann es nicht aufmachen. Ich habe eine Öffnungsblockade.

Ich erwarte alles und von dem das Schlimmste. Darauf hätte man mich auch vorbereiten können. Man liest immer nur von den Autoren, die Schreibblockaden haben. Die stundenlang vor einem weißen Blatt sitzen. Aber noch nie hätte ich irgendwo von der Angst gelesen, das erste eigene Buch anzuschauen. Ich habe sie.

Angst, dass vielleicht das Cover falsch gedruckt wurde. (Verkehrt herum? Falsches Bild?)

Angst, dass die Namen falsch geschrieben sind.

Angst, dass ich sofort einen Rechtschreibfehler finde. (Ich habe eine Rechtschreibschwäche. Also nicht ganz unbegründet …)

Angst, dass ich den Inhalt doch nicht mehr gut finde.

Angst, dass der Inhalt sogar richtig peinlich ist.

Die Angst ist rational völlig unbegründet, ich habe einen super Verlag, der hat das alles gecheckt, aber ein Kontrollfreak bleibt ein Kontrollfreak, und Angst bleibt Angst.

Ich bin doch sonst nicht so uncool! Man kann doch auch mal vertrauen, dass etwas gut wird, oder?

Aber das »Vertrauen, dass etwas von allein gut wird«, das habe ich mir wohl bei meinem ersten Tattoo verschissen.

Eine möglichst bunte und kitschige Madonna mit Kind war mein Wunsch an die Tätowiererin. Es war mein erstes Tattoo, und ich habe mir zwar die Schwarz-Weiß-Vorlage vorher zeigen lassen, nicht aber die endgültige Version in Farbe. FEHLER!

Ein paar schmerzvolle Stunden später hatte ich einen Farbfleck am oberen Rücken, vorwiegend in dunklen Farben. Die Madonna ist noch gut geraten, das Kind hat ein Problem mit seinem Arm, müsste ich jetzt politisch korrekt sagen. Es ist ein kleines verkümmertes Ärmchen an völlig falscher Stelle, und die Zahl der Finger … nun ja. Egal.

Es war auf jeden Fall nicht so, wie ich mir das in meinen Träumen vorgestellt habe. Aber wer sich mit über 40 (!) ein Tattoo in bunten Träumen vorstellt, der hat vielleicht eh ein eigenes Problem …

Im Schwimmbad hat mal ein kleines Kind mit dem Finger auf mich gezeigt und laut zu seiner Mutter gesagt: »Schau mal, Mama, die Frau hat aber eine schiache Zielscheibe am Buckel!«

Ich habe darauf reagiert wie ein erwachsener Mensch. Ich bin einfach ins Becken gesprungen und lange untergetaucht in der Hoffnung, dass der Fratz nicht mehr da ist, wenn ich auftauche.

Kurz habe ich auch in Erwägung gezogen, dem Kind zu sagen: »Schau dir mal die Zielscheibe genauer an! Besonders das Ärmchen von dem kleinen Kind! Einmal noch und du …«

Geht natürlich nicht, so was. Wo kommen wir da hin! Also lieber untertauchen und warten, bis die Luft rein ist.

Außerdem, kein Vorteil ohne Nachteil. Die großflächige Tätowierung lenkt wenigstens den Fokus, wenn mich wer anschaut, von der Orangenhaut am Arsch weg etwas nach oben.

Jetzt sitze ich also hier mit meiner Zielscheibe am Rücken beim Hintereingang vom Gefängnis und starre auf das braune Paket neben mir. Mein Verlag ist gleich in der Nähe, und ich konnte nicht warten, bis mir das Buch nach Hause geschickt wird. Unmöglich! Hätte ich gewusst, in welcher Druckerei sie es drucken, wäre ich schon dort auf der Lauer gelegen. Ich hätte am Tor gerüttelt und um Einlass gefleht, um beim Andruck bereits an der Druckmaschine zu stehen. Ich weiß, wie so was geht, ich habe das früher in meinem alten Job mal in der Werbung gemacht. Ich war in verschiedenen Druckereien und habe mitten in der Nacht gewartet, bis eine rote (fahnenrot!) *Media Markt*-Werbung aus dem Drucker rollte. Ich musste kontrollieren, ob das Rot den richtigen Farbton hat und auch sonst alles passt. Begleitet wurde ich immer von dem Chef der Druckerei und zwei Mitarbeitern in blauen Latzhosen und mit schmutzigen Händen, und neben den Druckmaschinen gab es Industriespinde mit zahlreichen Postern von nackten Frauen auf Motorrädern.

Was einem da alles für ein Vergangenheitsblödsinn einfällt, wenn man aufgeregt ist.

Ist das normal, dass man so hysterisch ist? Das ist ja eigentlich absurd. Es ist doch nur ein Buch. Und nicht die Rettung der Welt. Aber wenn du jahrelang von so einem Moment träumst, dann fühlt es sich fast so an.

Der Beamte beim Hintereingang schaut jetzt auch schon ganz komisch in meine Richtung. Bevor die mit den Drogenspürhunden kommen, öffne ich lieber vorsichtig mein Paket. Zumindest ein kleines Stück und fühle vor. Ich spüre die Schutzfolie, die das Buch umspannt, und sehe ein kleines Eck vom Cover. Pink! Wunderschönes Pink.

Bin ich bereit für das Ganze?

Bereiter kann man eigentlich gar nicht sein. Ich habe den ganzen Sommer gefühlt nichts anderes getan, als mich bereitzumachen.

Ich habe Werbeanzeigen für *Facebook*, *Instagram* und meinen Blog gebastelt. Im Hochformat, im Querformat und für die Storys.

Ich habe eine *Excel*-Liste erstellt (ich liebe *Excel*-Listen!). Name der Liste: »Presse Kontakte«. In der Liste habe ich monatelang Namen und Adressen von allen Medien in Österreich und den zuständigen Redaktionen zusammengetragen.

Ich habe eine weitere *Excel*-Liste erstellt: »Buchhandlungen«. Dort habe ich monatelang wichtige Buchhandlungen in Österreich recherchiert und aufgeschrieben. Denen möchte ich Leseexemplare schicken und vielleicht mich selbst anbieten, eine Lesung zu halten. Wobei Lesungen aktuell nicht möglich, wegen des Virus, also habe ich einen Plan B entwickelt. Aber dazu später.

Und noch eine *Excel*-Liste mit Freunden, denen ich ein signiertes Exemplar schicken möchte.

Ich habe einen Pressetext geschrieben, den ich an meine Presse-Kontakte-Liste schicken möchte. Damit das auch auffällt und nicht untergeht in den Tausenden Zusendungen, die Redaktionen täglich bekommen, habe ich auch noch ein Handtuch drucken lassen. Ein Badetuch, das genauso aussieht wie mein Buchcover.

Nur die Liege zählt

Das steht groß am Badetuch. Ich habe auf meiner Blog-Website sogar einen eigenen Online Shop eingerichtet, wo ich das Handtuch auf Anfrage verschicken kann.

Der Gatte wird der Erste sein, dem ich das Buch samt Badetuch feierlich überreiche. Immerhin hat er diesen wirklich genialen Titel erfunden. Er hat das einfach so vor sich hingesagt im Urlaub, als er mich beobachtet hat, wie ich um 7 Uhr in der Früh aus dem Hotelzimmer geschlichen bin.

Ich habe sofort gewusst, das wird der Buchtitel! Wenn ich jemals ein Buch schreibe, das muss der Titel werden. Aber nicht mit fremden Federn schmücken, also sage ich immer dazu: Titel vom Gatten – Inhalt von mir.

Mein Buch hat auch einen Subtitel: *Urlaub unter deutschen Palmen*

Deswegen habe ich mir passend dazu eine aufblasbare Plastikpalme gekauft. Am Strand in Lignano. Die wollte ich mitnehmen zu den Lesungen.

Man muss als Autor unverwechselbar sein! Es braucht ein Markenzeichen. Sonst bist du austauschbar. Auch ein Autor ist ein Produkt. Wie Zahnpasta oder Waschmittel. Das habe ich alles auf der Werbeakademie gelernt, die ich nach der Matura gemacht habe, um einem langweiligen Job in der Kreditorenbuchhaltung zu entfliehen. Das kommt mir jetzt alles zugute. Von der Kreditorenbuchhaltung ist mir der Hang zu *Excel*-Listen geblieben. Von der Werbung die Liebe zur Markeninszenierung.

Ich habe die Anna, eine liebe Freundin, gebeten, ein *Promo-Video* für mich zu machen.

An der Stelle muss ich mich besonders konzentrieren beim Schreiben, weil ich mit meiner blöden Rechtschreibstörung oft Buchstaben verwechsle und dann manchmal *Porno-Video* statt *Promo-Video* schreibe. Augen auf im Kleingedruckten!

Auf jeden Fall, die Anna macht die allergeilsten *Promo-Videos*. Ich bin dazu im Kleingarten auf einen Sessel gestiegen und habe mein Handtuch Tausende Male auf- und abgerollt, ich habe mich im Bademantel auf die aufblasbare Palme gelegt, um die Luft im Video rauszudrücken, wir sind zu einer Eisenbahnbrücke gefahren, und ich bin dort auf und ab spaziert. Die Anna ist im Gras gelegen mit ihrer Kamera, und ich bin über sie drübergestiegen. Ich habe mich für das Video vor eine Buchhandlung gesetzt und so getan, als würde ich auf Kunden warten. Die Anna hat es extrem cool geschnitten und vertont. Es ist genial geworden!

Ich habe alle meine Freunde auf *Facebook* und auf *Social Media* bombardiert mit Infos über das kommende Buch, und ich habe meinen Neffen mitten in der Nacht gebeten, zur Sicherheit alles noch mal Korrektur zu lesen, weil ich von schweren Rechtschreibfehlern und Wortverdrehern geträumt habe.

Ich habe mir einen Routenplan in *Google Maps* ausgedruckt, wem ich allen mein Paket, bestehend aus Buch und Badetuch, heute persönlich vorbeibringen werde, und war sogar Auto waschen dafür!

Ich war außerdem in den letzten sieben Tagen beim Friseur, im Nagelstudio und botoxen. (Ja, ich habe mir vorgenommen, immer ehrlich zu meinen Lesern zu sein!)

Ich habe mir in der Früh die Haare mit dem Lockenstab eingedreht, mir dabei das Ohr fast abgebrannt und seit einem Monat nix mehr mit Zucker gegessen, aus Angst, ein Zucker-Pickel könnte mich interviewuntauglich entstellen. Und ebenfalls seit einem Monat: keine Kohlehydrate mehr nach 17 Uhr.

Noch mehr bereit war ich nicht mal bei meiner eigenen Hochzeit.

Und das alles dafür, dass ich jetzt hier im Auto hinter dem Knast sitze und auf ein braunes Paket neben mir starre.

Na gut. Es ist so weit. Ich reiße das Papier herunter. Augen zu. Folie blind abziehen.

Und dann Augen auf. Nein, vorher bissi blinzeln, und jetzt Augen auf.

Da ist es. Da steht es.

Nur die Liege zählt – Urlaub unter deutschen Palmen
Susanne Kristek.

Das bin doch ich.

DAS BIN DOCH ICH

Ich bin gerade in einer großen österreichischen Buchhandlungskette und kaufe mir das Buch *Das bin doch ich*. Mein Lieblingsbuch von Thomas Glavinic. Ich mag alle, aber das am meisten. Wohl weil höchstes Identifikationspotenzial.

Es geht um einen Mann, der will, was alle wollen: Erfolg. Er will einen Verlag, einen Buchpreis und Geld. Während er auf das alles wartet, wohnen wir in dem Buch seinem Alltag bei und bekommen auch sehr tragikomische Einblicke in den Literaturbetrieb. Und dann gibt es da auch noch den sehr netten Kollegen von diesem Mann, der selbst einen Roman geschrieben hat und dessen Verkaufszahlen gerade durch die Decke gehen. Aber so was von.

Meine Lieblingsstelle im Buch ist, wo die Mutter beim Mann anruft und fragt, warum er denn nicht mal so was schreibt wie der nette Kollege.

Ich liebe das Buch natürlich wegen allem. Wegen der Liebe und fast Besessenheit zu Büchern, zum Lesen, zum Schreiben. Wegen der Einblicke in dieses spezielle »Showgeschäft«. Und vor allem wegen des saukomischen Stils. Wie er das schreibt.

Eigentlich bin ich ja auf der Suche nach mir selbst. Also diesmal nicht metaphorisch, sondern in echt. Ich suche mein eigenes Buch. Natürlich ist das peinlich!!!! Das ist wie Liegen reservieren. Ob auch hier die Dunkelziffer der Autoren, die das tun, höher ist, als man glaubt?

Ich habe mir das so vorgestellt, wenn ich erst mal ein eigenes Buch geschrieben und sogar veröffentlicht habe, dass ich dann als logische Konsequenz in allen Buchhandlungen verfügbar bin. Irgendwie stellt sich das wohl jeder Autor so vor. Dass auch das Gegenteil durchaus eine Option sein kann, darauf haben mich meine zahlreichen Schreibkurse nicht vorbereitet. Natürlich hätte ich mein eigenes Hirn einschalten können. Es erscheinen über 69.000 Titel pro Jahr allein im deutschsprachigen Raum. Wie soll das in einer Buchhandlung Platz haben. Eben!

Also suche ich wie so ein Trüffelschwein das Geschäft ab. Nichts bei den Tischen beim Eingang. Nichts bei der Kassa. Und natürlich nichts im Bestseller-Regal. Dann fällt mir auf, es gibt ja den Bereich mit den österreichischen Autoren. Da werde ich sein!

Nichts. Oder weiter hinten, vielleicht schon bei den Abverkaufsschütten? Nichts. Vielleicht thematisch im Bereich Urlaub. Nichts.

Vielleicht Reiseführer! Ja! Das wird es sein. Also fahre ich in den dritten Stock und suche bei den thailändischen Reiseführern. Nichts. Wenigstens bei den deutschen Reiseführern? Es heißt ja auch *Urlaub unter deutschen Palmen*, vielleicht hat da wer beim Einsortieren nicht genau geschaut. Nichts.

Und dann kommt der traurigste Moment. Wo ich mich mit Schal, Haube und Maske großräumig verhülle. Da bin ich dann auch gar nicht so undankbar für die noch immer oder schon wieder oder so sagen wir unendlich vorherrschende Maskenpflicht. Ich ziehe mir die Maske weit nach oben und schiebe sie unter die Brille. Dann ziehe ich die Mütze noch tiefer ins Gesicht und den Schal eine Spur höher. Viel ist nicht mehr von mir zu sehen.

»Entschuldigung, ich suche ein Buch.« Das ist ungefähr die blödeste Satzeröffnung, wenn man sich im Buchgeschäft einem Mitarbeiter nähert. Na wos werde ich sonst suchen? Kaltwachsenthaarungsstreifen?!

»Welches Buch?« Die Mitarbeiterin sitzt aufnahmebereit hinter ihrem PC. Ich schiebe den Schal noch weiter nach oben. Was eh lächerlich ist, woran soll sie mich erkennen, an den Wangenknochen?

Aber selbst wenn sie mich sieht, WOHER sollte sie mich kennen? Eben!

»Es heißt *Nur die Liege zählt.*«

»Nur die Liebe zählt?«

»Nein, nur die Liege zählt!« Die Buchhändlerin lächelt ein bisschen wegen des Titels.

Da würde ich am liebsten schon laut aufschreien: »Gell, der ist super, ist vom Gatten!«

»Lustiger Titel«, sagt sie. Und ich beiße mir hinter meiner Maske auf die Lippen. Nix sagen!

»Von wem ist das Buch?«

Bitte keine Gegenfragen stellen!!!! Ich blicke mich um, einmal links und einmal rechts und schaue in Richtung Eingang. Die Luft ist rein. Denn stell dir vor, da würde grad wer reinkommen, der mich kennt und hört, wie ich nach mir selbst frage!

»Suane Krisek«, flüstere ich hinter meiner Maske, als würde es sich um einen streng geheimen Code handeln. Dabei verschlucke ich die Hälfte der Buchstaben.

»Wie bitte?«

Noch mal schauen. Dann: »Susanne Kristek.« Inzwischen schwitze ich schon, wegen des Schals und der Haube und dem Rest.

»Oh ja, ich habe es gefunden!« Sie schaut starr weiter in ihren Computer. Ich komme mir vor wie bei der Befundbesprechung. Apropos Befund. Ich sollte wieder mal zum Arzt, ich haare! Leider an den falschen Stellen. Unkontrollierter Haarverlust seit Wochen. Aber gerade ist das nicht mein größtes Problem.

»Wir haben das leider nicht lagernd, aber können es sehr gerne bestellen.«

»Nein, danke«, sage ich leise. Jetzt überschlägt sich auch noch meine Stimme vor Aufregung. Ich klinge wie Andi Herzog, der Fußballtrainer, der seit Jahren darauf wartet, dass er auch mal in Österreich drankommt.

»Bestellen brauchen wir es nicht extra, aber danke.« So weit kommt es noch, dass ich mein eigenes Buch bestelle.

Irgendwie habe ich mir das alles anders vorgestellt. Zum Glück gibt es Ratgeber-Literatur und Lebenshilfe-Abteilungen. Da können sich depressive Autoren Hilfe suchen. Ich blättere durch das Buch mit dem Titel *Das Kind in dir muss Heimat finden*. Ich würde gerne laut antworten: »NEIN!!!!! DAS BUCH VON MIR MUSS EINEN REGALPLATZ FINDEN.«

Zum Trost kaufe ich mir ein weiteres Exemplar von *Das bin doch ich*. Es gibt offenbar eine neue Auflage mit neuem Cover. Vielleicht ist dem das auch so gegangen, dass er sich am Anfang selbst gesucht und nicht gefunden hat? Vielleicht müssen das alle mal durchmachen. Ich blättere durch das Buch und schaue, ob auch sonst was neu ist und nicht nur das Cover. Vielleicht gibt es einen neuen Bonustrack oder so was.

Ich blättere zufällig an die Stelle, wo ihn sein Kollege gerade informiert, dass dieser einen Megabestseller gelandet hat. Oh Mann, oh Mann, das muss spannend sein. Da muss man schon richtig gut befreundet sein, denke ich mir, um da mitfeiern zu können.

Dass es gar nicht mehr so lange dauern wird, bis ich das am eigenen Leib erfahre, das kann ich ja zu dem Zeitpunkt noch nicht wissen …

Ich kaufe das Buch als Akt der Unterstützung, und als ich fluchtartig den Tatort verlassen will, laufe ich direkt auf ein brandneues Thomas Brezina-Buch auf: *Erfolg ist, wenn du's trotzdem schaffst. Wie dich nichts und niemand stoppen kann.*

Das ist ein Zeichen! Vielleicht brauche ich nur eine neue Strategie …

LITERATURAKADEMIE

Es ist ja nicht so, dass ich nicht schon alles versucht hätte.

Ich will das ja wirklich mit dem Schreiben. Deswegen habe ich bisher nur wenige Gelegenheiten ausgelassen, um mich fortzubilden.

Einmal habe ich im Hinterzimmer bei der Kettenbrückengasse in Wien einen Drehbuchworkshop belegt. Die Kettenbrückengasse ist bekannt für seine U-Bahnstation oder besser gesagt das Publikum dort. Draußen vor der Tür wurde schwungvoll mit diversen Substanzen gehandelt. Das echte Leben quasi. Drinnen hinter der Tür waren wir und haben gelernt bekommen, wie man Drehbücher schreibt, damit wir das echte Leben nacherfinden können. Vielleicht hätten wir uns einfach rausstellen sollen. Egal.

Wir waren eine kleine, feine, aber verzweifelte Gruppe. Ich habe mich gleich mit einer Ex-Postlerin angefreundet, die das AMS falsch geschickt hat, und einem beschäftigungslosen Regisseur beim Flirten mit einer angehenden Jungschauspielerin zugeschaut. Drehbuch schreiben konnte keiner von uns. Am ehesten noch die Postlerin. Am wenigsten ich. Wegen der Dialoge. Und dem Szenischen. Und überhaupt. Dabei habe ich wirklich gute Figuren entworfen, besser gesagt, ich habe eigentlich nur exakt und maßstabgetreu die Gattenfamilie mit allen Mitgliedern beschrieben.

Man dürfe auch nicht zu sehr übertreiben und müsse schon realistische Personen darstellen, hat es dann in meiner Beurteilung geheißen. Ich habe geschworen, dass alles echt war, und den Kursleiter, den Regisseur und die Jungschauspielerin zu Familientreffen in den Gemeindebau eingeladen, um den Wahrheitsgehalt meiner Schilderungen zu überprüfen.

Nur die Postlerin hat wissend genickt. Der war klar, dass es so was wirklich gibt.

Im Jahr darauf habe ich eine andere Art von Schreibkurs ausprobiert! Heilfasten-Schreibkurs im Kloster! Meine Hoffnung war: Wenn nix zu essen in mich reinkommt, kommt vielleicht was Kreatives aus mir heraus.

Nach drei Tagen ohne feste Nahrung war ich so krass hungrig, dass ich den Großteil der Zeit im angrenzenden Wald verbracht habe, um illegal nach essbaren Kräutern und Gräsern zu suchen. Hauptsache Essen!!! Schreiben konnte ich deswegen nichts. Wegen des Waldes.

Am vierten Tag hatten wir eine spannende Aufgabe. Wir sollten spontan alles aufschreiben, »was gerade so kommt«. Also ohne den Stift abzusetzen, soll man aufschreiben, was einem einfällt. Nach kürzester Zeit hatte ich eine ganze Seite vollgeschrieben:

»Schweinsbraten, Palatschinken, Pina Colada, Käseigel, Toast Hawaii, Eierlikör, Schlagobers, Pistazieneis, Striezel mit Butter und Marmelade, Reisfleisch …«

Mein Zettel war von oben bis unten mit Speisen vollgeschrieben! Das war das Einzige, was mir in den Sinn gekommen ist: Essen!

Vor lauter Frust habe ich dann für die restlichen Tage

meine Schreibgruppe verlassen und mich der anderen Fastengruppe, die grad dort war, angeschlossen. Das war die Auferstehungsgruppe, die versucht hat, von einem traurigen wieder hinein in ein fröhliches Leben zu finden. Dort habe ich dann über lange Strecken hinweg gut ein- und ausatmen gelernt und beim experimentellen Fünf-Elemente-Ausdruckstanz mein wahres ICH gesucht. Gefunden habe ich kein wahres ICH, nur den immer stärkeren Drang nach Sauerkraut und Grammelknödel. Oder Grillhendl! Ich hätte getötet für ein Grillhendl! Einmal, beim Spazieren, sind wir durch den Ort flaniert und bei einem Bauernhof vorbei. Aber die Bauern dort haben vorsorglich schon hohe Zäune errichtet. Bei meiner Oma am Bauernhof hat immer der Fuchs die Hühner geholt, hier in der Region dürften es die Fastenden sein, vor denen man sich schützen muss …

Dann dachte ich irgendwann, ich muss vielleicht nur mal eine Zeit lang ganz allein sein und viele Eindrücke gewinnen, um schreiben zu können. Also habe ich auf einem Kreuzfahrtschiff eingecheckt. Ganz alleine. Die Innenkabine ohne Fenster und Tageslicht war halt leider nur gespart am falschen Platz. Denn Eindrücke gab es da wenige zu gewinnen, außer ich habe auf dem Fernseher in der Kabine den Kanal 3 eingeschaltet. Das war die Außenbordkamera. Da konnte ich zumindest das Wetter erahnen. Auf Kanal 4 war der Captain's Channel. Da hat der Kapitän den ganzen Tag Reden gehalten. Auf Kanal 5 Bordshopping, die Highlights aus dem Schiffsshop. Und mein Liebling, Kanal 6: alle Showprogramme von der großen Theaterbühne im Schiff. Einmal wurde hier zum Beispiel das große Bord-

Shopping-Game übertragen. Zwei Teilnehmer sind gegeneinander angetreten und bekamen jeweils eine Einkaufstasche überreicht. Wer innerhalb von einer Minute die Taschen am meisten vollkriegt, also der Gesamtpreis der in die Tasche gestopften Waren am höchsten ist, gewinnt einen Bademantel. Bei der Theaterbühne sind ungefähr 100 Zuschauer gesessen und haben das Game zwischen den beiden, das live aus dem Hotelshop auf die große Show-Leinwand übertragen wurde, beobachtet. Und ich habe das Ganze von der Kabine aus verfolgt.

Das ist zwar sehr praktisch, wenn du den ganzen Tag im Liegen alles verfolgen kannst und dich nur ab und zu selbst wenden musst, damit du nicht wund liegst, aber nach fünf Tagen in der engen Kabine bin ich so depressiv geworden, da hätte die Auferstehungsgruppe im Fastenkloster eine wahre Freude mit mir gehabt!

Also habe ich beschlossen, dass ich raus muss aus der Kabine, und habe die restlichen Tage der Reise außerhalb der Kabine verbracht. Ich war viel beim Bord-Bingo. *Bingo mit Ingo*. Und auch viel im bayerischen *Hofbräuhaus* auf Deck 5. Die hatten einen vorzüglichen Schweinsbraten, und ich hatte nach der Reise drei Kilo mehr und noch immer kein Buch geschrieben.

Selbstredend kaufe ich jeglichen Ratgeber zum Thema »Wie man ein Buch schreibt«. In meinem Bücherregal stehen locker schon sieben oder acht von denen, gleich neben meinem Thomas Glavinic-Huldigungsregal. Denn eigentlich will ich eh nur so schreiben können wie er. Das wird ja nicht so schwer sein, oder? Scheinbar schon.

Heute bin ich im Hotel in Leonding bei Linz angekommen. Mein nächster Versuch, denn hier startet heute die *Leondinger Literaturakademie*, die mich freundlicherweise aufgenommen hat.

Der Gatte lächelt nur mehr milde, wenn ich ihm von weiteren Versuchen, Bücher schreiben zu lernen, erzähle. Ich könnte wohl auch einen feministischen Töpferworkshop belegen oder Vollmondtrommeln. Sein Lächeln wäre ein ähnliches.

Das Gasthaus, in dem ich untergebracht bin, ist etwas außerhalb vom Ort, und ich habe einen schönen Ausblick von meinem Zimmer ins Grüne und auf ein gelbes Haus gegenüber. »Schießstation«, steht da groß drauf, und beim Eingang hängen Schilder: »Danger! Live firing in progress! Do not enter!«

Was ist bitte Live Firing?? Und wieso hier?

Am Abend nach dem ersten Kurstag lernen wir uns erst mal alle so richtig kennen. Ich liebe so Kennenlernabende, weil sich immer spannende Geschichten hinter den Menschen verbergen, die es zu entdecken gilt.

Einer aus der Literaturkursgruppe ist zum Beispiel Sozialarbeiter auf einer Entzugsstation für Suchtkranke. Glaubt man ja auch nicht, dass so jemand in seiner Freizeit Romane schreibt! Aber warum auch nicht! Das Leben schreibt ja die spannendsten Geschichten, und vermutlich bekommt er jeden Tag sehr viele davon vorgelebt. Sein Hund heißt Vino. Das hat mich zu meiner ersten Frage geführt, ob das nicht ein Trigger für die zu betreuenden Suchtkranken sein könnte. Und wenn ich mal losgelassen bin mit neugierigen Fragen, dann höre ich nie wieder auf. Bei so einem interessanten Job erst recht nicht. Also habe ich fast den ganzen Abend damit verbracht, den Entzugsmitarbeiter auszufragen, während der Rest unserer Kursgruppe dabei war, literarische und kulturelle Vorlieben auszutauschen.

»Auf einer Skala von eins bis zehn, was sind die ärgsten Drogen?«, frage ich ihn. Mit einem Ohr höre ich noch, wie die anderen irgendwas über Lyrik reden. Verdammt, was ist das noch mal schnell? Lyrik, Lyrik?? Muss ich nachher am Klo googeln. Aber vorher noch eine spannende Frage an den Sozialarbeiter: »Auf einer Skala von eins bis fünf, was aus dem Suchtmittelbereich hast du selbst schon ausprobiert?«

Auf einmal verstummt die Lyrik-Diskussion neben uns. Alle Blicke auf mich, genau in dem Moment, wo ich mich als *Codipront*-Konsument in der Kindheit oute. Das war der beste Hustensaft aller Zeiten. Picksüß, aber saulecker. Später haben sie den für uns Kinder leider verboten weil angeblich Rauschmittel oder unerlaubte Substanz oder so was. Vielleicht kann ich deswegen nicht rechtschreiben? Egal.

Auf der anderen Seite von mir sitzt der Kursleiter, den ich gleich verehrte, weil er schon am Kurstag so kluge Fragen beim Analysieren der Texte an die Teilnehmer gestellt hat. So Fragen, wo man allein beim Zuhören sehr viel lernt. Irgendwann ist bei einer Frage die Formulierung gefallen: »Beim literarischen Schreiben sollte man …«

Und da bin ich kurz nervös geworden. Bin ich da überhaupt richtig in dem Kurs? Ist das überhaupt literarisches Schreiben, was ich mit meinen Kurzgeschichten im Internet so mache? Wohl eher nicht. Jetzt ist es auch zu spät, das zu hinterfragen, ich habe den Kursbeitrag bezahlt, und das wäre ja sehr peinlich. Als erwachsener Mensch sollte man schon wissen, wenn man für eine Ausbildung Geld bezahlt, ob man da richtig ist. *Codipront*-Langzeitfolgen hin oder her.

Auf jeden Fall fallen dann weitere Fremdwörter im Laufe des Abends. »Prosa« zum Beispiel kommt ganz oft. Zuerst habe ich immer Rosa verstanden. Die Akustik in so Gaststuben ist manchmal auch verheerend, und ich habe sowieso ein Problem damit, sinnerfassend zu hören, wenn viele Menschen an einem Ort sprechen. (Notiz an mich: googeln, ob das auch was mit frühkindlichem Suchtmittelkonsum …)

Das Wort »Anthologie« fällt auch oft in den Gesprächen. Manche von den Kursteilnehmern erzählen, sie waren schon dabei in Anthologien, oder drin? Ist das was zum Reingehen?

Und »Essay«. Essay scheint mir eines der beliebtesten Worte des Abends zu sein.

Nach dem dritten Achtel Wein und ein paar auflockernden Kennenlernversuchen und wo sie das mit dem *Codipront* von mir wussten, werde ich mutig. Als alle anderen gerade in ein anderes Gespräch vertieft waren und ich sichergehen kann, dass keiner zuhört, frage ich den Kursleiter leise, was genau ein »Essay« ist.

Ich habe das so leise in seine Richtung geflüstert, dass er mich offensichtlich gar nicht richtig verstanden hat, weil er »Schweinsbraten« geantwortet hat.

Er hat geglaubt, ich frage ihn, »was genau er esse.«

»Aha, Schweinsbraten«, sage ich und nicke zustimmend, »gute Wahl!«

Zweiter Kurstag auf der *Literaturakademie*. Wegen des Regens teilen sich der burgenländische Drogensozialarbeiter, er heißt eigentlich Winfried, und ich ein Taxi zum Rathaus. Denn dort findet in den Räumlichkeiten vom Rathaus unser Kurs statt.

»Lossen S' uns gleich direkt vorm Rathaus aussteigen«, hat der Winfried zum Taxler gesagt. »Wir sind jetzt die neue Stadtregierung. Wern S' vielleicht scho g'hert hom. Man versucht jetzt, mehr Burgenländer und Steirer zu integrieren. Wir sind der Anfang.«

Ich hoffe auch, dass das mein Anfang wird.

PALMSONNTAG

Weil ja aktuell keine Lesungen irgendwo möglich sind, habe ich mir was Spezielles überlegt, um doch auf mein Buch in ausgewählten Buchhandlungen aufmerksam zu machen: eine Outdoor-Promotion!

Letzte Woche hat das eigentlich ganz gut angefangen. Ich habe mich in meiner steirischen Heimatstadt Hartberg vor die Buchhandlung gestellt und Werbung für mein Buch gemacht. Wie so ein kleiner mobiler Marktstand habe ich da meine Palme aufgeblasen, die Buchhandlung hat mir einen Tisch schön hergerichtet und sogar einen Sonnenschirm dazu, und daneben habe ich zwei Liegen hingestellt mit meinen Werbehandtüchern drauf.

Da sind nicht nur die ganze Familie, die Nachbarn und alle, die mich kennen, gekommen, sondern auch der Bürgermeister samt Fotografen von der lokalen Presse! Ich habe mich gefühlt wie Resi Berghammer, die Mutter vom *Bullen von Tölz*, wie sie ein Fest gibt zur Eröffnung ihrer frisch renovierten Frühstückspension. Und alle aus dem Ort kommen, sogar der Toni Rambold, der Prälat und der Bürgermeister.

So war das auch bei mir, sogar ein Teil von der Fußballmannschaft ist gekommen. Die spielen in der Ersten Bundesliga! Also, die sind jetzt nicht ganz genau wegen mir gekommen, es war generell Herbstfest in der Fußgängerzone. Aber ich habe so getan, als würden die nur wegen mir kommen, und ihnen gleich ein paar Bücher in die Hand gedrückt und sie etwas zur Seite geschoben, genau dorthin, wo der Fotograf von der Bezirkszeitung gestanden ist. Schlau, nicht?

Heute bin ich in Wien am Gelände vom alten AKH vor einer Buchhandlung, die so freundlich war, meine »Einladung« anzunehmen, und baue meinen kleinen Stand auf. Genauer gesagt liege ich gerade halb am Boden und blase meine lebensgroße Plastikpalme auf.

Das alte AKH ist ein wunderschönes Areal in Wien, wo früher mal das Allgemeine Krankenhaus der Stadt Wien untergebracht war. Es ist wie ein riesengroßer Vierkanthof gebaut, und in der Mitte ist es schön grün, und im Sommer spielen da die Kinder.

Jetzt ist aber nicht Sommer, sondern Ende Oktober, und heute noch dazu ein grauslich kalter, regnerischer Tag.

Als die Palme endlich aufgeblasen ist, stelle ich noch einen mobilen Werbetisch auf und gebe zu Dekozwecken ein Handtuch drüber. Den Tisch durfte ich mir heute aus der Arbeit ausborgen, normalerweise wird damit in einem Supermarkt Wurst verkostet. Von Weitem sehe ich durchaus auch aus wie jemand, der Wurst zur Verkostung anbietet.

Aber ich stehe hier und biete mein Buch an. Also das war meine geniale Idee. Eine Corona-Safe-Outdoor-Werbeveranstaltung. Wo ich vorbeigehende Passanten ansprechen und auf mein Buch aufmerksam machen kann. Damit das auch eyecatchermäßig ein bisserl was hermacht, habe ich meine Dekopalme neben meinen Stand gestellt und dann noch zwei bedruckte Liegestühle, und ein paar von meinen Werbehandtüchern habe ich schön drapiert.

Die Buchhandlung hat einen großen Stapel von meinen Büchern aufgelegt, beim schnellen Überfliegen bin ich auf locker 30 Stück gekommen. Ich liege gleich neben dem lebensgroßen Karton-Aufsteller vom Manuel Rubey. Er hat auch grad ein Buch veröffentlicht, das ist natürlich nicht leicht, gegen einen Promi aufzufallen. Ich entschuldige mich beim Papp-Manuel und schiebe ihn ein paar Zentimeter zur Seite, damit man ungestörten Blick auf meinen Bücherstapel hat. Ist grad kein Mitarbeiter da, und ich schiebe ihn ja nachher auch bestimmt wieder zurück.

30 Stück, wird das reichen? Na ja, zur Not habe ich noch eine private Menge im Auto. Ich habe immer eine private Menge im Auto. Worstcase-Szenario wäre nämlich: Buch nicht erhältlich.

»Brauchen Sie vielleicht Hilfe?« Eine freundliche Buchhändlerin ist auf einmal hinter mir aufgetaucht. Mir ist das peinlich, weil nicht ausgeschlossen werden kann, dass sie die Manuel-Rubey-Verschubaktion mitbekommen hat.

»Danke, das ist lieb, aber ich bin die Autorin von dem da«, ich tippe auf den Stapel vor uns, »und habe heute mit euch eine Buchpromo vereinbart. Ich freu mich, dass das geklappt hat!« Ich halte ihr die Hand hin und ziehe sie aber gleich wieder zurück, weil mir im Hinhalten schon eingefallen ist, dass das ja nicht mehr geht mit dem Hände geben.

»Coole Idee!«, sagt sie, »wenn Sie was brauchen, dann geben Sie uns jederzeit Bescheid.«

Ich nehme die Hälfte vom 30er-Stapel und gehe damit auf den Platz vor der Buchhandlung. Mit Blick auf den grünen Innenhof. Jetzt braun. Grau.

Ich platziere den Stapel geschickt auf meiner Wursttheke, sodass er in alle Richtungen sichtbar ist. Es gibt nämlich mehrere Eingänge in das Gelände vom alten AKH, also muss ich mit Kundschaft aus allen Windrichtungen rechnen, daher gute Einsehbarkeit von allen Seiten, das A & O! Solide Marketingausbildung macht sich wieder mal bezahlt!

Das mit dem Wind ist ein gutes Stichwort, weil in dem Moment der auch einzusetzen beginnt, was meine Palme durchaus ins Schwanken bringt, so stabil steht die auch nicht.

Aber wenn ich mit einem Fuß auf der Palme stehen bleibe, dann könnte ich eine bessere Stabilität herstellen. Also ein Fuß auf die Palme, die trotzdem noch im Wind hin und her schlägt. Sie schlägt abwechselnd gegen den Liegestuhl und mich, wobei mich die Palmblätter wie so eine Mütze immer wieder von oben antupfen. Lästig ist das. Aber mir fällt keine andere Lösung ein.

Es ist 10.15 Uhr. Offizieller Beginn meiner Aktion war um 10 Uhr. Also es könnte schon losgehen mit den Passanten hier. Tut es aber nicht. Kein Mensch ist zu sehen.

Das Einzige, was losgeht, ist ein leichter Regen. Zum Glück habe ich eine alte Babystoffwindel in meinem Equipment-Trolley. Babywindeln sind immer gut, wenn man spontan etwas zu putzen hat. Auf der Babystoffwindel sind kleine Enten drauf. Ich wische jetzt mit den kleinen Enten meinen Bücherstapel wieder trocken. Zum Glück sind es nur wenige Tropfen. Das wird schon werden.

Ah! Oha! Die erste Kundin ist im Anmarsch! Ich sehe, wie eine ältere Dame durch den Durchgang auf das Gelände kommt. Von Osten! Sie hat einen kleinen Hund an der Leine. Ich überlege, wann der richtige Zeitpunkt zum Grüßen ist, und entscheide mich, noch etwas zu warten, vielleicht so bei der Drei-Meter-Grenze.

»Hallo, grüß Gott«, rufe ich ihr entgegen. »Ich bin heute hier, um mein Buch vorzustellen.«

Die Drei-Meter-Grenze vergrößert sich auf vier Meter. Geht die weg von mir?

Der kleine Hund allerdings zieht stark in meine Richtung. Sie lässt die Leine lang, und er ist schon bei meiner Palme angekommen und schnüffelt an meinem Fuß, der die Palme festhält.

»Wissen Sie, ich bin die Autorin von dem Buch«, rufe ich zur Dame. Der Hund schnüffelt am Promostand. Der riecht sicher noch die Wurst von gestern. Auf einmal reißt es ihn nach hinten wie beim Curling. Mit gestreckten Hinterbeinen rutscht er in Richtung Besitzerin, die akut die Leine eingezogen hat.

»Die nächste Depperte«, sagt sie, laut genug, dass ich es noch hören kann. Dann zieht sie weiter an der Leine und entfernt sich in Richtung Westen. Der Hund schaut traurig zu mir zurück.

Die nächsten zwei Passanten, die kommen, sind asiatische Touristen.

»Hello! May I introduce you to my book? Only the lie counts!« Scheiße, was heißt *Nur die Liege zählt* auf Englisch? »Lie« ist, glaub ich, nicht richtig. Die Touristen lächeln mich an und gehen aber auch schnell vorbei.

Bald ist die erste Stunde vorbei, und ich habe null Bücher verkauft. In Worten: null!

Und potenzielle Kunden sind weit und breit nicht in Sicht. In der letzten Stunde sind eher Leute mit ihren Hunden durchgegangen oder Menschen, die von Weitem schon abgewunken haben. Ich glaube, die halten mich vielleicht für eine Aktivistin von einer Tierschutz- oder Umweltschutzorganisation. Wobei, welche Organisation sollte das sein mit einer Plastikpalme und zwei Liegestühlen? Also bitte!

»Und wie läuft es?« Die freundliche Buchhändlerin ist herausgekommen und bietet mir eine Tasse Kaffee an, zum Aufwärmen. Mir ist das so peinlich. Die sind alle so lieb, und ich verkaufe denen nicht mal ein einziges Stück!

Ich stelle mich so hin, dass die Hälfte von meinem Buchstapel verdeckt ist, dann sieht es auf den ersten Blick nicht so traurig nach nicht-verkaufter Ware aus. Bei dem Move muss ich den Fixierungsfuß von der Palme nehmen, und die Palmblätter tupfen jetzt genau auf den Kopf der Buchhändlerin.

»Hallo, Susanne«, die kleine Tochter einer Freundin spricht mich von hinten an. Die ganze Familie ist gekommen. Noch nie habe ich mich so gefreut, bekannte Gesichter zu sehen! Juche!!! Sie kaufen auch ein Buch! Noch besser!! Jetzt geht es los mit dem BIG SALE!!!!

Ich spüre das.

Es war nur ein falsches Gespür. Weil ich zwei Stunden später bis auf das eine Buch noch immer kein weiteres verkauft habe. Weil der Regen auch stärker geworden ist, kam fast niemand vorbei, und da wollte sich keiner von mir auf einen kleinen Kurzurlaub auf die Liege einladen lassen. Ein einziges verkauftes Buch!!!!!!

Das war meine letzte Aktion, beschließe ich. Möglicherweise werde ich auch nie wieder ein Buch schreiben, weil, wenn ich das nicht mal fremden Menschen verkaufen kann, wie soll sich das dann bitte von allein verkaufen?

»Bitte schön, die soll ich noch für Freundinnen kaufen, sie holen sie später bei mir ab.« Ich schiebe der Buchhändlerin zehn Bücher über den Tresen, bezahle in bar und bedanke mich für die liebe Gastfreundschaft.

Die Freundinnen gibt es natürlich nicht, ich habe soeben meine eigenen Bücher aufgekauft. Tiefpunkt erreicht. Boarding completed.

Beim Hinausgehen schiebe ich noch schnell den Karton-Manuel-Rubey zurück und wünsche ihm still alles Gute.

Man darf nicht so schnell aufgeben, sage ich immer, also stehe ich am nächsten Tag wieder vor einer Buchhandlung.

Diesmal bei der *Buchhandlung Lerchenfeld* direkt in einer Einkaufsstraße und noch dazu bei strahlendem Sonnenschein! Das wird mein Tag, ich spüre es schon!

Nachdem ich meine kleine Verkaufsshow aufgebaut habe, kommen schon die ersten Gäste. Und wer kommt als allererster Besucher? Ich kann meinen Gleitsichtkontaktlinsen kaum trauen! Marc Elsberg mit seiner Frau. *Der* Marc Elsberg! Jener Autor, der Weltbestseller wie *Black Out*, *Zero*, *Helix* oder *Der Fall des Präsidenten* geschrieben hat. Einer der erfolgreichsten österreichischen Autoren aller Zeiten!

Wir haben die beiden bei einem Skiurlaub in einem Hotel mal kennengelernt. Ich war bei einer Lesung von ihm in dem Hotel und habe mich bei der anschließenden Fragerunde durch eine besondere Peinlichkeit ausgezeichnet. Ich habe »Burn Out« statt »Black Out« zu seinem mega Bestsellerbuch gesagt.

»Das ist aber ein Zufall, dass ihr genau heute in die Buchhandlung kommt!«, sage ich zu den beiden.

»Das ist kein Zufall, wir sind wegen dir gekommen, um uns dein erstes Buch zu holen und zu gratulieren. Wir haben die Ankündigung im Internet gesehen.«

Was für eine Ehre! Ich weiß gar nicht so recht, was ich sagen soll vor lauter Freude, außer: »Können wir vielleicht ein Selfie machen?«

Superstar Marc Elsberg kommt zu meiner Buchpräsentation! Hammer!

Natürlich ist das eine mega Freude und vor allem Ehre, wenn so ein Superstar zu mir kommt.

»Das erinnert mich an meinen eigenen Beginn.« Marc Elsberg lässt den Blick über meinen Promotisch schweifen, auf die drapierten Bücher, die Handtücher, die ich schön hingelegt habe, und die Flyer, die ich habe drucken lassen.

Mir wird gleich ganz warm ums Herz. Der erfolgreichste österreichische Schriftsteller vergleicht mich mit sich.

»Inwiefern?«, frage ich dann doch nach.

»Weil ich auch mit solchen Werbeaktionen angefangen habe.«

Aus der Biografie weiß ich, auch er hat eine Vergangenheit in der Werbebranche so wie ich. Jeder fängt also mal klein an, und dann kann es sogar so groß enden! Seine Bücher wurden in unzählige Sprachen übersetzt und auch bereits mit der Top Schauspielerliga verfilmt!

»Und wie lange hat es dann gedauert, bis der große Durchbruch kam?« Ich kann mir die Frage nicht verkneifen, weil ich so neugierig bin.

»Zwölf Jahre und fünf Bücher.«

Stumm rechne ich im Kopf nach, wie alt ich in zwölf Jahren bin.

ERSTES INTERVIEW

Gerade ist mein erstes Interview zu dem Buch erschienen. In einem Online Kulturmagazin, namens *Critical Minds* (CM). Umfangreich vorbereiten musste ich mich für das Interview nicht, weil ich seit Jahren nix anderes mache, als Interviews von Autorinnen und Autoren zu verfolgen und mir dabei vorzustellen, was ich antworten würde.

Ich wäre vorbereitet gewesen auf die Frage: »Wie sind Sie zum Schreiben gekommen?«, »Wie finden Sie zu kreativen Ideen?«, »Was inspiriert Sie denn?«, »Wie viel Autobiografisches steckt in dem Buch?« Vor allem diese Frage kommt gefühlt in JEDEM Interview. Und dann antworten ur viele, dass gar nix autobiografisch ist und alles natürlich frei erfunden ist. Das klingt aber so, wie wenn das ur schlimm wäre, würde man zugeben, dass auch etwas Autobiografisches drinnen steckt. So als ob nur die frei erfundene Kreativität echt ist.

Die Vorbereitung hätte ich mir für dieses Interview allerdings sparen können. Ich liebe diese Fragen!

CM: Wenn dein Leben ein Buch wäre, was wäre der Titel?
SK: Susi – Schicksalsjahre einer Kaiserin!

CM: Mit welchen drei Fremdwörtern würdest du dich beschreiben?
SK: Patschert, schlampig, inkonsequent. Waren das überhaupt Fremdwörter?

CM: Was ist der seltsamste Ort, an dem du jemals warst?
SK: CD-Präsentation in einem Etablissement, wo der Tischständer ein Mensch war (!!!!)

CM: Und welcher der stinkendste?
SK: U1 in Wien. Da stimmt irgendwas nicht mit der Abluft. Aber man gewöhnt sich an alles.

CM: Jeder siebte deutsche Erwachsene verreist mit einem Kuscheltier. Was darf in deinem Urlaubskoffer niemals fehlen?
SK: Sexy Legs Airbrush Beinspray (Waterproof!)

CM: Konrad Adenauer erfand 1916 die Sojawurst. Was ist für dich die beste aller deutschen Erfindungen? (Koks, Heroin, Ecstasy, Speed und Methadon wurden übrigens ebenfalls alle in Deutschland erfunden!)
SK: Im Ernst? Das wurde alles in Deutschland erfunden? Alter! Was geht!!! Meine beste deutsche Erfindung: die *Lindenstraße*.

CM: Der Slogan »Made in Germany« sollte früher Engländer auf die schlechte Qualität deutscher Produkte hinweisen. Was wäre dein Werbeslogan, um auf solide, gute deutsche Qualität hinzuweisen?
SK: Direkt aus der Lindenstraße.

CM: Was ist die lustigste Eigenschaft der Deutschen im Urlaub?
SK: Liegen reservieren! Wir wollen Planungssicherheit! (Bin Deutsche im Herzen!)

CM: Was ist das Gegenteil von einem Deutschen?
SK: Als Deutsche im Herzen muss ich sagen: Spanier, weil so spät, wie die essen. Das regt mich auf.

CM: Was ist das längste deutsche Wort, das du kennst? Beispielsweise Grundstücksverkehrsgenehmigungszuständigkeitsübertragungsverordnung, Rindfleischetikettierungsüberwachungsaufgabenübertragungsgesetz, …
SK: Ich habe so eine kurze Aufmerksamkeitsspanne, ich kenne keine langen Wörter.

CM: Und welches das lustigste?
SK: Liegenlaken (=Badetuch). Wobei, wir Österreicher brauchen uns da gar nicht darüber lustig machen. Immerhin haben wir das Wort »Tschurifetzen«, und diesem sogar ein eigenes Lied gewidmet (Georg Danzer).

CM: Übersetze mal »Rindfleischettikettierungsüberwachungsaufgabenübertragungsgesetz« ins Englische bitte:
SK: Was ist das für ein Interview? »The cow must not be false declared.« Ich bin genauso schlecht in Englisch wie in Rechtschreibung.
(Correct answer: The law concerning the delegation of duties for the supervision of cattle marking and labelling of beef)

CM: Unnütze Fragen Teil 1: Was bedeutet das Wort »Polychésie« für den Deutschen?
SK: Das übertriebene Darmentleerungsbedürfnis? Hilfe! Was ist das denn??

CM: Welcher Wochentag bist du im Urlaub?
SK: Montag!!! Samstag ist Anreise, Kofferauspacken, Hotelrundgang. Am Sonntag kann man sich schon ein bisschen eingewöhnen und hat einen guten Überblick gewonnen. Am Montag hat dann der Hotelshop geöffnet. Dienstag geht auch noch. Ab Mittwoch ist das Damoklesschwert der Abreise dann schon wie ein dunkler Wolkenvorhang am Himmel über einem.

CM: (Un)nützes Wissen Teil 3: Am liebsten guckt der Deutsche seine Pornos im Internet. Darin ist er laut Studien echt Weltmeister und verweist Spanien, England und sogar die USA auf die hinteren Plätze. Was ist der lustigste Pornotitel, den du kennst?
SK: Pornofilm *Pingpong*! Super Spieleidee, wenn eine Party mal wieder ein bisschen Schwung vertragen könnte. Nachzulesen in meinem Buch, wie das geht. Favorit: *Aladin und die Wunderschlampe*.

CM: Was ist das nutzloseste Talent, das du besitzt?
SK: Ich kann ur gut einparken, aber nicht Auto fahren. Und exzellent *Tetris* spielen. Braucht auch kein Mensch. Früher konnte ich auch das Vorhangschloss vom Vierteltelefon mit Wählscheibe mit einer Haarnadel knacken. Erzähl das einem 20-Jährigen. Der soll diesen Satz mal ins Moderne übersetzen!

CM: Was sind zum Beispiel Dinge, die wie Komplimente klingen, aber eigentlich Beleidigungen sind?
SK: Alles, wo das Wort »eh« vorkommt. »Eh nett« zum Beispiel.

CM: Was ist für dich das beste/geilste »Superklumpert«, das du aktuell besitzt?
SK: Mein Glätteisen.

Danke für das Interview!

FRANKFURTER BUCHMESSE

Gerade findet in Frankfurt die Buchmesse statt, während ich hier sitze und verzweifelt auf einen Anschlusstreffer hoffe. Ich klicke mich auf *Facebook* durch lustige Fotos.

Gefühlt ist ein Viertel meiner *Facebook*-Freunde dort, jedenfalls fast alle, die ich kenne aus der Buchbranche.

»Kollegeninnentreffen«, »Jedes Jahr wieder lustig«, »Endlich wieder«, »Interview mit ARD«, »Spannende Talkrunde«, so Texte stehen unter den Fotos. Oder mein Lieblingstext unter den Gruppenfotos: »Klassentreffen«. Ja, so fühlt sich das für mich auch an, ein Klassentreffen ohne mich. Die kleine Susi kann leider nicht dabei sein, die muss noch mal die Vorschulklasse wiederholen. Aber wenn sie sich ganz arg bemüht, dann sind wir zuversichtlich, dass sie aufsteigen darf.

Dabei war ich schon einmal auf der Buchmesse in Frankfurt. 2015. Alter, sechs Jahre ist das her! Irgendwie rennt die Zeit schneller, als ich meine Karriere angetrieben bekomme. In dem Tempo bin ich 70 bei meinem Durchbruch. Egal.

Auf jeden Fall Frankfurt 2015. Noch nie habe ich so viele Menschen auf einem Fleck gesehen! Die Rolltreppen im Eingangsbereich waren verstopft, wie man es von Bildern der U-Bahn in Tokio kennt. Überall waren Menschen. Der Ausstellerkatalog war gefühlt dicker als jedes

Buch, das ich jemals gelesen habe. Es gab mehr als zehn Messehallen und angeblich 17.000 Aussteller (in Worten: siebzehntausend!), wobei ich das natürlich nicht nachgezählt habe. Ich konnte gar nix, ich war so überfordert. Noch nie war der Spruch zutreffender, dass man den Wald vor lauter Bäumen nicht mehr sehen kann.

So überwältigt von Größe war ich zuvor erst einmal in meinem Leben: als ich mit zwölf Jahren zum ersten Mal aus meinem kleinen steirischen Dorf nach Wien gekommen bin und kurz vor der Autobahnabfahrt die Lichter der Stadt gesehen habe.

Es gab Messestände, da haben sich Teenager noch drei Hallen weiter für Autogramme von Autoren angestellt. Da glaubst du ja nicht, dass die überhaupt noch lesen, sondern nur mehr TikToken oder am Handy hängen, und da stehen die stundenlang mit dicken Fantasy-Büchern in der Hand und warten auf ein Selfie mit der Autorin. Das war schon beeindruckend.

Wie so eine Flipperkugel bin ich planlos hin und her gelaufen auf der Messe. Ich kannte ja niemanden und war ganz allein dort. Vorgestellt hätte ich mir, dass ich dort wahnsinnig wichtige Kontakte knüpfe, einen Verlag finde, der mein Potenzial erkennt und gemeinsam mit mir den Weg geht, ein erfolgreiches Buch zu schreiben. Also, ich wollte auf mich aufmerksam machen. Was natürlich alles zusammen ein idiotischer Plan war.

Zuerst habe ich mich den großen namhaften Ausstellerständen angenähert. Da waren die Stände teilweise so groß wie bei uns in Wien die ganze Messehalle! So was hast du noch nicht gesehen.

Dann habe ich die ausgestellten Bücher in die Hand

genommen, interessiert getan und gewartet, bis mich jemand anspricht. Mit der Taktik würde ich heute noch unberührt dort stehen.

Dann habe ich meinen ganzen Mut gepackt und mich proaktiv den Mitarbeitern dieser Messestände angenähert. Am Weg zur Annäherung ist mir erst eingeschossen, wie absurd dieses Vorhaben ist. Einen Verlag zu suchen, ohne ein Buch geschrieben zu haben, nur weil man glaubt, gut schreiben zu können, das ist ungefähr so sinnvoll, wie sich in einer Kirche vor den Altar zur stellen und zu hoffen, dass zufällig ein Mann vorbeikommt, den man heiraten könnte. Und das Ganze ohne Brautkleid.

»Entschuldigen Sie ...« Mit dem Satz habe ich mich den Verlagsmitarbeitern genähert.

Bei den ersten drei habe ich den Satz beendet mit »... ich suche die Toilette.«

Bei den folgenden zwei oder drei mit »... ich lese auch gerne.« (Oida!)

Und dann war ich ganz krass mutig und habe gesagt: »Entschuldigen Sie, ich schreibe auch.«

Halleluja! Wie peinlich. Die MessemitarbeiterInnen haben mich freundlich auf die Website verwiesen.

Nach ungefähr zehn solchen Gesprächen habe ich mir, und vor allem den MessemitarbeiterInnen, eine kurze Pause gegönnt. Außerdem hatte ich Hunger, und es gab sehr gut aussehendes Sushi in so Plastikboxen, leider ohne dazugehörende Sitzplätze, die waren alle voll mit aufgeregt schwatzenden Menschen. Ich war müde und hatte Hunger, also habe ich mich einfach am Gang auf den Boden gesetzt, die hatten eh überall so Messeteppich ausgelegt, also gar nicht so unkomfortabel. Mit der Sushi-Box auf den Oberschenkeln musste ich eigentlich nur mehr darauf achten, dass niemand über meine Stäbchen stolpert.

Nach meiner Mittagspause habe ich in einer konspirativen Sitzung mit mir selbst beschlossen, die bisherige Messestrategie nicht mehr weiterzuverfolgen. Das bringt ja doch nichts. Also lockerlassen und treiben lassen und einfach durchspazieren. Vier Hallen und weitere drei Stunden später haben mir die Beine schon so wehgetan, dass ich dankend die Einladung des sogenannten »Bücherarztes« angenommen habe und mich auf seinem Behandlungsstuhl niedergelassen habe. Der hatte irgendwie auch nicht so richtig Zuspruch bei seinem Stand. Dabei hat er wirklich kreativ so einen alten Zahnarztstuhl dort hingestellt, wo man sich bequem hinsetzen konnte. Er hat einen dann hochgekurbelt, nach hinten gelegt und dabei von seinem Dienstleistungsangebot erzählt. Irgendwas mit Buchcovern, so wie ich das verstanden habe. Sozusagen mein Brautkleidschneider.

Im Messekatalog habe ich dann nach lustigen Events oder Stars gesucht, die auftreten, und die Suche nach berühmten Verlagen ad acta gelegt.

Und da war mein absolutes Highlight. Es wurde ein *Lindenstraßen*-Fan-Treffen angekündigt. Ein *Lindenstraßen*-Fan-Treffen!!!! Es kann keinen größeren Fan als mich geben! Zum 30-jährigen Jubiläum der Erfolgsserie haben sie einen Bildband aufgelegt, und zur Präsentation waren Stars der *Lindenstraße* am Messestand angekündigt. So schnell habe ich noch nie drei Messehallen in der Größe von Fußballfeldern durchquert. So schnell durchquert nicht mal Messi ein Fußballfeld wie ich am Weg zu Mutter Beimer persönlich. Dazu muss man sagen, dass ich tatsächlich von Anfang an großer Fan der Serie war. Ich habe beim Zehn-Jahres-Jubiläumsgewinnspiel mitgemacht. Man musste aufmerksam in der Serie Ausschau nach der Zahl 10 halten, die sie an unterschiedlichen Stellen in die Kulisse eingearbeitet haben. Es wurde zum Beispiel kurz eine Hausnummer 10 eingeblendet, oder eine Torte mit einem 10er, oder am T-Shirt von Benni Beimer war ein 10er drauf. So was halt. Ich habe das alles korrekt notiert und die Zahl der Gesamtnennungen auf eine Postkarte geschrieben und an die angegebene Postfachadresse nach Köln geschickt.

Man hätte eine Statistenrolle gewinnen können. Hätte, hätte, Fahrradkette, weil ich leider nicht gewonnen habe.

Aber beim 20-jährigen Jubiläumsgewinnspiel war ich wieder dabei. Um zehn Jahre gealtert und diesmal auf der Suche nach der Zahl 20. Die man dann immerhin schon per E-Mail einsenden konnte. Leider habe ich auch damals nicht die Chance bekommen, im griechischen Restaurant *Akropolis* im Hintergrund an einem Tisch sitzen zu dürfen, während die Kamera auf Vasily schwenkt.

Dass ich dort beim Fantreffen nicht allein sein werde, habe ich irgendwie schon geahnt, aber dass es so arg wird! Vielleicht waren das alles Eltern von den Fantasy-Fan-Teenagern, die vorher angestellt waren, oder vermutlich sogar schon die Großeltern. Auf jeden Fall waren es viele. Sehr viele. Aber ein wahrer Fan muss tun, was ein wahrer Fan tun muss. Also hinein in die Menge und anstellen. Dicht an dicht. So dicht, dass du alles spürst. Den Atem des Hintermannes, den Ellbogen der Frau links, die Handtasche der Frau rechts. Eingehüllt in die *Lindenstraße*-Fan-Base. Wie so ein Fan-Maki. Reiskorn um Reiskorn dicht gepresst, umgeben von einer Algenschicht, die alles zusammenhält, in unserem Fall waren das die Securities vom *Lindenstraßen Buch Verlag*.

Bis irgendwann eine Tür aufging, und da waren sie. Leibhaft und in wahrer Gestalt stand sie vor mir. Meine persönliche Fernsehpflegemutter: Helga Beimer! Und dann auch noch die Tanja Schildknecht, ein paar Jahre älter als ich, immer ein Vorbild von mir. So wollte ich sein und werden wie Tanja Schildknecht. Okay, die Affäre mit dem älteren Tennistrainer habe ich nicht ganz so nachvollziehen können, da war ich noch zu jung. Aber als sie dann in die dunklen Augen des Griechen Vasily versunken ist, da war ich schon wieder voll identifiziert und auch auf der Suche nach dunklen griechischen Augen.

In der Oststeiermark eher schwer zu organisieren. Aber egal.

Und dann war da auch noch der Oberlindenstraßler dabei! Hans W. Geißendörfer. Der, dessen Name immer groß am Bildschirm steht am Ende der Serie. Der Erfinder und Autor und überhaupt Gründer der *Lindenstraße*. Mein Held und großes Vorbild. Wer mir so eine Familienanbindung einmal wöchentlich nach Hause liefert, so will ich sein! Das will ich auch machen. Der Zauberer einer Welt, in die ich einmal wöchentlich für 30 Minuten abtauchen konnte. Einer Welt voller Fernseh-Geschwister, Tanten, Onkeln, Nachbarn mit dazugehörigen Problemen, die einem selbst auch irgendwie nicht so ganz fremd waren.

Es gab ja damals noch kein *Facebook* oder *Instagram*, mein Social Media der 80er- und 90er-Jahre war die *Lindenstraße*.

Der Bruder meiner besten Freundin hat zu der Zeit in Frankfurt gearbeitet, und ich durfte freundlicherweise während der Messe bei ihm wohnen. Im Taxi am Weg zu seiner Wohnung habe ich ihn angerufen.

»Bitte mach sowohl die Wohnungs- als auch die Klotür auf!«

Noch nie in meinem Leben war mir so schlecht. Es war wohl irgendwie alles zu viel für mich an dem Tag. Oder es war das Sushi. Oder der Atem vom Hintermann.

Ich bin mit meinem Rucksack durch seine offene Wohnungstür gerauscht und habe gehofft, dass mich die nächste geöffnete Tür in seiner Wohnung auch tatsächlich in seine Toilette bringt. Alternativ hätte ich ihm bestimmt auch auf sein Gästebett gekotzt.

»Alles in Ordnung?«, habe ich ihn vor der Klotür besorgt fragen gehört.

»Geht«, war das Einzige was ich zwischen den Würg- und Spülgängen noch herausgebracht habe. Solche Übernachtungsgäste wünscht man sich!

Kurz danach konnte ich nicht mal mehr aufstehen und habe versucht, in inniger Umarmung mit einer Tupperschüssel auf meinem Gästebett zu überleben.

In der gleichen Nacht noch habe ich den Arzt gerufen. Diesmal allerdings nicht den Bücherarzt, sondern den Notarzt. Genauer gesagt hat der Bruder meiner Freundin den Arzt gerufen, ich konnte ja nur in meine Tupperschüssel hineinatmen. Mehr war nicht möglich.

Das war mein bisher einziges und schönstes Buchmesse-Frankfurt-Erlebnis, an das ich jetzt denken musste, während die schönen Bilder aus Frankfurt in meine *Face-*

book-Timeline kommen. Dann bekomme ich auch noch passende Werbung von *Facebook* angezeigt. *Facebook* ist wirklich ein Spion. Nur weil ich mir jetzt meine alten Bilder von damals angeschaut habe und aktuelle Beiträge geliked habe.

Ich klicke auf die Werbung und folge den Anweisungen.

Laden Sie das gewünschte Profilbild hoch.
»Rahmen verwenden« anklicken.
Nach »fbm« suchen.
»Speichern« anklicken.

Ich habe jetzt ein neues Profilbild. Mein Selfie mit Mutter Beimer aus 2015. Um unsere beiden Köpfe herum dreht sich ein Kreis, auf dem steht: »Frankfurter Buchmesse – Ich bin dabei«.

HAARVERLUST

Stuhlauffangnetz! Allein das Wort! Ist das schon der Tiefpunkt des Lebens?

Es ist auf jeden Fall definitiv nicht der Höhepunkt.

Dabei habe ich mir gedacht, wenn ich erst mal ein Buch veröffentlicht habe, dann ist der Höhepunkt erreicht. Falsch gedacht.

Stattdessen gehen mir seit Wochen die Haare aus. Verstörend viele Haare. Jedes Mal, wenn ich aus dem Auto aussteige, bleibt ein Teil von mir noch sitzen: meine Haare.

Zumindest bleiben jeden Tag so viele Haare auf dem Fahrersitz, dass ich dem Gatten locker damit eine Haarverdichtung basteln könnte. Aber ich weiß eh nicht, wie das geht.

Ich dachte, wenn das Buch erst mal da ist, werde ich Autogrammkarten benötigen, vielleicht sogar im Handschuhfach, damit ich immer bereit bin. Braucht kein Schwein.

Was ich wirklich brauche aus dem Handschuhfach, ist der zusammenklappbare Reisekleiderroller. Mit dem ich jedes Mal den Fahrersitz abrolle, bevor ich dann das klebrige Papier mit den 1.000 Haaren, die sich dran festgepickt haben, abziehe und in den Müll werfe. Darunter erscheint wieder ein jungfräulich frischer Klebestreifen. Ich klappe das Ding dann zu und leg es neben die unbenützten Autogrammkarten.

Letzte Woche war der Haarausfall-Höhepunkt erreicht. Da habe ich in meiner Verzweiflung nach dem Föhnen alle Haare am Badezimmerboden abgezählt (!). Dann habe ich gegoogelt, wie viele Haare ein Mensch so hat und mit meinem Handytaschenrechner hochgerechnet. Das Ergebnis war: so in etwa sechs bis sieben Monaten dürfte ich außer den Augenbrauen keine Haare mehr an erwünschten Stellen am Körper haben!

Deswegen sitze ich jetzt bei einer völlig überteuerten Privatärztin, weil das die Einzige war, die akut einen Termin für mich frei hatte. Sie hat mir letzte Woche schon Blut und viel Geld abgenommen, und heute sitze ich hoffnungsfroh vor ihr und erwarte die Befundbesprechung. Das heißt, genauer gesagt sitze ich nicht vor ihr, sondern nur vor ihrem Schreibtisch, weil sie gleich, nachdem sie mich reingebeten hat, wieder unkommentiert raus aus dem Zimmer ist. Warum auch immer. Ich habe kurz den Deo-Check an meinen Achseln gemacht. Negativ. Warum glaube ich immer, dass ich an allem schuld bin, das könnte ich sie auch gleich fragen, ob man das aus meinem Befund herausbesprechen kann. Falls sie jemals zurückkommt. Ich starre auf die afrikanische Schnitzmaske, die hinter ihrem Schreibtisch steht. Gleich neben dem großen Bild von der Serengeti. Warum haben viele Ärzte eigentlich so Afrika-Zeugs in der Ordi stehen?

Tür geht auf. Sie kommt wieder rein und setzt sich auf ihren Schreibtischsessel.

»Ist der Befund schon da?«

Auf dem Tisch vor ihr liegt ein Stapel Befunde. Soll ich jetzt antworten?

Da merke ich erst, dass sie die Frage nicht an mich

gerichtet, sondern über meinen Kopf hinweg durch die offene Tür an die Mitarbeiterin im Vorzimmer gerufen hat.

»Moment«, sagt sie zu mir und geht wieder raus. Die Tür bleibt offen.

Warum ist sie überhaupt reingekommen, wenn sie dann gleich wieder rausgeht? Ich bleibe ratlos zurück.

»Rufen Sie in Dornbirn an, die sollen den Befund sofort faxen!«

Die Worte »Dornbirn« und »sofort« bringen mich in Besorgnis. Wieso Dornbirn? Sind dort die Spezialisten für was-auch-immer-ich-habe?

Sie kommt zurück zu mir an den Schreibtisch. Die Tür bleibt offen.

»Also Frau, äh …«

»Kristek.«

»Da hebt keiner ab in Dornbirn«, ruft die Vorzimmermitarbeiterin zu uns herein.

Zwei ältere Damen sitzen mit Infusionsständern im Vorzimmer und warten, bis irgendwas in sie hineinläuft. Neugierig schauen sie durch die offene Tür zu uns ins Arztzimmer.

Ich beginne im Kopf zu überschlagen, was ich für die Wartezeit hier gerade bezahle, und bereue, dass ich nicht in jüngeren Jahren so weitsichtig war, eine Zusatzkrankenversicherung abzuschließen. Dann könnte ich hier relaxt dem Spektakel beiwohnen.

»Das gibt es ja nicht«, sagt die Ärztin und greift selbst zum Telefon.

»Entschuldigen Sie mich kurz.« Sie schiebt ihre rote Brille nach oben in die Haare und trippelt mit den Fingern auf dem Schreibtisch.

»Kein Problem«, antworte ich.

Jetzt geht noch eine andere Tür in ihr Ordinationszimmer auf. Eine andere Mitarbeiterin winkt herein. »Tschüssi, ich mach jetzt Feierabend.«

Ein bisserl ist das wie in der *Löwingerbühne*, wo dauernd eine Tür auf- und zugeht und jemand reinkommt oder rausgeht. Ich bin schon gespannt, wer noch alles kommt.

Die Ärztin winkt der Feierabendkollegin stumm zu. Soll ich mitwinken?

»Na gut, das wird nix.« Sie legt ihr Handy wieder auf den Schreibtisch.

»Also, dann schauen wir uns mal Ihren Befund an.« Sie öffnet einen neuen Aktenordner.

Die Infusionsdamen schauen noch immer neugierig aus dem Vorzimmer zu.

Schweigend schaut sie meinen Befund an. Ich versuche, aus ihrer Gesichtsmimik eine erste Diagnose abzulesen. Wie ernst es sein könnte.

»Haben Sie eine Zusatzversicherung?« Sie schaut vom Befund auf und mich an.

»Nein, leider nicht, aber kein Problem, ich kann das schon so zahlen.« Habe ich jetzt »kann« gesagt? Wie erbärmlich ist das denn. Warum muss ich mich immer für alles entschuldigen.

»Schlecht wäre es nicht, wenn Sie eine hätten. Wenn Sie möchten, kann Ihnen meine Mitarbeiterin Informationen mitgeben.«

Ich stehe gefühlt kurz davor, kahl zu werden, und sie will mir eine Zusatzversicherung andrehen?

»Danke, das ist sehr lieb, momentan eher nicht.«

»Also zu Ihren Werten. Die sind an sich für Ihr Alter sehr gut.«

Ich hasse Sätze, die »für Ihr Alter« beinhalten.

»Es gibt auch keine medizinischen Ursachen für Ihren Haarausfall.«

Das beruhigt mich schon mal. Jetzt müsste er nur noch aufhören.

»Allerdings haben Sie eine vererbte Fettstoffwechselstörung.«

Eine was?

Und dann erklärt sie mir, dass das nix Tragisches sei, nur eine gesunde Lebensweise sei anzuraten. Vielleicht auch eine Ernährungsumstellung.

Ich muss daran denken, wie ich erst gestern etwas umgestellt habe. Den großen *Ben & Jerry's*-Eisbecher direkt zu mir auf die Couch.

Ich könne auch direkt bei ihr eine begleitende Ernährungsumstellung in der Ordination machen. Wenn ich möchte, könnte sie mir gleich die Mitarbeiterin vorstellen, die das durchführt.

Möchte ich nicht und antworte: »Hm, ja vielleicht. Das klingt interessant.«

Dann lerne ich die Mitarbeiterin kennen und erfahre alles über das ambulante Ernährungsprogramm. Ich nehme dankend alle Informationen in Empfang und erbitte Bedenkzeit.

Ansonsten sei das mit der Fettstoffwechselstörung bei meinen ansonst guten Werten nicht weiter tragisch, ich solle nur weiterhin auf eine gesunde Lebensweise achten.

»Und wenn nicht?«, frage ich.

»Das sind dann die Fälle, wo man manchmal hört, dass

junge gesunde Menschen aus dem Nichts einen Schlaganfall oder Herzinfarkt haben. Das kann schon mit so was zusammenhängen.« Einen Hypochonder beruhigt man mit so einer Aussage nicht. So viel steht fest. Mich schon gar nicht.

Ansonsten könne man mit einer zusätzlichen Mikrobiomanalyse weitere Erkenntnisse gewinnen. Zusätzliche Erkenntnisse! Das klingt gut!

»Können Sie der Frau Kristek ein Becherl für die Stuhlprobe bringen«, ruft sie durch die offene Tür ihrer Mitarbeiterin zu.

Es gibt Momente, wo es gar nicht so schlecht ist, dass ich keine weltberühmte Autorin bin und jeder meinen Namen kennt.

Die Infusionsomis sind hellwach bei der Sache. Vielleicht wollen wir sie gleich zu uns hereinbitten?

Ich bekomme einen kleinen braunen Plastikbecher ausgehändigt. Es sieht aus wie die Verpackung von dem *Rumfass-Eis*. Gibt es das eigentlich noch? Als Kind habe ich mir das einmal heimlich gekauft und gewartet, bis ich rauschig werde. Ist nicht passiert. Jetzt wäre ich gerne rauschig, um der Situation irgendwie zu entkommen.

»Also da ist so ein Löffelchen drinnen, damit befüllen sie den Becher bitte bis zur Markierung.« Die Ärztin öffnet den Becher und hält mir den Löffel zur Veranschaulichung entgegen, so wie man einem kleinen Kind einen Löffel voll Brei hinhält und sagt »noch ein Löffel für die Omi!«

Dann gibt sie mir ein kleines Papierpackerl dazu. »Stuhlauffangnetz«, steht drauf.

Dieser Tag ist ein Feuerwerk schöner und bleibender Erinnerungen. Das spüre ich schon.

»Ich will mir das noch überlegen mit der Mikrobiomanalyse«, sage ich und will nichts mehr als schnell weg von hier.

Später im Auto, ich bin um einiges Geld erleichtert, am Beifahrersitz stehen einige Nahrungsergänzungsmittel, die mir auch noch feilgeboten wurden, frage ich den, der mir immer in allen medizinischen Belangen Auskunft gibt: Doktor *Google*.

Ich stoße auf einen Podcast zu dem Thema, den ich mir beim Heimfahren anhöre.

Eine junge Frau erzählt, dass sie auch eine Fettstoffwechselstörung hätte. Sie sei ein sogenannter »TOFI«. Thin Outside – Fat Inside. Super. Ich bin ein TOFI.

Und irgendwie kribbelt es in der linken Hand … Ich sollte sicherheitshalber etwas schneller am zweiten Buch schreiben.

VORRANG FÜR DIE LITERATUR

»Frau Susanne Kristek ist für die Literatur unerlässlich und hat im öffentlichen Raum Vorrang.« Ich habe das jetzt offiziell bestätigt, mit Stempel und Unterschrift!

Wegen des Lockdowns darf man eigentlich ab 20 Uhr nur im Notfall und in besonderen Fällen den Wohnort verlassen, und ich habe jetzt eine amtliche Ausnahmegenehmigung.

Meine erste Lesung, wo ich mich nicht selbst aufgedrä…, also wo ich eingeladen wurde, findet diesen Samstag statt! Die Volkshochschule Hietzing veranstaltet eine Marathonlesung zu Ehren der diesjährigen Literaturnobelpreisträgerin Louise Glück. Und ich bin dazu eingeladen, aus deren Texten zu lesen. Ohne Publikum, aber sogar mit Gage! Und es wird per Livestream in die Welt hinaus übertragen.

30 Stunden lang lesen verschiedene AutorInnen nonstop, und man konnte sich innerhalb dieser 30 Stunden für ein Zeitfenster von jeweils 20 Minuten anmelden.

Vor lauter Freude, dass die mich angefragt haben, habe ich mich für den Zeitslot um 1.20 Uhr in der Nacht gemeldet. Ich habe mir gedacht, ich nehme eine ganz üble Zeit, wo keiner lesen will, dann ist die Chance groß, dass ich nicht durch jemanden, der besser oder berühmter ist, ersetzt werde. Passiert eh nicht, denn rechne mal aus, 30 Stunden dividiert durch 20 Minuten, da braucht man viele Lesende. Aber sicher ist sicher …

Ich habe natürlich bei der Volkshochschule nachgefragt, wie die gerade auf mich kommen. Die Antwort war, dass ich von einer ganz lieben Autorenkollegin empfohlen wurde. Bettina Balàka war eine Vortragende auf der *Leondinger Literaturakademie*.

Bei der ersten Feedbackrunde hat sie meinen Text in die Hand genommen und gefragt: »Bist du die, die auf *Facebook* gepostet hat, dass sie nicht rechtschreiben kann?«

»Ja.« Ich habe mich durchgestreckt in meinem Sessel und bin irgendwie sehr stolz, dass eine Lehrerin des Literaturkurses auf meiner *Facebook*-Seite war. Das ist schon nicht nichts.

»Merkt man«, fügt sie hinzu.

Ich liebe diese Art von Humor!! Großartig! Sie war mir gleich auf Anhieb sehr sympathisch, und ihre Bücher später haben das bestätigt. Genau mein Fall.

Deswegen freue ich mich jetzt doppelt, dass ich von ihr empfohlen wurde, bei der Marathonlesung zu Ehren der diesjährigen Literaturnobelpreisträgerin zu lesen.

Jetzt gibt es da nur ein kleines Problem: Immer wenn ich etwas vorlesen muss, habe ich spätestens nach einer halben Seite das Gefühl, dass ich nicht mehr reden kann. Also dass die Stimme wegbleibt oder es mir die Kehle zuschnürt. Wie soll ich da jemals, sollte ich vielleicht doch noch wenigstens mittelberühmte Autorin werden, vor Publikum längere Texte lesen können?

Und siehe da, es gibt eine Lösung für das Problem, die heißt: Niki und der Gliederkaspar! Das ist jetzt nichts Frivoles. Es heißt ja auch *GliedERkaspar*.

Also, die Niki ist eine liebe Freundin, wir haben uns mehr oder weniger über *Facebook* kennengelernt. Der Gatte hat schon längst aufgehört zu fragen, woher ich die Leute kenne. Er weiß, dass die Antwort fast immer *Facebook* lautet.

Die Niki ist eine wunderbare Journalistin und TV-Moderatorin, die auch Logopädie studiert hat. Auf die Idee bin ich gekommen, weil der Gatte nach einer Lesung von mir einmal eine medizinische sehr fundierte Diagnose gestellt hat: »Heast, kann das sein, dass du lispelst?« Wie ihm das bisher entgangen sein konnte, weiß ich zwar nicht, aber *Codipront*-Spätfolgen sind vermutlich noch nicht hinlänglich untersucht.

In voller Panik habe ich dann die damals noch studierende Niki angefragt und gebeten, sobald das Studium fertig sei, wäre ich als erste Patientin der Stunde bereit! Oder sagt man da auch Klientin? Egal.

Die Niki bringt mir jedenfalls tolle Dinge bei, wie ich meine Stimme aufwärmen kann zum Beispiel, wie ich meine Stimmmuskeln trainiere, oder dass Gähnen wahnsinnig gut und wichtig sei. Und dann gibt es viele Übungen, die man daheim auch machen kann, so wie der *Gliederkaspar*. Man stellt sich locker hin, lässt eigentlich alles so ziemlich hängen, Kiefer lockern, und dann wackelt man so ein bisschen auf und ab, so wie wenn man schon sehr dringend auf ein besetztes Klo wartet. Dazu öffnet man den Mund und macht »äääääääääääähhhhhhhh«, also den Ton, der grad kommt. Kann man auch mit der Übung des

Löwen kombinieren. Da soll man das Gesicht quasi weit aufreißen, also Augen auf, Mund weit auf und Zunge so weit rausstrecken, wie geht, und dazu so was wie »bäääähhhh« sagen. Das ist ungemein lockernd! Probier das mal aus.

Gatte und Kind haben mich nur gebeten, die Übung nur in geschlossenen Innenräumen zu machen und bitte nicht mehr auf der Terrasse. Sie meinen, ein geschlossener Innenraum wäre nur zu meinem Schutz vor richtig geschlossenen Anstalten.

Und die Niki hat mir auch gezeigt, wie man sich gut auf einen Text für eine Lesung vorbereiten kann. Wie man sich Pausen anzeichnet und mögliche Intonationen. Das hilft extrem! Du kannst einen Text nämlich auch tot lesen, wenn er entweder so schnell oder so langweilig oder manchmal auch so overactingmäßig vorgelesen wird, dass man sich unmöglich mehr auf den Inhalt konzentrieren kann. Alles schon gehört bei Lesungen. Und dann gibt es aber die Lesenden, wo alles gewinnt. Ich habe einmal die Senta Berger im Burgtheater *Fräulein Else* lesen gehört. Da machst du die Augen zu und bist im Glück bei der Stimme.

Louise Glück. Never heard before. Das ist natürlich ein bisschen peinlich, wenn man sich mal so richtig in der Autorenschaft etablieren will. Man kann nicht eine Literaturnobelpreisträgerin nicht kennen. Andererseits, allein im deutschen Sprachraum erscheinen pro Jahr 69.000 Bücher. Wer soll da noch einen Überblick behalten!

Also google ich, und ihre *Wikipedia*-Seite klärt mich auf: »Louise Glück, US-amerikanische Lyrikerin und Essayistin.«

Das Einzige, was ich an dem Satz gleich verstehe, ist US-amerikanisch. Beschämend.

Ich habe zur Vorbereitung auch ihr Werk zugeschickt bekommen und darf mir etwas aussuchen. Genauso hätte ich auch mit dem Finger auf einen drehenden Globus mir ein Urlaubsland aussuchen können. Alles ist mir unbekannt. Vor allem unverständlich, weil englisch!

Wer möchte, könne auch gerne seine eigene Interpretation voranstellen, hat es geheißen in der Einladung zur Lesung.

Nein danke, möchte ich lieber nicht. Mir fehlt der Zugang zu Gedichten. Das einzige Gedicht, von dem ich zumindest die ersten vier Zeilen aufsagen kann, ist von Eugen Roth. In meiner frühen Jugend habe ich von meiner Tante einen Eugen Roth-Sammelband geschenkt bekommen. Damals gab es kein Internet, kein Social Media, keine Computerspiele. Also habe ich durchaus interessiert und sogar mehrfach das Eugen Roth-Büchlein gelesen.

»Ein Mensch sitzt kummervoll und stier
Vor einem weißen Blatt Papier.
Jedoch vergeblich ist das Sitzen –
Auch wiederholtes Bleistiftspitzen …«

Mehr kann ich nicht mehr. Offenbar war das Thema damals schon eine Heimsuchung für mich. Ich google, wie das Gedicht überhaupt heißt und vor allem, wie es weitergeht. Hier in voller Länge:

Arbeiter der Stirn von Eugen Roth
Ein Mensch sitzt kummervoll und stier
Vor einem weißen Blatt Papier.
Jedoch vergeblich ist das Sitzen –
Auch wiederholtes Bleistiftspitzen
Schärft statt des Geistes nur den Stift.
Selbst der Zigarre bittres Gift,
Kaffee gar, kannenvoll geschlürft,
Den Geist nicht aus den Tiefen schürft,
Darinnen er, gemein verbockt,
Höchst unzugänglich einsam hockt.
Dem Menschen kann es nicht gelingen,
Ihn auf das leere Blatt zu bringen.
Der Mensch erkennt, dass es nichts nützt,
Wenn er den Geist an sich besitzt,
Weil Geist uns ja erst Freude macht,
Sobald er zu Papier gebracht.

Sehr schöner Abschluss. »Weil Geist uns ja erst Freude macht, sobald er zu Papier gebracht.«

Ich kann gar nicht mehr aufhören, Eugen Roth-Gedichte zu googeln. Ein weiteres schreibt er mir aus der Seele:

Man wird bescheiden (!)
Ein Mensch erhofft sich fromm und still,
Dass er einst das kriegt, was er will.
Bis er dann doch dem Wahn erliegt
Und schließlich das will, was er kriegt.

Eines noch, dann höre ich auf. Ich bin im Eugen Roth-Wahn:

Das Schnitzel
Ein Mensch, der sich ein Schnitzel briet,
Bemerkte, dass ihm das missriet.
Jedoch, da er es selbst gebraten,
Tut er, als wär es ihm geraten,
Und, um sich nicht zu strafen Lügen,
Isst er's mit herzlichem Vergnügen.

Aber eine Literaturnobelpreisträgerin will ich dennoch nicht interpretieren. Viel zu feig.

Stattdessen bin ich lieber damit beschäftigt, meine Ausnahmefahrgenehmigung noch mal in Farbe und höchster Druckqualität auszudrucken und dann zusätzlich zu laminieren. Damit ich sie dauerhaft ins Auto hinter die Windschutzscheibe legen kann.

VORRANG IM ÖFFENTLICHEN RAUM FÜR DIE LITERATUR!

SCHREIBSCHWESTER

Ich habe um 19 Uhr so was wie ein Blind Date im *Café Ritter* auf der Mariahilfer Straße.

Das *Café Ritter* ist so ein klassisches Alt-Wiener Kaffeehaus mit kleinen runden Marmortischen, Sitzbänken, die mit rotem Leder bezogen sind, und Kellnern, die von Berufs wegen immer ein bisserl geizig sind mit ihrer Freundlichkeit.

Am meisten ist hier untertags los, wenn die Leute aus den Büros kommen, um zu essen oder für wichtige Termine.

Jetzt am Abend ist es fast leer. Bei so was wie einem Blind Date ist das gut und schlecht zugleich. Gut, weil man nicht lange überlegen muss, wer es sein könnte, wenn ohnehin nur eine Person im Raum sitzt. Schlecht, weil man nicht mehr abhauen kann.

In meinem Fall ist beides wurscht, weil ich zumindest ihr Gesicht von *Facebook* kenne, wobei man heutzutage ja oft auch gar nicht mehr so ausschaut wie auf seinen eigenen Social Media-Fotos. Das größte Kompliment mittlerweile ist ja, wenn jemand zu einem sagt: »Du siehst ja wirklich so aus wie auf deinen *Insta*-Fotos.« Mein Lieblingsfoto-Filter ist zum Beispiel »Lolli«. Der macht alles immer so schön hell und weich. Was das über mich aussagt, dass ich als erwachsene Frau einen Filter namens Lolli verwende, das lassen wir jetzt im Raum stehen.

Genauso wie ich selbst jetzt im Raum vom *Café Ritter* stehe und Ausschau halte. Ah! Da hinten ist sie! Zumindest ist da eine, die aussieht wie Martina Parker auf ihrem *Facebook*-Profilfoto und den anderen Fotos, die ich schon gestalkt habe.

Sie sitzt ganz hinten in so einer engen Nische und schaut aus dem Fenster, während sie ihre Beine aber verdreht in die andere Richtung überschlagen hat. OMG! Die hat so lange Beine, dass die keinen Platz mehr unter dem kleinen Tisch haben! Deswegen lässt sie die in den Raum stehen. Die sind doppelt so lang wie meine! Ich muss an die *Yogurette*-Werbung aus den 90er-Jahren denken. Wo die kleine Moppelige neben der großen Schlanken im Park joggt. Ein paar Männer pfeifen der Großen nach. Die kleine Moppelige bekommt daraufhin einen traurigen Blick und schaut die Große von unten an.

»Wie machst du das bloß, dass du immer so toll aussiehst?«

Und die Große sagt: »Ich mach' Sport und ess' eben nicht so viel!«

Genau!

Martina Parker kannte ich schon, bevor ich ihr auf *Facebook* eine Freundschaftsanfrage geschickt hatte. Sie hat jahrelang eine Kolumne in der Zeitschrift *Wienerin* geschrieben. So eine Kolumne, wo oben ein kleines Foto von der Autorin dabei ist, und daneben steht der Name der Autorin. Ich habe den Stil der Kolumne geliebt: jung, rotzig, sehr modern. Und ich habe gewusst, dass sie aus einer ähnlichen Gegend kommt wie ich. Sie aus dem Südburgenland, ich aus der Oststeiermark. Und beide waren wir in der gleichen Kultdisco in unserer Jugend, dem *Kama-*

kura. Das alles wusste ich nur aus ihrer Kolumne oder von gemeinsamen Freunden, die über sie geredet hatten. Aber persönlich habe ich sie nie getroffen. Wenn so jemand, der vielleicht mal auf den gleichen Parkplatz wie du gespieben hat, dann eine eigene Kolumne (mit Foto!) in einem großen Frauenmagazin schreibt, dann ist das sehr nah dran am Star-Status!

Also für mich zumindest. Irgendwie hat das in den letzten Monaten angefangen mit den gegenseitigen Likes auf *Facebook*-Storys, und dann hat sie mir mal eine persönliche Nachricht geschrieben und mir zum Buch gratuliert und dass sie das toll findet. Und dass sie auch ein erstes Buch geschrieben hat, das bald erscheint. Und wenn man so ein gemeinsames Hobby hat, dann können diese Nachrichten ganz schön lang und ausufernd werden.

»Hi«, sage ich und gebe ihr die Hand wie bei einem Geschäftstermin. Ziehe aber gleich wieder zurück, weil man ja nicht Hände geben darf. Also belasse ich das Hi und setze mich.

»Hi«, sagt sie und strahlt mich an. Jetzt sehe ich erst, dass sie hohe goldene Stiefel trägt. Cool. Sieht aus wie bei Anni-Frid von *Abba*. Sie hat so halblange brünette Haare, und am Style erkennt man gleich, dass sie bei diesem Magazin gearbeitet hat. Und dort die Beauty-Redaktion geleitet hat. Denn da ist eine unaufgeregte Coolness im Style, aber auch was Freches im Lachen. So eine Kreuzung aus Pippi Langstrumpf und Anni-Frid.

»Ich hab dir schon mal einen Spritzer bestellt.« Und da sehe ich erst, dass tatsächlich schon zwei weiße Spritzer am Tisch stehen. Das ist mutig, wenn man sich nicht kennt. Hätte ja auch sein können, dass ich nur vollmondgeernteten Kamillentee trinke. Aber ich mag mutige Menschen und vor allem Menschen, die mit mir trinken.

»Großartig, danke! Prost!« Wir stoßen an.

Ich überreiche ihr mein Buch, der offizielle Grund unseres Treffens. Ich habe es wie alle Bücher, die ich verschenke, eingewickelt in ein spezielles Seidenpapier. Weiß mit grünen Palmen drauf. Und als Branding einen Aufkleber von mir drauf mit der URL meiner Blogwebsite: www.superklumpert.com. Ich liebe das, wenn ich die Bücher so schön einpacken kann. Das ist wie Babys wickeln.

Dann muss ich natürlich sofort nach dem fragen, was mich am meisten interessiert.

»Wieso hast du diesen saucoolen Job bei dem Magazin an den Nagel gehängt? Ich war ultra Fan deiner Kolumne.« Oh Gott, ich klinge peinlich. Gleich frage ich nach einem Autogramm.

»Kennst du das Gefühl, wenn die Party schon recht lang dauert und man spürt, jetzt sollte man langsam gehen?«, fragt sie.

Ich muss an den *Kamakura*-Parkplatz denken, den kenne ich. Vor allem, wenn man nicht weiß, wie man heimkommt. Doppelt blöd. Und dann um 3 Uhr früh in der Telefonzelle die eigenen Eltern anrufen muss. Damit die einen abholen.

»Hat dich auch deine Mama abgeholt?«

»Haha, nein.« Sie lacht. Die hat aber ein lustiges Lachen. Laut und ansteckend. Ich kann nie laut lachen, eh schade. Dabei find ich die Sachen lustig, nur, es kommt nicht so lustig aus mir heraus. Und wenn dann nur bei völlig unpassenden Scherzen, die sind entweder völlig niveaulos, politisch inkorrekt oder von mir selbst. Der Gatte sagt immer, niemand kann so gut über seine eigenen Schmähs lachen wie ich. Leider muss ich ihm recht geben. Auch wenn das eine eher peinliche Eigenschaft ist.

»Du hast doch sicher die ur Stars getroffen und interviewen dürfen bei dem Job, oder?«

Ich bin bei meinem Lieblingsthema angekommen! Stars und Gossip! Wobei mein Fachgebiet eher Musiker sind. Ja und der Glavinic. Aber das erzähle ich nicht beim ersten Treffen. Das verstört die Menschen manchmal.

Sie zählt Namen auf, die ich teilweise noch nie gehört habe, berühmte Designer. Auf der ganzen Welt war sie da. Ein Interview mit Susan Sarandon, im Lift mit Quentin Tarantino. Karl Lagerfeld ohne Brille, und sogar mit Donald Trump in einem Raum. Ich krieg kaum den Mund zu vor lauter Staunen und bestelle sicherheitshalber gleich noch einen Spritzer.

»Und was hast du da am Arm?« Unter ihrem Ärmel blitzt was Rotes am Unterarm hervor. Ritzt die sich? Nö. Das ist erst in der Generation nach uns aufgekommen. Ist sie rauschgiftsüchtig? Bei den vielen Stars wäre das ja kein Wunder!

Sie lacht wieder laut und zieht den Ärmel hoch. Ein roter Blitz! No more words needed. From one Bowie-Fan to another!

»Wo hast du das her? Das is ja mega!«

Dann kommt die ärgste Geschichte, nämlich das Tattoo hat ihr jemand bei einem Tattoo-Buschenschank am Wechsel gemacht.

»Darf es noch was sein, die Damen?« Der Kellner steht neben uns und klingt so, als ob er auch nichts dagegen hätte, wenn wir jetzt »Zahlen« sagen. Aber das geht unmöglich, weil ich noch sehr viele Fragen habe. Wir haben ja noch nicht mal über ihr Buch gesprochen.

»Ja, gerne noch zwei Spritzer«, sagt sie.

»Also was ist jetzt mit deinem Buch, bitte um Details«, leite ich das neue Thema ein.

»Also«, sagt sie, »können wir schon so reden, als ob wir Freundinnen sind?«

Das letzte Mal, als mir so eine Frage gestellt wurde, war ich zehn! Ich mag offene und schräge Menschen. Martina gehört definitiv in diese Kategorie. Allein wegen der goldenen Stiefel!

Langsam spüre ich auch den Wein ein bisserl einfahren und muss mich konzentrieren, damit ich alles von der Geschichte ihres Buches richtig einordne.

Am Freitag, dem 13. März 2020, hat sie die Party beim Magazin also verlassen und gekündigt. Um 7 Uhr früh. Für eine Party eh lang durchgehalten, muss man sagen.

Ich war an dem Tag im Zug nach Leipzig. Ich wollte zur Buchmesse. Warum ich das nach Monaten noch genau weiß, was ich an dem Tag getan habe?

Weil ich in Sankt Pölten wieder aus dem Zug ausgestiegen bin, während der Gatte mir schon ein Foto von einem Großeinkauf per *WhatsApp* geschickt hat. Auffallend viel Klopapier war dabei! Die sperren zu, hat er dazugeschrieben.

An diesem Tag wurde der erste Lockdown verkündet. Und fast jeder, den du fragst, weiß, wo er an dem Tag war und was er getan hat.

Martina mit den goldenen Stiefeln hat also ihren Job, um den sie die halbe Welt wohl beneidet hat, aus freien Stücken beendet, um was zu tun?

»Ich habe beschlossen, ich werde Autorin.«

Da habe ich dann noch einen vierten weißen Spritzer bestellen müssen. Denn, dass wer so einen Job kündigt, um Autorin zu werden, da gehört schon sehr viel Risikobereitschaft dazu.

Genauso gut hätte sie sagen können, ich habe beschlossen, ich werde Astronautin oder Prinzessin. Beides in etwa so realistisch als Beruf, der einen ernähren soll, wie der Wunsch, Autorin zu werden.

»Die Spritzer heute gehen auf mich, okay?« Ich kann sie unmöglich zahlen lassen. Ich rechne im Kopf durch, wie weit ich mit dem Income aus meinem Buch bisher kommen würde. Eine Woche Lebenserhaltung wäre drinnen, bei Reis und Kartoffeln.

Aber es klingt alles sehr gut. Zwei Verlage haben um ihr Konzept gebuhlt. Das allein kommt schon einem Lotto-Jackpot gleich, dass man ein Manuskript als neue Autorin an Verlage schickt, und gleich zwei wollen es wirklich haben. Unglaublich. Sie erzählt von Flyern, von Plakaten, von Leseproben, die sie bekommt, und von einer eigenen Pressedame, die sich um die Journalisten kümmern wird. *Zuagroast* wird das Buch heißen, ein Gartenkrimi aus dem Südburgenland. Der Titel ist super! Zuagroast war in meinem Heimatdorf schon jemand, wenn er nur aus der Nachbarortschaft eingeheiratet hat.

Wow, das klingt alles wirklich mega. Bei guter Führung könnte sich sogar ein Monat Lebenshaltung mit dem Income ausgehen, rechne ich schnell mal durch.

»Joints und Kondome.«

»Was?« Ich habe den ersten Teil vor lauter Rechnerei, wie lang sie durchkommen wird, nicht mitbekommen.

»Wir schenken Joints und Kondome an die Journalisten, gemeinsam mit dem Buch.«

Geniale Idee! Der Marketingprofi in mir jubelt! Ich denke an meine selbst erstellte Liste »relevante Journalisten«. Denen ich auch mein Buch und ein Handtuch geschickt habe. So eine Pressefrau hätte ich auch gern gehabt. Aber mir macht das eh Spaß, erst gestern habe ich ein Paket an die *Kleine Zeitung Steiermark* geschickt und mich als »Steirerin des Tages« beworben. Ich meine, die brauchen 365 Tage im Jahr jemanden. Vielleicht habe ich da eine Chance. Letzte Woche war eine Bienenzüchterin Steirerin des Tages. Was spricht also gegen mich?

Als wir beide merklich beeinflusst vom Spritzer sind, kommen die alten Jugenderinnerungen hoch. An die großartigste Disco des Landes. *Kamakura*. Auch wenn wir uns dort nie begegnet sind. Wer dort war, gehört für immer dazu. Das ist eine Lebenseinstellung. Und der Geist lebt manchmal weiter. Vereinzelt veranstalten ehemalige »Angehörige« Revivalpartys. Oder Rock Festivals in der Gegend. So wie in Bildein. Einem kleinen Dorf ganz unten im Südburgenland. Wo seit Jahren ein Festival stattfindet, das die Welt noch nicht gesehen hat. Ich allerdings auch noch nicht. Man kommt kaum an Eintrittskarten heran, so schnell sind die immer weg. Obwohl dort die größten Bands der Welt schon aufgetreten sind. Zwischen Obstbäumen und Heurigenbänken und begleitet von Kunstaktionen oder Lesungen.

»Wollen wir dort vielleicht gemeinsam lesen?« Eine kleine Idee entwickelt sich in meinem Kopf. Vor allem eine Idee, wie ich an Eintrittskarten kommen könnte.

»Wie – lesen? Wie willst du das machen?«, fragt sie erstaunt.

»Na ja, ich schreibe denen eine E-Mail und frag, ob wir lesen dürfen.«

»Spitzenidee! Wir ergänzen uns gut, und zu zweit ist das sicher lustiger.«

Bevor wir leicht betrunken zum Ausgang wackeln, schenkt sie mir noch einen Floh.

So einen kleinen aus Holz, den man sich früher an die Jacke gehängt hat, mit Sicherheitsnadel.

Ist das jetzt so was wie ein Freundschaftsarmband? Sie ist wirklich crazy.

»Das ist jetzt wieder mega im Trend!«

Wer es wissen muss, was gerade im Trend ist, dann wohl sie.

PS: Das *Kamakura* haben sie leider inzwischen abgerissen. Da steht jetzt ein *Spar* drauf. Dort, wo wir Tequila gesoffen haben am Parkplatz, sind jetzt die Einkaufswagerl.

Gleich daneben ist eine Kuranstalt.

Ich muss mir jetzt vorstellen, wie wir später mal im Aufenthaltsraum von der Kuranstalt sitzen wie zwei alte Weiber, mit Flöhen am Gewand, auf die Moorpackung warten und auf einen jungen Masseur hoffen und dabei wehmütig zum *Spar*-Parkplatz schauen.

Ja, ich glaube, das könnte lustig werden.

ELKE HEIDENREICH

Ich sitze in der U1 am Weg zur Blutspendezentrale. Ich war Corona positiv, milder Verlauf zum Glück, nur mein Geschmack ist teilweise bei bestimmten Lebensmitteln noch gestört. Böse Zungen behaupten, dass vor allem mein musikalischer Geschmack gewissen Störungen unterworfen sein könnte. Da muss ich immer massiv Einspruch erheben. Schlager ist keine Geschmacksstörung, und ich liebe eben Schlager! Hossa!

In der U1 stinkt es wie immer nach Kotze. Ganz übel. Wie bei allen Menschen in der U-Bahn hängt auch mein Kopf nach unten, und ich wische irgendwas am Handy herum. Tut sich wenig Neues. *Instagram*, keine neuen Nachrichten. *Facebook*, auch nix. *GMX*, eine neue Mail!

Wir fahren in Station Stephansplatz ein.

»Sehr geehrte Frau Kristek, könnten Sie mir ein Exemplar Ihres Buches *Nur die liegt zählt* bitte nach Köln schicken. Es ist leider in allen Buchhandlungen vergriffen und auch online nicht verfügbar, liebe Grüße aus Köln, Frau Christine K.«

In allen Buchhandlungen vergriffen fühlt sich an wie »Sie haben gewonnen, aber das X beim Joker nicht angekreuzt«. Vor allem, weil es nicht vergriffen ist, sondern vermutlich gar nie dort war. Das habe ich mir in meinem Susi-Sonnenschein-Kopf nämlich alles anders vorgestellt. Ich dachte, man schreibt ein Buch, und zack brack liegt das dann flächendeckend in allen Buchhandlungen in Österreich und Deutschland. Aber das habe ich wohl nicht so durchdacht in meiner Frischlings-Autoren-Euphorie, denn wenn dem so wäre, dass alle Bücher, die neu erscheinen, in allen Buchhandlungen aufliegen, würden die ja aus allen Nähten platzen. Also wird sehr wohl individuell pro Buchhandlung entschieden, ob ein Buch dann dort liegt oder nicht. Meines liegt nicht. Auch wenn es *Nur die Liege zählt* heißt.

Und auch bei dem großen Online-Händler mit dem A ist es nicht, weil der auch irgendwas mit seiner Auslieferung hat. Was weiß ich, was. Ist mir auch egal. Ich habe hart für ein Produkt gearbeitet und würde mir verdammt noch mal wünschen, dass es dort erhältlich ist, wo man es kaufen kann. Sonst hätte ich ja gleich damit weitermachen können, meine Geschichten auf *Facebook* zu veröffentlichen. Tue ich ja sowieso. Aber wozu dann der ganze Aufwand. Ich fühle mich wie so ein kleines Kind, das mit dem Fuß aufstampft und »ich will, ich will, ich will« ruft. Sehr erwachsener Zugang.

Ich lese das Mail von Frau Christine K. noch mal durch und freue mich trotzdem. Die kennt mich nicht. Die hat sich die Mühe gemacht, meine E-Mail-Adresse ausfindig zu machen, sich hingesetzt und mir geschrieben. Das alles berührt mich sehr. Irgendwas stimmt trotzdem nicht. Aber was?

Station Karlsplatz. Ich steige aus und gehe durch den Resselpark in Richtung Blutspendezentrale. Im Resselpark hängen ein paar Typen ab, die sehen auch aus, als könnte eine Blutspende gerade nicht schaden. Ich starre beim Gehen weiter in mein Handy und lese immer und immer wieder die Nachricht.

Da schießt mir auf einmal ein, was nicht stimmt! Köln! Wie kommt eine Frau aus Köln ausgerechnet auf mich? Ich kenne dort niemanden bis auf Michelle, und die ist Schlagersängerin, und ich kenne sie nur von Konzerten. Also das Kennen ist eher einseitig. Woher weiß jemand aus Köln, dass es mein Buch gibt?

Das muss ich jetzt klären. Also bleibe ich mitten im Resselpark stehen, um eine Antwort in mein Handy zu tippen:

»Liebe Frau Christine. Ich bedanke mich außerordentlich für Ihr Mail. Sehr gerne werde ich Ihnen, wenn Sie möchten, sogar ein signiertes Exemplar meines Buches zukommen lassen.«

Am liebsten würde ich schreiben: »Vor lauter Freude würde ich Ihnen das Buch gerne schenken.« Aber Martina hat mir gestern gesagt, man darf sich niemals unter dem Preis verkaufen. Schreiben ist auch eine Arbeit. So wie Heizungen montieren. Nur anders halt.

Gut, sie stellt sich in meinen Augen ihre Arbeit auch zukünftig als Prinzessin vor … Aber trotzdem hat sie mit dem Punkt recht.

»Brauchst du was? Gras? Koks?« Hat der Typ jetzt mich gemeint? Ich drehe mich um, ein kleiner Mann in schwarzer Kleidung und mit Baseballmütze ist gerade an mir vorbeigegangen. Ich sehe ihn nur mehr von hinten. Da dreht er sich auch nach mir um. Für einen Sekundenbruchteil starren wir uns an. Er grinst. Ich schaue sofort weg. Das ist ja peinlich!

Sehe ich aus wie eine Drogensüchtige? Ich muss meinen Style überdenken.

Im Weitergehen schreibe ich den letzten Satz in dem Mail: »Darf ich Sie noch fragen, wie Sie überhaupt auf mein Buch gekommen sind? Herzliche Grüße aus Wien.«

Ich stecke mein Handy wieder ein und taste reflexartig nach der Geldbörse. Alles noch da. Blöde Vorurteile auch.

»Also, Sie können nicht gleich Plasma spenden, sondern spenden zuerst Blut, wenn Sie möchten, dann analysieren wir das, und Sie bekommen selbstverständlich die Ergebnisse zugeschickt. Und wenn Sie geeignet sind, kommen Sie frühestens in acht Wochen als Plasmaspenderin infrage.« Der junge Arzt rollt mit seinem weißen Arztrollhocker zu mir her. Die Dame beim Check-in hat mir das schon alles erklärt. Aber ich höre medizinischen Fachkräften gerne doppelt zu. Damit wir ja nix übersehen. »Analyse und Ergebnisse« klingt auch gut! Ich bin ja da, weil sie im Fernsehen aufgerufen haben, sie würden Covid-genesene Plasmaspender suchen. Wir könnten einen wertvollen Beitrag leisten. Und wer will keinen wertvollen Beitrag leisten? Dann war der Drecksvirus wenigstens für irgendwas gut.

»Wollen wir loslegen?« Er hält Schläuche und Beutel bereit, ich nicke und drehe meinen Kopf von ihm weg, während ich ihm den Arm hinstrecke.

»Jetzt kommt gleich der kleine Piekser.«

Von mir aus müssen es auch nicht so viele Erklärungen sein. Hau rein und gut ist.

»Und supi! Schon erledigt!«

Hat der jetzt »supi« gesagt?

»Jetzt können wir uns ein bisserl entspannen, das dauert je nach Blutdruck ein paar Minuten.«

Wir entspannen uns? Inwiefern ist er dabei beteiligt?

Ist er eh nicht, er rollt weg zum nächsten Spender auf der Liege neben mir. Ich starre auf die Decke. Neonröhren. Grauslich. Nach links kann ich nicht schauen, da pumpt mein Arm grad das Blut raus.

»Blink.«

Scheiße, ich habe vergessen, meinen Handyton abzudrehen. Das war eine neue Nachricht. Ich ziehe das Handy mit der freien rechten Hand aus der Hosentasche, achte aber darauf, dass mich keiner dabei sieht. Peinliche Tussi, die nicht mal beim Blutspenden aufhören kann, auf ihr Handy zu starren. Genau das will ich mir ersparen. Ich will es ja nur auf lautlos drehen.

Geht aber nicht leicht, entsperre mal dein Handy mit nur einer Hand! Ich versuche, mit dem Daumen das komplette Entsperrmuster nachzuzeichnen. Wäre einfach, würde ich nicht so schwitzen auf der Hand. Ist das schon der Wechsel oder wegen der Nadel im linken Arm? Ich schaue nur kurz zur Seite, der Beutel füllt sich langsam.

Endlich ist es entsperrt, am Weg zur Lautlos-Einstellung sehe ich eine neue Nachricht auf *GMX*. Absender: Christine K., Köln. Ich schaue links und rechts, ob mich wer sieht.

Der junge Arzt oder Sanitäter ist grad mit dem älteren Herrn neben mir beschäftigt. Die beachten mich nicht. Also vielleicht kurz wirklich nur die eine Mail lesen, und dann Handy weg. Da muss ich wieder so weit rüber mit dem Daumen und plötzlich …

Der junge Arzt oder Sanitäter hebt den Kopf und schaut in meine Richtung.

»Alles okay bei Ihnen?«

Der Pensionist, den er grad bearbeitet, hebt auch den Kopf und wirft mir einen Blick zu wie so ein strenger Hausmeister: »Sie haben Ihr Handy verloren, Gnädigste!«

Es ist mir aus der Hand gerutscht und mit einem lauten Tuscher auf dem Boden gelandet.

Mir kommt vor, mein Beutel füllt sich jetzt wesentlich schneller als vorher. Mir ist das so peinlich, das Blut sucht sich wild eine freie Bahn. Ein Teil in den Kopf, der Rest in den Topf.

»Ich bin gleich bei Ihnen«, sagt der Arzt oder Sanitäter. Den mag ich.

»Bitte keinen Stress, ich brauche es eh nicht.« Ich schließe die Augen und hoffe, dass ich bald fertig bin.

Zur Strafe greife ich mein Handy nicht mehr an. Auch nicht beim obligatorischen Nachsitzen nach dem Blutspenden, dort wo man gratis ein Brot mit Wurst oder wahlweise *Mannerschnitten* und *Coca Cola* bekommt. Ich sitze in dieser Blutspendekantine, esse stumm mein Brot und lese alle Plakate, die der Raum hergibt.

Mein Favorit: »Faschingsgschnas der Sanitöter«.

Ich greife auch nicht danach, als ich beim Auschecken kurz warten muss.

Erst als ich vor der Tür am Gehsteig stehe. Es ist inzwischen dunkel und kalt geworden. Erst da ziehe ich mein Handy aus dem Mantel.

»Liebe Frau Kristek. Vielen Dank für Ihre rasche Antwort. Ich habe über Ihr Buch im *Kölner Stadtanzeiger* gelesen. Frau Elke Heidenreich hat es dort beworben.

Gerne schicke ich Ihnen anbei ein Foto von der Seite durch, falls Sie den *Kölner Stadtanzeiger* in Wien nicht verfügbar haben.«

ELKE HEIDENREICH? Die Elke Heidenreich? Die berühmte deutsche Literaturkritikerin?

Mit zittrigen Fingern öffne ich das beigefügte Attachement.

Vielleicht sollte ich das Angebot mit dem Gras am Rückweg doch in Erwägung ziehen.

Der Gatte sitzt in hoch konzentrierter Haltung knapp einen Meter vor dem Fernseher. Als Kind haben sie immer gesagt, dass das schlecht sei, so nah dran, wegen der Strahlung. Man würde viereckige Augen bekommen. Und ich dachte lange, Fernbedienungen sind nur erfunden worden, damit wir nicht so nah rangehen müssen. Aber gut, man hat uns auch gesagt, dass Onanieren irgendwas mit dem Rückgrat macht.

Er schwitzt. Ist der jetzt auch im Wechsel?

Er hält dieses Teil mit den Knöpfen, mit dem man die *Playstation* betätigt, fest in beiden Händen. Heißt das auch Fernbedienung? Oder sagt man noch Joystick?

Man merkt das eigene Alter, wenn man die richtigen Wörter für die Elektrogeräte nicht mehr kennt. Oder generell sprachlich nicht mehr mitkommt.

Letztens ruft mich meine 70-jährige Tante aufgeregt an und erzählt, dass ein Impfbus bei ihnen im Dorf stehe. »Du da steht ›Ü30 Booster Bus‹ drauf, kann ich da auch hingehen?«

Ich verstehe sie!

»Hallo, Schatz«, sagt der Gatte, während er weiter geradeaus auf den Fernseher schaut. Ein Teil der Zungenspitze steht raus, das macht er immer, wenn er konzentriert ist. Sogar beim Skifahren! Ich sag eh immer, gib die Zunge rein, die friert dir noch ab, oder du stürzt und dann fährt dir wer über die Zunge. Die schlimmsten Unglücke hält man vorher nicht für möglich!

Seit ihm das Christkind eine *Playstation 5* gebracht hat, ist er kaum von dieser Position wegzubringen. Und ich war der Erfüllungsgehilfe vom Christkind und das, obwohl das Teil zwar erst kürzlich erschienen, aber bereits weltweit ausverkauft ist!

Nur, im Gegensatz zu meinem Buch, kann sich *Sony* diesen Verknappungs-Schmäh gut leisten. Die Leute sind scharf drauf und wollen das unbedingt. Die warten monatelang und machen die ärgsten Sachen, um so eine Spielkonsole zu bekommen. Hätte ich mit dem Dealer im Resselpark vorher ein längeres Verkaufsgespräch gestartet, hätte er mir vielleicht gleich nach Gras und Koks eine *Playstation 5* angeboten. Es sind arge Zeiten. Nichts ist auszuschließen. Falls viele Bücher von mir übrig bleiben, vielleicht könnte er die auch mitverkaufen? Direktvertrieb. Gras, Koks und *Nur die Liege zählt*.

Aber tatsächlich war es gar nicht leicht, eine *PS5* zu organisieren. Das waren einige Telefonate und eine äußerst gute und jahrelange Geschäftsbeziehung zu einem Elektrohändler meines Vertrauens. Und eines Tages kam der Anruf! Sie ist da! Wie wenn man auf ein Adoptionsbaby wartet, und dann rufen sie dich an, und du bist ganz aufgeregt, weil du noch kein Gitterbett hast.

Er schaukelt also seit Tagen dieses neue Baby. Eine Spielekonsole. Versteh da wer die Männer. Aber gut, meine Faszination für Bücher versteht auch nicht jeder.

»War alles okay beim Blutspenden?« Er schaut mich kurz an, lächelt und reißt den Kopf gleich wieder zurück auf den Bildschirm. »Sorry, ich bin gleich bei dir. Das ist ein echter Gegner, kein Computer!« Alles klar.

Ich bleibe daneben stehen und schaue zu, wie die kleinen Männer am Bildschirm über den Rasen flitzen. Dann beruhigt sich die Lage am Spielfeld. Ein guter Moment!

»Stell dir vor, es ist was ur Arges passiert!«

»Beim Plasmaspenden? War die Nadel doch zu dick?« Er legt die Fernbedienung weg und schaut mich besorgt an.

»Nein, ich war nicht Plasma, ich war nur Blut, egal, das erklär ich dir später, auf jeden Fall, stell dir vor, die ELKE HEIDENREICH hat mich empfohlen!« Ich betone jede Silbe so arg, als müsste ich ihren Namen buchstabieren. EL-KE-HEI-DEN-REICH.

»Wer?«, sagt er.

»Die berühmteste deutsche Literaturkritikerin!«

Nachdenkliches Gesicht. Er überlegt offensichtlich, ob er diesen Namen schon jemals irgendwo gehört haben könnte.

»Wenn sie eine Maschine wäre, wäre sie dann so was wie eine *Playstation 5*?« Das traut er sich auch noch zu fragen!!!

»In einer Kölner Zeitung! Schau, ich lese dir das vor. Bleib sitzen!«

Ich glaube, er hätte eh nicht vorgehabt aufzustehen, ich weiß allerdings nicht, ob er zwingend vorgehabt hätte, eine

Literaturkritik von mir vorgelesen zu bekommen. Jeder muss Opfer bringen.

»Also pass auf, sie schreibt: ›Das albernste, lustigste, beknackteste Buch, bei dem man dauernd lachen muss, ist *Nur die Liege zählt* von Susanne Kristek. Kein Druckfehler, hier zählt nicht die Liebe, sondern nur die Liege, die man sich möglichst schon um 6 Uhr früh im Urlaub mit dem Handtuch belegt. Die Menschheit fliegt ins All, aber die Sache mit den Strandliegen hat noch keiner schlau in den Griff gekriegt. Eine österreichische Familie auf Weihnachtsurlaub in Thailand, all inklusive, wir Leser, die wir zurzeit nicht reisen dürfen, nehmen grinsend an allen Schrecken teil – vom Klatschen bei der Landung bis zum Tagescocktail (Royal Explosion!) und zum Oktoberfest in Thailand, hussa, mit Weißwurst, Brezen, Weizenbier. So haben wir uns Thailand immer vorgestellt! Hier lernt das Kind fremde Kulturen kennen! Das Buch ist, wenn man einfach nur unterhalten werden will, der Knaller. Kein Wunder bei einer Autorin, deren Lieblingstier der Lachs ist.‹«

»Boa«, sagt der Gatte sichtlich beeindruckt. »Da wird jetzt verkaufsmäßig in Deutschland die Post abgehen!«

»Genau«, antworte ich traurig. »Nur dass man es halt nirgendwo dort kaufen kann.«

Die Elke Heidenreich empfiehlt mein Buch. Aber keiner kann es kaufen.

Ein historischer Tag.

DU KANNST ES

Ich muss die ganze Nacht Elke Heidenreich googeln. Normalerweise mache ich das nur mit vermeintlichen Krankheiten und Symptomen.

Aber dass *die* Elke Heidenreich mein Buch a) gelesen und b) super gefunden hat, das ist keine Einbildung. Immer und immer wieder lese ich den Artikel im *Kölner Stadtanzeiger.*

Außerdem will ich sein wie Elke Heidenreich! Wahnsinn, was die alles macht! Sie ist sehr lange und mega erfolgreich in der Rolle der Comedy-Figur Else Stratmann aufgetreten, eine schnoddrige Metzersgattin, die aus Kleinbürgersicht über aktuelle Themen schwadroniert. Meine Traumrolle! Auf Österreichisch würde es wohl heißen: die goscherte Oide vom Fleischhacker. Natürlich müsste man die Rolle den aktuellen Lebensumständen anpassen. Fleischhauer ist sicher zu problematisch. Es muss was Veganes sein. Also die goscherte Gattin vom Maisbauern! Ja, Mais ist, gut, ich habe meine Kindheit mehr oder weniger im Maisfeld verbracht. Ich wäre fast dort auf die Welt gekommen, hätte man meine Mutter nicht rechtzeitig ins Krankenhaus gebracht.

Also Maisbauerngattin! Wobei, *Gattin* ist auch schlecht. Das ist zu unterwürfig, wir brauchen eine selbstständige und diverse Figur, wegen der Inklusion. All inklusive quasi! Der »Lebensmensch vom Maisbauern« vielleicht?

Nein, immer noch zu stark am Maskulinen orientiert. Und wozu »Lebensmensch von ...« – das klingt nach ungesundem Abhängigkeitsverhältnis! Es ist schwer, aktuell zu sein.

Okay, jetzt habe ich es! Einfach nur: »Maisbauer:in«. Ohne Titel. Ohne Abhängigkeit. Alles kann – nichts muss. Klingt wie das Motto vom ortsansässigen Swingerklub.

»Schatz, was machst du schon so früh auf, hast du überhaupt geschlafen?« Der Gatte dreht sich zu mir rüber. Die Frage ist berechtigt, der Wecker zeigt 5.30 Uhr.

»Ich denke über meine Zukunft als Maisbauer(SPRECHPAUSE)in nach!«

»Du solltest schauen, dass du mehr Schlaf bekommst!« Er rollt sich mit einem besorgten Blick wieder unter die Decke und schläft in der Sekunde weiter.

Ich tippe auf *Google* weiter meinen neuen liebsten Suchbegriff ein: Elke Heidenreich.

Schriftstellerin, Moderatorin, Journalistin, Kabarettistin, Opern-Librettistin und eine der einflussreichsten Literaturkritikerinnen. In irgendeinem Beitrag steht, wenn Elke Heidenreich in einer ihrer Sendungen ein Buch empfohlen hat, dann wurden da am nächsten Tag ein paar Hunderttausende davon verkauft. Unvorstellbar! Wenn ich mir vorstelle, dass da jetzt auf mehreren Hunderttausend Nachtkästchen in Deutschland mein Buch liegen würde. Oder wenigstens bis zum Weißwurstäquator. Aber das ist vermutlich auch eine urban legend, dass der österreichische Kulturkreis nur bis dort reicht. Ich kenne viele Ösi-Fans viel weiter oben. Der Charme liegt ja wie so oft im krassen Gegensatz.

Aber immerhin liegt mein Buch in Kürze auf zumindest *einem* Nachtkästchen in Deutschland: auf dem von Frau Christine K. Ich schleiche mich aus dem Schlafzimmer und beginne, eines meiner Bücher in palmenbedrucktes Seidenpapier zu packen. Vorher schreibe ich noch meinen Namen auf die erste Innenseite und zeichne eine Palme dazu. Dabei höre ich eine Audio-Sendung, in der Elke Heidenreich mit Marcel Reich-Ranicki über das Lesen spricht. Ich liebe, wie sie redet. Ich überlege, ob ich jetzt größerer Heidenreich-Fan oder Glavinic-Fan bin? Michelle darf man natürlich auch nicht vergessen. Aber das ist eine andere Kategorie.

Wen würde ich wählen, könnte ich mir eine von diesen Personen zur Unterhaltung auf eine einsame Insel mitnehmen. Beide in Kombi!!! Plus Michelle.

Eine Woche auf einer einsamen Insel mit Heidenreich, Glavinic und Michelle. Das wär's.

Pling. Neue Nachricht von Martina Parker: »Guten Morgen, liebe Schreibschwester!«

Die Frau, die ihren ultimativ geilen Job gekündigt hat, um hauptberuflich Bestseller(!)autorin zu werden, schreibt mir eine Nachricht. Jetzt sind wir offenbar auch schon verwandt. Sie sollte vielleicht mit auf die Insel. Scheint auch einen leichten Hang zum Irrsinn zu haben. Ich mag solche Menschen. Und eine Schwester hatte ich eh nie.

»Was machst du schon so früh auf?«

»Ich habe die Pferde gefüttert!«

»Du hast Pferde?« Vielleicht ist sie wirklich Pippi Langstrumpf. Ich stelle mir vor, wie so ein Pferd bei ihr ins

Wohnzimmer geht. Na gut, dann kann sie wenigstens Reitstunden geben. Ich sollte aufhören, mir Sorgen um die Lebenserhaltung von anderen Menschen zu machen.

Keine Antwort. Ist sie wieder eingeschlafen?

»Die Heidenreich hat mich rezensiert«, schreibe ich und schicke den Artikel mit. Wenn sie wieder wach ist, kann sie ihn ja lesen.

Pling. Doch nicht geschlafen. Sie schreibt: »Ja! Zwei Pferde! Komm mal vorbei mit deiner Tochter! Sie kann den Schweif rosa färben!«

Okay. Ich korrigiere die Aussage mit dem leichten Hang zum Irrsinn. Schwer! Schwerer Hang!!!

»Darf man das? Schweife rosa färben?«, frage ich.

»OMG, ist das geil!«

Meint sie jetzt den Heidenreich-Artikel oder das Schweife färben? Ich warte lieber ab.

»Du wirst reich und berühmt!« Dazu schickt sie zahlreiche Smileys, Herzen, blinkende Herzen. Smileys mit Dollar-Zeichen im Auge. Smileys mit Partyhüten auf.

»PS: und ja, es ist auswaschbarer Tönungsschaum von *L'Oréal*! Den, mit dem sich die Influencerinnen die Haare rosa färben. Aber man sieht es nur auf blond. Und ich bin nicht blond. Mein Pferd schon. Die Pferde lieben es, wenn sie gebürstet werden und ein kleines Beauty Treatment bekommen …«

Dann erkläre ich ihr, warum ich jetzt nicht reich und berühmt werde, wie das mit den Bestellungen im Buchhandel läuft und dass man nicht so einfach überall liegt. Ich versuche, das möglichst schonend zu umschreiben, ich will ja nicht gleich ihren eigenen Bestseller-Traum zerstören. Traumzerstörer sind unbeliebt. Und ich will ja von der neuen Schwester nicht gleich wieder zur Adoption freigegeben werden.

»Aber dein Buch ist großartig, ich liebe es! Du kannst das schaffen!«

»Vergiss es, der Zug ist abgefahren. In vier Wochen ist Weihnachten. Ein Drittel aller Bücher wird jetzt gekauft. Und ich bin nicht erhältlich. Ich glaube, es ist auch zu sehr in Kurzgeschichten geschrieben, damit es auch fremde Leute kaufen. Und nicht nur Menschen, die mich kennen. Kurzgeschichten werden nicht so gern gekauft.

Nächstes Jahr kommen neue Bücher und dann interessiert sich niemand mehr für die Saison vom letzten Jahr …«

»Dann leg es in Deutschland nächstes Jahr neu auf!«

Okay. Ich ergänze: mittlerer Hang zum Irrsinn, aber definitiv großer Hang zum Wahnsinn! Größenwahnsinn!

»Du kannst das, du schreibst ur gut! Ich habe in meinem Leben als Journalistin so viele Texte gelesen. Ich weiß, wenn wer schreiben kann. Du!«

Große Schwestern sind schon super. Ich fühle mich wie beim Radfahren lernen. Nach unzähligen Versuchen bin ich zwei Meter ganz allein gefahren, um dann wieder hinzufallen. Und dann steht da auf einmal die große Schwester und sagt: »Steig wieder auf und fahr weiter. Du bist eine super Radfahrerin. Los, mach!« Fühlt sich gut an.

»Oder du schreibst gleich ein neues Buch!«, schlägt sie weiter vor.

»Kann ich nicht. Habe zu wenig Geschichten gesammelt!« Mein Buch ist ja mehr oder weniger eine Sammlung von skurrilen Urlaubsgeschichten. Wo soll man lustige Urlaubsgeschichten sammeln, wenn man die meiste Zeit seine Wohnung nicht mal verlassen darf.

»Dann erfinde etwas!« Sie lässt nicht locker.

»Kann ich nicht. Ich kann nur das schreiben, was ich selbst erlebe! Ich kann keine erfundene Geschichte schreiben.«

»Doch, kannst du! Probier es einfach. Setz dich jetzt hin. Nimm ein *Facebook*-Posting von dir, zum Beispiel das von gestern, das mit der Autowerkstatt, und überleg dir eine erfundene Geschichte dazu. Was könnte das für eine Geschichte sein?«

»Was ist mit dir selbst? Hast du auch schon was Neues geschrieben?«

»Ja.«

»Cool, darf ich es lesen?«

»Ja klar. Wenn du mir dein erstes Kapitel schickst, dann schick ich dir meins.« Dazu schickt sie auch noch ein Zwinkersmiley.

»Du bist aber eine strenge Schreibschwester!«

»Klar! Wir haben ein Ziel!«

»Und das wäre?«

»Ich will ja gemeinsame Lesungen mit dir machen!«

BRIEF

Ich schleiche mich leise aufs Klo, die anderen schlafen noch. Ich zwinge mich, nicht gleich aufs Handy zu schauen, weil das ja schon krankhaft ist. Aufstehen, Handy anglotzen. Das muss auch wieder mal weniger werden. Also neuer Plan, frühestens eine halbe Stunde nach dem Aufstehen das Handy aktivieren. Vielleicht überhaupt mal ausschalten! Letztens fragt mich der Gatte, wann ich es das letzte Mal ausgeschalten hatte. Die Frage war ähnlich verstörend für mich, wie wenn er gefragt hätte, wann ich eigentlich das letzte Mal mit einem anderen Mann Sex gehabt hätte.

Außerdem *Facebook*, *Instagram* und *Bild.de* sind kein Medienkonsum, auf den man stolz sein kann …

Nachdem ich die aktuelle *Gala* am Klo fast ausgelesen habe, die anderen schlafen immer noch, merke ich, dass mir die Füße eingeschlafen sind! Als ich aufstehen will, kippe ich fast wieder um deswegen! Ja, gibt es so was auch!? Ist das ein erstes Anzeichen? Was hat die crazy Ärztin gesagt? Das wären oft die sportlichsten Menschen, die auf einmal umfallen würden. Und oft war das dann diese angeborene Fettstoffwechseldingsbumsstörung.

Ich muss das sofort googeln, ob eingeschlafene Füße auch so ein Symptom sein können. Vielleicht brauche ich einen Notfallknopf am Klo. Oder am besten ein Armband. Und was dann? Tastentelefon mit großen Tasten? Ich will nicht sterben!

Mit nur einem Buch am Start. Das wäre erbärmlich.

25 Minuten nach dem Aufstehen also Handy an. Sofort poppt eine Nachricht von Martina Parker auf: »Hallo Schreibschwester! Hast du schon was geschrieben?«

Da fällt es mir wieder ein, ich sollte ihr ja ein erfundenes Kapitel schicken. Aus irgendeinem *Facebook*-Posting ein Kapitel basteln. Halleluja.

»Guten Morgen. Brauchst du keinen Schlaf? Es ist 6.30?«

»Ich überlege mir gerade die Montagsfrage für morgen.«

»Die was?«

»Die Montagsfrage! Wie die Leser abstimmen können!«

Ja stimmt, da fällt es mir wieder ein. Sie macht ja jeden Montag eine Umfrage. Die Follower auf *Facebook* oder *Instagram* können live über den Handlungsstrang, den sie gerade schreibt, abstimmen und aus einer von drei Möglichkeiten wählen, was passieren soll. Ein interaktives Buch quasi, wo jeder mitmachen kann. Super Idee!

Na gut, jetzt, wo ich schon mal online bin, kann ich auch gleich schauen, welche *Facebook*-Aktivität von mir sich zu einem möglichen Kapitel ausbauen ließe. Ich scrolle durch.

Gestern hat ein Bekannter gepostet, dass er Tipps sucht. Sein Zimmerkollege würde so laut schnarchen. Er dreht gleich durch! Dummerweise sind beide in der Alkohol-Entzugsanstalt. Die Nerven liegen blank. Es braucht also was Beruhigendes, wo man gut einschlafen kann. Eine Freundin empfiehlt eine Meditationsapp.

Da habe ich einen super Tipp! Geräusche-App mit verschiedenen beruhigenden Geräuschen. Zum Beispiel

Fön, Geschirrspüler oder – der Ferrari unter den Beruhigungsgeräuschen – die Brustpumpe! Simuliert angeblich die Geräusche, die Ungeborene im Mutterleib hören, wie das Rauschen des Blutes.

Ich überlege kurz, ob sich daraus eine Geschichte spinnen lassen könnte. Zwei Männer und eine Brustpumpe auf Entzug. Hm. Ausbaufähig.

Da fällt mir ein, ich wollte ja wegen der Lesung bei dem Musikfestival anfragen!

»Sehr geehrte Damen und Herren! Wir, Martina Parker und ich, sind zwei aufstrebende Jung-Autorinnen.«

Ich lösche »jung« im Text. »Wir, Martina Parker und ich sind zwei aufstrebende Autorinnen und würden gerne bei eurem Festival lesen, weil wir das so cool finden. Gage würden wir auch keine verlangen, aber uns über Eintrittskarten freuen!«

Das klingt nicht nach einer professionellen Lesungsanfrage. Das klingt wie eine abgerockte Schulband, die auch gerne mal wo mitspielen möchte. ERBÄRMLICH. Ich korrigiere den Text und lösche das mit den Eintrittskarten, das mit der Gage und das mit dem cool finden.

Übrig bleibt: »Wir, Martina Parker und ich, sind zwei aufstrebende Autorinnen und würden gerne bei eurem Festival lesen.« Absenden.

»Und, hast schon eine Geschichte?«

»Nein! Kann ich ab morgen anfangen? Ich habe grad beim Festival angefragt, ob wir lesen dürfen.«

»Und jetzt?«

»Jetzt schreibe ich einen Brief an Elke Heidenreich und bedanke mich für das nette Feedback.«

»Das ist lieb von dir. Frag sie gleich, wie man dein Buch in Deutschland besser rausbringen könnte!«

»Um Gottes willen! Ich möchte mich nur bedanken und nicht aufdringlich sein. Was glaubst du, wie viel solche Zuschriften jemand wie die Heidenreich bekommt! Unzählbar sicher!«

»Egal. No risk, no fun.«

Ein paar Internetrecherchen später weiß ich, dass es schon eine klitzekleine Möglichkeit gäbe. Wenn ein Hardcover-Buch wie meines besonders erfolgreich ist, dann könnte vielleicht ein großer deutscher Verlag die Taschenbuchlizenz dafür meinem Verlag abkaufen und das Buch in Deutschland neu auflegen.

Ich weiß nur nicht, ob es in die Kategorie »besonders erfolgreich« fällt, wenn ich die halbe Druckauflage selbst aufkaufe, um sie zu verschenken. Ich schaue auf den Stapel Bücher, der schon weihnachtlich verpackt neben mir steht.

No risk, no fun. Sie hat eh recht. Und so viele Chancen bietet einem das Leben in meinem Alter auch nicht mehr. Die nächste große Chance heißt Wechseljahre!

Sie wird es vermutlich eh nie bekommen und nicht lesen, aber probiert habe ich es wenigstens.

Ich setze mich an den Küchentisch, nehme mir ein paar weiße Blätter aus dem Drucker und die Füllfeder meiner Tochter.

»Liebe Frau Heidenreich …«

Unterm Tisch mache ich dabei Zehenübungen, wegen der Durchblutung. Ich will noch da sein, falls sie antwortet!

ANSCHIFFEN

Wir haben die Garage in Wien noch nicht gänzlich verlassen, und es quietscht bereits aus dem Radio. Ein Familienwochenende in der Steiermark steht auf dem Programm. Noch verstörender ist allerdings, dass der Gatte am Steuer aufgeregt mitquietscht!!!!!?!?!

»Oida, was hast du da bitte für einen Sender eingestellt?«, frage ich, weil mein *Radio Burgenland* nicht quietscht. Keine Reaktion. Er hört angestrengt weiter dem komischen Geräusch zu. Vielleicht empfängt er geheime Signale über das Quietschen? Nix ist auszuschließen.

»Hamster!«, schreit er plötzlich laut auf, während er schwungvoll bei der roten Ampel einbremst. Das Kind schaut panisch aus dem hinteren Fenster in Richtung Fahrbahnbelag.

»Was – Hamster?«, frage ich.

»Das ist die *88.6 Tierstimmenchallenge*! Das Geräusch heute ist sicher ein Hamster!«

Das Geheimnis einer guten Ehe ist wohl, wenn der Partner immer noch mit neuen Hobbys überrascht …

Ich beginne, das zu tun, was die meisten Beifahrer so machen: ins Handy glotzen.

Außerdem will ich wissen, ob vielleicht das Festival wegen der Lesungsanfrage schon geantwortet hat.

Tatsächlich, gleich drei E-Mails! Eines von Martina mit dem Betreff »Zuagroast«, eines von meiner steirischen Heimatgemeinde, Sankt Johann in der Haide (??!! Habe ich mich vergessen abzumelden, oder so was? Aber ich lebe schon seit fast 30 Jahren nicht mehr dort??) und tatsächlich eines vom Festival!

In welcher Reihenfolge soll ich die jetzt öffnen? Bei der Überbringung von schlechten Nachrichten hat sich die Sandwichmethode bewährt. Gut – schlecht – gut. Habe ich mal in einem großartigen Fußballerbuch gelesen. *Nicht wie ihr* von Tonio Schachinger. Das war sogar auf der Shortlist für den Deutschen Buchpreis. Im Medien Coaching soll der junge Fußballer, der sein Herz und sein Temperament etwas zu oft auf der Zunge trägt, lernen, wie er kritische Aussagen mit der Sandwichmethode gut verpacken kann. Er sagt: »Ich finde, du machst gute Weitschüsse, aber du könntest öfter abspielen.«

»Okay«, sagt der Medien-Coach dann an der Stelle, »das hast du gut gemacht. Jetzt zum Schluss noch bitte eine positive Sache!«

»Ich finde deine Freundin scharf!«

Aber ich weiß ja nicht, in welchem Mail sich eine gute und wo sich eine schlechte Nachricht versteckt. Also ist das gerade schwierig mit der Sandwichmethode.

»Mama, kann ich bitte was zu essen?« Die junge Dame am Rücksitz hat ihre Kopfhörer kurz abgenommen und streckt die Hand zwischen den beiden Vordersitzen durch. Bin ich ein Automat? Aus Protest ergreife ich die Hand und schüttle sie einfach wie bei einer staatsmännischen Begrüßung. Auf Protest folgt natürlich sofortiger Gegenprotest.

»Mama, geh bitte! Ich hab' so Hunger!«

»Mir kannst auch gleich eines geben«, sagt der Tierstimmenimitator. Im Auto, das neben uns gerade an der Kreuzung steht, verteilt die Mutter vom Beifahrersitz auch soeben Brote an alle.

Wir sind noch nicht mal raus aus der Stadt.

»Wer hätte gerne welches?« Ich nehme das Tuppergeschirr auf meinen Schoß.

»Was haben wir?«, fragt die Hamsterstimme.

»Käsewurst, Leberkäse und Salami.« Alles, was im Kühlschrank wegmusste, bevor wir das Wochenende nicht in der Stadt verbringen.

Wenn er jetzt Käsewurst sagt, dann öffne ich zuerst das Mail von der Gemeinde, bei Leberkäse das von Martina und bei Salami das Festival-Mail. Meine persönliche Management-Entscheidungsmethode.

»Käsewurst«, ruft die Dame, und der Greifarm erscheint wieder zwischen den Vordersitzen.

Okay, also Gemeinde.

»Liebe Frau Kristek, mit großer Freude haben wir gelesen, dass Sie als ehemaliges Kind unserer Gemeinde nun den Weg einer erfolgreichen Autorin eingeschlagen haben.«

Najo, einschlagen kann man viel, denke ich mir. Zum Beispiel jetzt gerade das Bienenwachstuch, damit die Böseln nicht rausfallen. Aber ich freue mich sehr, dass die Gemeinde von meinem Buch weiß. So groß ist die Gemeinde nämlich nicht.

»Es wäre uns daher eine große Ehre, wenn wir Sie zu einer Lesung bei uns im *ABC Park* einladen dürfen. Mit herzlichen Grüßen, Bürgermeister G.M.«

»Die Gemeinde Sankt Johann in der Haide lädt mich zu einer Lesung ein!«, rufe ich freudig aus.

Von hinten kommt keine Reaktion. Da sind die Kopfhörer wieder oben. Aber der Gatte streckt anerkennend den Daumen hoch. Der Mund ist noch voll mit Käsewurstbrot.

Aber was ist der *ABC Park*? Seit wann gibt es dort überhaupt einen Park? Die Dörfer der Gemeinde liegen alle mitten im Grünen, zärtlich eingebettet zwischen Wäldern, Feldern und Schweineställen. Ich dachte, Parks sind nur für Städte. Und wieso ABC? Ich google das und komme gleich auf einen *Wikipedia*-Eintrag: »ABC-Schutz. Als ABC-Schutz bezeichnet man den Schutz vor atomaren, biologischen und chemischen Gefahren.«

Vielleicht ist der *ABC Park* dann so was wie ein Luftschutzbunker für die ganze Gemeinde. In meiner Kindheit hatten alle Häuser so Schutzräume im Keller. Da wurden Marmelade in großen Mengen und Bier gelagert. Wegen des Atomangriffs, hat es immer geheißen. Also nicht die Marmelade und das Bier, sondern der Schutzraum. Atomangriff war die Universalgefahr in den 80ern. In der Schule gab es so Massenräume im Keller mit Stockbetten und Pritschen. Einmal im Jahr mussten wir die in Zweierreihen aufsuchen. Atomschutzübung.

Ich soll in so einem Bunker lesen?

Dann entdecke ich aber ein Foto bei meiner *Google*-Suche mit überdimensional großen Buchstaben, die auf einer Wiese neben der Volksschule stehen. Aha! Der *ABC Park* ist also eine kleine Anlage bei der Schule. Alle Buchstaben von A bis Z sind als Installation ausgestellt. Das passt gut, denke ich, die Autorin mit der größten Rechtschreibschwäche der Welt liest im Buchstabenpark. Motto: Jeder kann es schaffen.

»Kann ich bitte jetzt ein Leberkäsebrot?«, sagt der Gatte.

Leberkäse war das Stichwort für das Mail von Martina! Ich reiche ihm stumm das Brot und öffne das Mail.

»Liebe Schreibschwester, anbei darf ich dir exklusiv ein Vorab-PDF meines ersten Buches *Zuagroast* schicken. Es wäre mir eine große Ehre, wenn du es lesen magst! Bussi

PS: Schickst du mir heute ein Kapitel von dir?«

Das ist wohl auch eine Sandwich-Methode. Aber halt nur zweistufig und das Schlechte am Schluss. Ich bekomme gleich ein schlechtes Gewissen. Aber ich werde heute starten! Komme, was wolle! Noch bevor ich ihr Buch lese, werde ich wenigstens eine Seite von einer fiktiven Geschichte schreiben. Vielleicht was über ABC-Waffen?

Das Salamibrot esse ich jetzt selbst. Salami passt als Stichwort eh super zu dem südburgenländischen Festival. Immerhin ist das fast an der ungarischen Grenze.

»Liebe Susanne, vielen Dank für die sehr nette Anfrage und euer Interesse, am Festival aufzutreten. Wir haben jedes Jahr das Lesungsprojekt ›Anschiffen‹ im Programm.«

Fast verschlucke ich mich an der scharfen Salami. Anschiffen? Vielleicht hätte ich das Festival doch detaillierter googeln sollen. Ist das so ein exzessives Kunst-Dingens, wo man sich anpinkelt dabei? Oder noch schlimmer, angepinkelt wird? Ich habe Angst.

»Bei der unkonventionellen Lesung treten Literat*innen auf unserem Floß am ›Pinkastrand‹ auf, begleitet von Live-Musik, ich habe dir ein paar Fotos davon in den Anhang gepackt.

Wir werden eure Anfrage gerne in unsere Runde tragen und melden uns wieder.«

Ich öffne die Fotos im Anhang. Man sieht einen kleinen Fluss, sieht eher braun aus auf den Fotos, und am Ufer daneben sitzen viele Menschen. Manche in Badekleidung, manche in normaler Straßenkleidung. Viele Menschen sind auch im Fluss. Die Szene sieht aus wie eine rituelle Waschung in Indien. Ich schaue noch mal, ob ich eh das richtige Foto geöffnet habe.

Tatsächlich entdecke ich inmitten der Inder, die eigentlich Burgenländer sind, ein kleines Floß, sieht aus wie vier Europaletten zusammengezurrt. Und auf dem Floß stehen ein kleiner Tisch und zwei Gartensessel aus Plastik. Auf denen sitzen zwei Männer und schauen in ein Buch.

Zweifelsohne wäre das mein Karrierehöhepunkt. Wenn ich inmitten einer burgenländischen Ritualwaschung aus meinem Buch vorlesen dürfte.

Ich schaue aus dem Fenster, die *Shopping City Süd* zieht gerade an uns vorbei. Und ich stelle mir vor, wie wir mit dem Floß abgetrieben werden, und dann spült es irgendwo in Ungarn oder dem Schwarzen Meer (wo endet der Fluss überhaupt??) zwei Frauen auf Gartensesseln an.

»Ah, verdammt! Doch nicht richtig!«, sagt der Gatte und setzt zum Überholmanöver an.

»Was?«

»Der Hamster! Die richtige Lösung wäre Meerschweinchen gewesen!«

ZUAGROAST

»Muss wer aufs Klo?«, fragt der Gatte und parkt sich bei der *Oldtimer Raststation* in Zöbern ein. Keine Antwort von hinten. Angehender Teenager + Tablet + schalldichte Kopfhörer ist eine einfache Rechnung.

Ich winke auch ab, ich bin schon mitten im *Zuagroast* lesen am Handy.

Raststationen haben auch immer ein eigenes Flair. Als man in meiner Kindheit zuerst die Autobahn und dann die erste Raststation eröffnet hat, war das immer was Besonderes, wenn man da hingefahren ist. Allein schon, weil die nur über die Autobahn erreichbar war. Hintenrum war alles mit Zaun zu. Selbst wenn es Luftlinie ganz nah gewesen wäre, hat man erst bis zur nächsten Autobahnauffahrt fahren müssen und dann so tun, als würde man wohin auf Urlaub fahren, um dann nach wenigen Kilometern bei der Raststation wieder abzufahren. Dort haben wir uns dann wie Urlauber gefühlt und uns lässig an die Bar gesetzt, eine Erdbeerroulade bestellt und das Allerwichtigste: den Kaffee, wo man nachher das Häferl mit heimnehmen konnte. Urlaubsparadies Autobahnraststation.

Eine Arbeitskollegin hat das auch immer gemacht, Mini-Urlaub auf der Raststation. Nur bei ihr war es Mini-Urlaub von ihrer Ehe. Sie ist aus Wien gekommen. Der Lover aus Graz, und dann haben sie sich immer gemeinsam ein Zimmer genommen in der *Oldtimer Raststation* Zöbern. Offiziell war jeder auf Geschäftsreise. Am nächsten Tag ist sie mit verklärtem Blick ins Büro und hat geschwärmt von den roten Rosen aus dem Kofferraum und heißem Sex in der Raststation. Seitdem ich das weiß, kann ich nie wieder unbedarft hier Pause einlegen, weil ich immer zu den kleinen unauffälligen Zimmerfenstern im ersten Stock hinaufschauen und mir vorstellen muss, wer da grad so seinen Oldtimer poliert und ausfährt …

In dem Buch geht es auch gleich zur Sache. Da wird schon auf der ersten Seite wer an die Wand gedrückt. Und einer schaut zu. Die Frage ist nur, wer ist das jetzt?

Das ist mein Geschmack: Bücher, wo man gleich reinstartet. Wenn am Anfang erst mal eine ausführliche Naturbeschreibung steht, mit detaillierter Schilderung, wie sich die Pappel im Wind bewegt, dann blättere ich schon weiter.

Aber hier Sex. Gleich am Anfang. Auf was warten, sag ich immer! Eben!

Das Buch spielt in meiner Heimat des Herzens, im Südburgenland. Ich bin zwar noch in der Steiermark aufgewachsen, aber nah dran an der burgenländischen Grenze. Die Strecke konnte meine Vespa problemlos fahren, und so habe ich mein Herz und auch meine Unschuld an das Burgenland und seine männlichen Bewohner verloren.

Wobei es mich dann später schnell nach Wien weitergezogen hat. Angefangen hat dieses Interesse für Wien, als der Nachbar von meinem Ex-Freund plötzlich komisch geworden ist. Er war ein paar Jahre älter als wir damals. Seine Familie hat vorher Teile der Landwirtschaft an die

Südautobahn (A2) verkauft. Wo sie früher mit dem Miststreuer gefahren sind und ihre Felder gedüngt haben, sind dann die Wiener mit ihren Autos auf der neuen Autobahn herein- und die Pendler nach Wien hinausgefahren.

Ich war fast 16 und grad in meiner Bonnie Tyler Fan-Phase gut verankert. Holding out for a hero …

Der Nachbar vom Ex war dann plötzlich weg. Keiner hat mehr was von ihm gehört oder gesehen. Mitsamt dem Autobahngeld.

Ein Jahr später – ich war schon längst getrennt vom Ex, aber immer noch freundschaftlich verbunden – ist plötzlich ein Auto bei den Eltern vom Nachbarn vom Ex eingefahren. So ein Auto hat noch keiner gesehen! Woher auch, wir hatten damals nur FS1 und FS2 (heute: *ORF1* und *ORF2*) und Ausblick auf die neue Autobahn.

Das Auto war zuckerlrosa und so lang, dass es den kompletten Platz ausfüllen konnte, wo früher mal der Miststreuer gestanden ist.

Ausgestiegen sind lange, spitze Cowboystiefel mit dem Nachbarn drin. Er war seltsam verkleidet. Das Hemd war kariert, und dazu hatte er braune Hosenträger. Die wären gar nicht notwendig gewesen, die Jeans war eh so eng, null Rutschgefahr. Seine Haare waren auf einmal nicht mehr braun, sondern pechschwarz, glänzend und seltsam aufgestellt. Vorne höher. Hinten flach. Das völlige Gegenteil vom damals noch späten Ausläufer der 80er Kultfrisur: Vokuhila, vorne kurz, hinten lang. An den Fingern hatte er viele dicke silberne Ringe.

Weil bei uns jeder im Fasching als irgendwas gegangen ist, war nicht auszuschließen, dass er als Elvis Presley ging. Er blieb aber auch am Aschermittwoch so. Und die restliche Fastenzeit. Und auch über die Osterfeiertage hinaus ...

Dass er in »Wean« sei, hat man gemunkelt. Rauschgift sei nicht auszuschließen. Vielleicht ein »Hascher«.

Ich war jugendlich fasziniert von diesem bunten Treiben. Wien hatte plötzlich eine neue Dimension für mich bekommen: Sie leben dort nicht nur in Gemeindebauten mit Badewannen in der Küche, wie ich es von der Serie *Ein echter Wiener geht nicht unter* kannte, sondern sie verkleiden sich auch ganzjährig als Elvis Presley.

Das hat mir gefallen. Und die Vorstellung, dass dort Autos rosa sind. Mir war klar, in dieser Stadt muss auch ich später mein Glück suchen!

Bei den Zuagroasten ist es umgekehrt. Die wiederum suchen ihr Glück am Land. Meist in Form von billigem Bauland, wie das in dem Buch gut beschrieben ist.

Ich kenne diese Baulandidylle. Immerhin 18 Jahre lang. Sie endet spätestens dann, wenn man rausrennen muss, um die Wäsche von der Leine zu evakuieren, weil der Nachbar gerade die Jauche am Acker nebenan verspritzt. Aber heute hängt eh keiner mehr die Wäsche raus, es haben alle einen Wäschetrockner.

Inzwischen ist der Gatte zurückgekommen, und wir fahren weiter Richtung Süden.

»Schau, da hinten ist Buchschachen!«, rufe ich laut aus, irgendwo am Autobahnteilstück zwischen Pinkafeld und Lafnitztal.

»Ich seh da nur Wald«, sagt der Gatte.

»Ja dahinter halt.«

»Und was ist in Buchschachen?«

»Das kommt in dem Buch vor!«

»Du und deine Bücher!«

»Wann sind wir bei der Oma?«, ruft die Dame von hinten, sehr laut, weil sie immer noch die Kopfhörer oben hat.

»Gleich, nächste Abfahrt!«

Ich beobachte die Landschaft, die an uns vorbeizieht, die kleinen Dörfer und die hügelige Landschaft.

»Also, ich könnte mir das vielleicht sogar vorstellen, später mal hier am Land zu wohnen«, sage ich zum Gatten und wundere mich selbst, was für Sätze aus mir herauskommen.

»Und mit wem?«, fragt er. Sehr witzig.

»So ab und zu, wäre das nix für dich?«

»Ich bin ein Kind aus dem Gemeindebau, mich kriegst du nicht raus aus der Stadt!«

»Aber die Natur ist doch schön hier, und die Tiere! Denk an die vielen Tierstimmen!« Vielleicht kann ich ihn ja mit seinem neuen Hobby catchen. Tierstimmenimitationsgewinnspiele.

»Ja! Krieg ich ein Haustier?«, ruft es von hinten. So schalldicht sind die Kopfhörer wohl doch nicht.

»Wenn ich Tiere möchte, gehe ich entweder nach Schönbrunn in den Zoo oder in die Feinkostabteilung«, sagt der Gatte.

»Wäh, Papa, bitte!«

»Eh nix Fixes, nur so ein kleines Knusperhäuschen fürs Wochenende, das wäre doch schön, oder?« Ich sehe mich gerade vor einem renovierten Kellerstöckl sitzen, an einem schönen Holztisch, ein weißes gehäkeltes Deckerl darauf, ein Vintage-Häferl mit Kaffee, und die Farbe vom Uhudler passt perfekt zum Roséton von meinem Laptop, mit dem ich meine Bücher schreibe. Mit Blick auf den Weingarten. Möglicherweise erfülle ich damit auch jegliches Klischee vom Zuagroasten. Aber ich bin ja eh von da, also vielleicht zähle ich dann nicht als solche. Wobei mit einem Wiener? Man müsste eventuell die Kennzeichen am Auto wechseln.

»Und wovon zahlen wir das Knusperhäuschen?« Hätte er nicht die Hände am Lenkrad, würde er Gänsefüßchen beim Wort Knusperhäuschen in die Luft machen. Ich kann die hören.

»Na ja, ich schreibe jetzt Bücher. Das ist ja wie ein zweiter Job!«

Stille. Er starrt geradeaus auf die Autobahn.

»Okay, in 30 Jahren wird sich das eventuell schon ausgehen. Außer du schreibst schneller oder einen Bestseller.« Dann lacht er über seinen Reim.

»Kein Mensch schreibt auf Anhieb einen Bestseller. Da trifft dich eher der Blitz am Klo«, sage ich und muss an Martina denken und ihren Traum, dass ihr erstes Buch gleich ein Bestseller werden wird.

»Oma, die Mama will hier ein Haus kaufen, und ich krieg dann vielleicht ein Haustier.«

Inzwischen sitzt auch die Oma auf der Rückbank, wir sind auf dem Weg zu einem burgenländischen Wahrzeichen. Der Burg Güssing. Burgen eben, what else. Schon wieder so ein englischer Ausdruck. Ich muss mir das abgewöhnen und klopfe mir auf die Stirn, als ob man so was rausdrücken könnte.

»Ist wer daheim?« Der Gatte hat das offenbar aus dem Augenwinkel gesehen.

Die Oma findet die Idee sehr gut. Dann wären wir öfter in der Nähe! Sie zählt gleich mögliche Haustiere auf. Es beginnt noch klein und harmlos bei Hühnern und endet bei Pferden.

Der Fahrer verstummt.

Während die junge Dame alle Tiere im Kopf durchgeht und sich der Gatte an die *Playstation* nach Hause zurückwünscht, entwickelt die Oma hinten eine neue Kompetenz. Sie ist jetzt Bausachverständige! Oder Maklerin. Oder beides.

»Das Haus ist frei und unbewohnt«, sie zeigt beim Vorbeifahren willkürlich auf verschiedene Häuser.

»Woher weißt du das?«

»Das seh ich!«

Wir kommen bei einem Bauernhof vorbei, einem alten burgenländischen Streckhof, wunderschön, aber kurz vor dem Zusammenbruch, wenn man mich fragt. Zumindest sind Mulden im Dach.

»Das ist noch guad beinand«, sagt die bausachverständige Oma, und das Kind nickt zustimmend.

»Guad beinand« sagt man normalerweise, wenn ältere Damen noch halbwegs in Form sind und noch ohne osteuropäische Pflegekraft auskommen.

Ich überdenke meinen Plan noch mal, war ja nur so eine Idee. Oder, besser gesagt, eine romantische Vorstellung von einem schreibenden Autorinnenleben am Land …

AMAZON REZENSION

Mir kommt vor, der Gatte fährt am Heimweg nach Wien deutlich schneller als beim Herfahren. Der will schnell wieder in die Großstadt, bevor ich noch mehr so komische Ideen entwickle wie die mit dem Wochenendhaus.

Jetzt, wo vor uns die roten Rücklichter im Stau vor der Wien-Einfahrt zu sehen sind, bin ich abgekommen vom Konzept Wochenendhaus.

»Vielleicht ist es eh eine blöde Idee«, sage ich und greife nach dem Haltegriff bei der Tür. Die Rücklichter kommen näher. »Wir würden ja doch nur Lebensmittel zwischen zwei Kühlschränken hin- und herräumen.«

»Alles gut, ich bremse eh«, sagt er, und wir stehen mehrspurig im Stau. Das könnte länger dauern.

Ich greife nach meinem Handy, um weiterzulesen im Martina-Buch. Wenn ich lese, muss ich nicht mitbremsen. Das ist besser.

Vorher aber schnell noch auf *Amazon* vorbeischauen. Ja, ich weiß, man soll *Amazon* nicht auch noch Traffic bescheren, noch dazu, wo sie mein Buch nicht verfügbar haben, obwohl es in irgendeinem Lager bei denen herumliegen müsste. *Nur die Liege zählt.* Jo eh.

Aber ich kann leider nicht anders, ich muss täglich mehrfach reinschauen. Am Anfang, weil ich mich so gefreut habe, dass man meinen Namen auf *Amazon* suchen kann.

Diese lächerliche Tatsache hat mir große Freude und *Amazon* einige 100 Klicks von mir beschert.

Dann habe ich das »*Amazon* Bestseller Ranking« entdeckt. Meine beste Platzierung bisher: Platz 9.548, kurz nachdem die Heidenreich-Kritik erschienen ist. Angeblich soll das laut Verlag schon eine super Platzierung sein. Aktuelle Platzierung: 95.842.

Um mich weiter positiv zu motivieren, scrolle ich weiter zu meinen *Amazon*-Bewertungen. Was die Leser über mein Buch sagen. Ich liebe die Seite.

Eine gewisse Vera Hillmann schreibt zum Beispiel: »Schon auf der ersten Seite bin ich gelegen vor Lachen! Saukomisch und völlig uneitel beschreibt Susanne Kristek ihre Urlaubserlebnisse – inklusive ergänzender Rückblenden.«

Vera ist eine *Facebook*-Freundin von mir, die ich über gemeinsame Freunde kennengelernt habe.

»Großartige Unterhaltung«, schreibt Peter Bachmann. »Ich habe es an einem einzigen Abend gelesen. Meine Frau und meine Kinder haben mich immer wieder verwirrt angeschaut, weil ich alle paar Minuten laut gelacht habe. Es ist wunderbarste Unterhaltung, ein absoluter Lesetipp! Bitte mehr davon!«

Peter, ein lieber Branchenkollege von mir.

»Kluburlaub aus Ösi-Sicht«, schreibt Kater Caro.

Kater Caro ist meine Schwägerin Carola.

38 Bewertungen sind es insgesamt. Ja, möglicherweise kenne ich fast alle Verfasser persönlich. Aber das tut meiner großen Freude keinen Abbruch. Und nein, ich habe sie

nicht gezwungen, sie haben das aus freien Stücken getan! Es hilft natürlich dem Ranking. Das habe ich schon gesagt. Also wenn wer unbedingt möchte, zurückhalten würde ich niemanden wollen.

Aber an manchen Tagen ist das meine persönliche Wohlfühlzeit. Dann lese ich das Feedback der Leser und bin eingehüllt in eine Wolke von Glück.

Aber Moment, wieso 38? Gestern waren es doch noch 37 Bewertungen! Ist da wer dazugekommen?

Tatsächlich! Ein neuer Beitrag. Ich kenne den Absender nicht, freue mich aber besonders, wenn Leute mein Buch toll finden, die mich nicht persönlich kennen.

Man soll sich halt nur nicht zu früh freuen …

Titel der Rezension: »Sternstunden der Belanglosigkeit« Einer von fünf Sternen!

»Scheiße, meine erste Ein-Stern-Bewertung auf *Amazon*«, sage ich.

»Oje, aber das gehört leider dazu«, sagt der Gatte.

»Bitte hör, was der schreibt, das ist ja das Ärgste!« Ich lese die Bewertung lieber laut vor, falls ich Unterstützung brauche. Und der Gatte hat eh grad nix, wo er im Radio dringend zuhören muss.

»Keine Ahnung, was Elke Heidenreich dafür gezahlt wurde, dass sie über dieses Buch die Behauptung ›Das ulkigste Buch des Jahres‹ von sich gab und selbiges zu drucken gestattete. Möglicherweise hatte sie das Adjektiv ›ulkig‹ aber auch in jener Konnotation im Sinn, wie das bei meiner Mutter der Fall war, wenn sie über unseren Nachbarn, den schrulligen Herrn Schulz, seinerzeit sagte, dass der ›irgendwie ulkig‹ wäre. Nach seinem Tod wurden im Schulz'schen Garten Katzengräber gefunden –

die Gräber jener Katzen, die während der vergangenen Jahre auf rätselhafte Weise in der Gegend verschwunden waren. Schon ulkig.«

»Wäh, Mama, was liest du da?« Die Dame auf der Rückbank ist gerade aufgewacht.

Ja, das frage ich mich auch, was die Katzen der Nachbarin mit meinem Buch zu tun haben.

Ich lese lieber leise weiter. Außerdem merke ich, dass die Stimme langsam zittrig werden könnte.

»Ulkig im Sinne von amüsant, gar lustig, ironisch oder die Laune erhellend ist an *Nur die Liege zählt* – abseits von Ausstattung und Titel – tatsächlich keine einzige Zeile. Die österreichische Endvierziger- und Bloggerin Susanne Kristek erzählt tagebuchartig von ihren belanglosen, austauschbaren Erlebnissen während eines zweiwöchigen All-inclusive-Kluburlaubs in Thailand.«

Endvierzigerin!!!!!!!!!!!!!!!!!!! Ja spinnt der komplett!!!!!!

»Die Autorin, die sich in Begleitung von Ehemann und Kind befand, ist kulturell so interessiert wie eine Zaunlatte, trägt eine Wagenladung Vorurteile mit sich herum, ist sich für kein Klischee zu schade und erzählt auf diesen knapp 200 unfassbar zähen Seiten von lahmen Geschehnissen, die sie als Sensationen feiert – etwa die Tatsache, dass am großartigen Buffet nahezu keine örtlichen Spezialitäten zu finden sind, dass alle ausnahmslos Deutsch sprechen, dass die Guides auf der Massen-Ausflugstour so nett sind, dass der supertolle Schlagersänger Sasha am Nachbartisch sitzt und man auf dem örtlichen Markt (den man nur aufsucht, um sich auch eine nachgemachte *Louis-*

Vuitton-Tasche zu kaufen) haufenweise andere Touristen kennenlernt, mit denen man dort Daiquiris trinken kann, eine traditionelle thailändische Spezialität. Und danach kauft man dann noch rasch irgendeine Produktfälschung und tut so, als hätte man mit dem bisschen Trinkgeld mindestens aktive Hilfe geleistet, eigentlich aber das gesamte Land gerettet. Das einen nicht die Bohne interessiert.«

Oh Gott, was ist mit dem Mann? Vor allem, wieso schreibt denn der so ausufernd? Der Wahnsinn geht noch weiter:

»Anfangs habe ich am Ende der ermüdenden und leider auch schlecht erzählten, vollständig substanzfreien Episoden auf die Pointe gewartet, auf den ironischen Bruch, gar auf Sarkasmus oder wenigstens Selbstironie, von der es im gesamten Text höchstens ein halbes Mikromolekül gibt. Bis mir aufging, dass die Autorin das alles ernst meint, dass sie es toll findet, mit mediokren Teutonen das Liegenreservierspiel zu spielen, oder – 9.000 Kilometer von zu Hause entfernt – am täglichen, natürlich deutschsprachigen ›JeKaMi‹-Quiz teilzunehmen, oder im ›Klub-Reisebüro‹ noch einen dämlichen Ausflug zu buchen, bei dem sich Pauschaltouristen gegenseitig auf die Adiletten trampeln und die wichtigste Frage die nach der nächsten sauberen Toilette ist, während man Landschaft oder Bevölkerung höchstens so viel Beachtung schenkt wie den Moskitos. Dieses Buch feiert den tumben Massentourismus, der sich um ökologische, kulturelle, politische und soziale Aspekte nicht schert, und ganz folgerichtig erfahren wir, dass die zweitliebste Reiseart der Autorin Kreuzfahrten sind.«

Das stimmt ja überhaupt nicht. Ich war ein einziges Mal auf einer Kreuzfahrt, und das war sicher nicht meine zweitliebste Reiseart. Warum schreibt jemand so böse? Und warum fang ich jetzt auch noch zu heulen an? Das ist ja erbärmlich!

»So schlimm?«, fragt der Gatte und streichelt meinen Oberschenkel.

Ich nicke stumm und ziehe den Rotz auf.

»Weint die Mama wegen der toten Katzen?«

»Nein, alles gut! Mir ist nur was ins Aug geflogen, Schatz!« Die Fenster vom Auto sind zu. Sie hinterfragt es zum Glück nicht.

Ich krame im Handschuhfach nach einem Taschentuch, finde aber nix. Nur ein Feuchttuch für die Cockpitreinigung. Besser als nix. Ich putze mir damit die Nase. Es brennt und riecht nach Apfel. Egal.

Neben uns fährt die Rettung mit Blaulicht vorbei. Offenbar ist da vorne ein Unfall der Grund für unseren Stau.

»Ärger dich nicht wegen irgendwelcher Idioten!«

Ich nicke stumm und ärgere mich eh nicht nur wegen des Idioten. Sondern auch wegen mir selbst, weil mich das so trifft und ich wie ein Schulkind zum Heulen anfange. Wegen einer einzigen lächerlichen Bewertung. Ich hatte mich doch cooler in Erinnerung!??!?!?!

Vielleicht haben die anderen nur so nett geschrieben, weil sie mich kennen? Vielleicht war das nur reine Höflichkeit, vielleicht kann ich gar nicht gut schreiben und sollte mir ein anderes Hobby suchen.

Der Wahnsinn geht weiter, und wie bei so einem scheiß Verkehrsunfall kann ich nicht wegschauen und muss bis zum Schluss weiterlesen:

»Als wäre das aber alles noch nicht haarsträubend genug, streut Susanne Kristek *WhatsApp*-Dialoge zwischen die Kapitel, die sie mit einer daheimgebliebenen Freundin führt, die per *Tinder* auf der Suche nach erotischen Erlebnissen ist. Diese Dialoge sind in etwa so originell und amüsant wie Urteilsbegründungen in Amtsgerichtsprozessen. Daheimgebliebene Freundin: ›Ein zwei Meter fünf großer Mann will mich im Auto daten. Ich mein, geht's noch?‹ Autorin: ›Es ist Jänner. Was will der im Auto machen? Eis kratzen?‹ Zum Brüllen, gell?

Ich habe dieses Buch gekauft (und, ja, gelesen), weil es als eine Art *Methadon* für die zwangsweise Urlaubsabstinenz unglaublicherweise in einer Literatursendung empfohlen wurde. Mag sein, dass hier die Ironie zu finden gewesen wäre, nach der ich die ganze Zeit gesucht habe. Jedenfalls werde ich diese Sendung fortan meiden. Und alles, was Susanne Kristek schreibt, ohnehin.«

Als wir uns daheim in der Garage einparken, sind die Cockpitreinigungsfeuchttücher alle aufgebraucht.

Pling.

Neue Nachricht am Handy: »Und? Hast du schon was geschrieben? Bussi Martina!«

NIE WIEDER SCHREIBEN

»Nein, ich habe noch nichts geschrieben«, antworte ich auf ihre Nachricht. »Vielleicht mach ich das auch nie wieder.«

»Spinnst du, was ist los?«

Ich schicke ihr den Link zu der *Amazon*-Bewertung.

Keine Reaktion. Sie wird wohl lesen.

Inzwischen überlege ich schon, womit ich mich alternativ selbst verwirklichen könnte in der zweiten Hälfte meines Lebens. Ich tippe auf *Google* ein: »Selbstverwirklichung 50+«

Ich bin zwar erst in ein paar Jahren 50, aber man muss in alles gut vorbereitet hineingehen.

Ich komme zu einem Artikel: »Die neuen 50-Jährigen. Ab jetzt von allem nur das Beste!« Leider keine Hobbys erwähnt. Stattdessen wird von »Gray divorce« (graue Scheidung) abgeraten, das verfügbare Einkommen würde dabei durchschnittlich um 30 Prozent sinken, Stichwort: Altersvorsorge. Geht's noch! Was sind das für beschissene Tipps.

Ich will keinen neuen Mann zur Selbstverwirklichung. Ich will was, was ich vielleicht gut kann und was mir Spaß macht und wo ich das Gefühl habe, ich kann anderen eine Freude damit machen!

Liest die noch immer? Oder überlegt sie, wie sie mir beibringen soll, dass er vielleicht in Punkten recht haben könnte? Der *Amazon*-Bewerter.

Zurück zur *Google*-Suche. 42 Ideen zur Selbstverwirklichung. Ich klicke auf den ersten. Ein Video von so einem Anzug-Heinzi mit Dreitagebart und strengem Blick. »In 60 Sekunden zu mehr Selbstvertrauen!«, heißt sein Video. Eigentlich habe ich was anderes gesucht, aber Selbstvertrauen schadet grad auch nicht.

Ich starte das Video. Der spricht gar nicht selbst, sondern Texte ziehen über den Bildschirm. Da steht: »Ich kann dir versprechen, dass morgen die Sonne aufgeht. Dass ein Stein zu Boden fällt. Und dass Erfolg Zweifler und Kritiker mit sich bringt.«

Super, ich habe KEINEN Erfolg UND einen Kritiker! Gilt das auch?

»Oft sind es die engsten Freunde, die dich kritisieren. Sie sagen, du hast dich verändert!«

Blödsinn. Ich habe mich nicht verändert. Ich bin immer gleich. Bis auf die Kleidergröße vielleicht.

»Vielleicht sind sie nur neidisch, weil sie sich selbst nicht verändern konnten!«

Acht Kilo in acht Monaten. Wer sollte auf so was neidisch sein? Außerdem, du schlauer, stummer Motivations-Heinzi, ich will nicht die Schuld bei anderen suchen. Ich will Lösungen! Alternativen! So was.

»Es zählt nur, warum du das tust, was du tust. Warum du dieses Leben leben willst!«

Hä? Keine Ahnung. Gilt »berühmt werden« als Antwort?

Nein, das wäre Antwort auf Niveau von Jacqueline, einer

18-jährigen Nageldesignerin, die sich in der Mehrzweckhalle in Schasklappersdorf wegen der Vorauswahl zu *Germany's Next Top Model* anstellt.

Mit Ende 40 von Berühmtheit zu träumen, ist irgendwie erbärmlich. So als ob man unbedingt noch gesehen werden möchte, bevor man nach unten abbiegt. Das kann ja nicht mein Ziel sein. Also warum? Schreibe ich überhaupt gern? Hätte ich nicht schon längst angefangen, ein fiktives Buch zu entwickeln, wie mir Martina aufgetragen hat, wenn ich das so unbedingt gern machen würde? Was mache ich überhaupt gern?

Einkaufen?! Ja, einkaufen!

Oh Gott, ich *bin* Jacqueline! Nein, ich bin die *Oma* von Jacqueline! So schaut's aus.

Andererseits bleibe ich dauernd wo stehen und schreibe im Alltag. Weil ich muss. Ich muss Geschichten schreiben. Ich liebe es, Geschichten zu erzählen. Ich liebe es, Menschen zu unterhalten.

Großer Motivations-Heinzi, los, sag, wie geht es mit mir weiter???

Ich drücke wieder den Playbutton. Er spricht wieder stumm zu mir. Die Sätze ziehen über den Bildschirm.

»Du wirst niemals Großes erreichen, bis du lernst, Kritik nicht persönlich zu nehmen.«

Jo. Eh.

»Umgib dich mit Gewinnern! Mit Menschen, die die gleichen Ziele haben wie du!«

Apropos. Wo ist eigentlich die angehende Bestsellerautorin? Liest die immer noch die Bewertung? Oder will sie jetzt gar nicht mehr meine Schreibschwester sein? Die schreibt sicher grad die Adoptionspapiere neu.

Ich speichere das Video vom Motivations-Heinzi bei den Lesezeichen. Man kann nie wissen.

Pling. Nachricht von der Schreibschwester. »Der spinnt ja, der Typ, der ist ja irre! Nimm dir das ja nicht zu Herzen! Das ist Schwachsinn, was der schreibt! Ich werde dem gleich was Saftiges antworten.«

Die Schreibschwester ist in Rage, man merkt, dass sie temperamentvoller und mutiger als ich ist. Sie war ja auch in ihrer Kindheit Dressurreiterin. Während ich am Klavier Etüden gespielt habe, hat sie Turniere gewonnen. Sie ist Pippi. Ich bin Annika. Nein, schlimmer. Ich bin Tommy, der kleine Streber!

»Bitte nicht kommentieren, ich muss das hinnehmen. Ich will mich gar nicht rechtfertigen müssen.«

»Ja, stimmt, du hast eh recht! Da hilft nur eines!«

»Ein Flammenwerfer?«

»Haha, nein, du Idiot!«

»›Du Idiot‹ ist übrigens eines der schönsten Duette von Michelle und Matthias Reim, just saying!«

»Das ist gut, wenn du wieder an deine Schlagerfuzzis denken kannst! Dann geht es wieder bergauf mit dir. Aber ich meine, es hilft nur eines: Schreib jetzt endlich an dem Buch! Los! Jetzt!«

»Jetzt, in dieser fragilen Phase meines Schaffens?«

»Sei nicht deppert, setz dich hin!«

Die Tür geht auf, und die junge Dame stürmt ins Zimmer. Sie streckt mir ihr Handy entgegen. »Die Oma ist dran! Sie hat einen Bauernhof gefunden!«

Um Gottes willen. Ich hätte sie stoppen sollen. In aller

Kürze erfahre ich die wichtigsten Eckdaten. Sie sei durch den Ort gegangen und habe nach Häusern Ausschau gehalten. Was Altes mit Charme, aber guter Bausubstanz. Vor einem vielversprechenden Objekt (Sie hat tatsächlich Objekt gesagt, wie so eine Maklerin!) habe sie eine Frau angetroffen. Die Mutter der Bewohnerin des Hauses. Und mit der Mutter der Bewohnerin habe sie sogleich Kaufverhandlungen gestartet. In Abwesenheit der Tochter.

Es sei ein kleiner, aber sehr hübscher Vierkanthof. Mit neuem Dach! Sie sei mit der Mutter der Besitzerin übereingekommen, dass sie an einem der Folgetage wiederkommen werde, diesmal mit Handy. Um die Eckdaten aufzunehmen.

Das Kind hüpft hinten auf und ab und wiehert bereits wie ein Pferd.

Ich weiß jetzt gar nicht, was ich zuerst drauf sagen soll. Sie hat fremde Menschen gefragt, ob sie nicht ihr Haus verkaufen wollen, in dem sie wohnen!

Zlatan Ibrahimovic, der Starfußballer, hat das auch gemacht. Er ist zu seinem Traumhaus hingefahren, hat angeläutet und zu den Menschen gesagt: »Ihr wohnt in meinem Haus!«

Die Menschen haben verstört geschaut, aber ein paar Vertragsverhandlungen und ein paar Millionen Dollar oder schwedische Kronen (haben die auch Euro?) später haben sie ihm tatsächlich das Haus verkauft.

Aber erstens habe ich keine Millionen wie Ibra Kadabra am Konto, und zweitens brauch ich eh kein Autorenhäuschen mehr. Wobei, vielleicht könnte ich dort mit Töpfern anfangen! Das machen doch viele. Oder Vollmondtrommeln. Oder Klöppeln. Oder Körperteile in Gips gießen.

Pling. Nachricht von Martina: »Hallo!!! Schreibst du schon?«

»Du bist wirklich eine Dressurreiterin. Du lässt die Zügel nie locker, gell?«

Es folgt ein Reitersmiley.

»Was für Pferde hast du da dressiert eigentlich?«

»Kleinpferde. Ich war bei der Kleinpferdedressur.«

Das trifft sich gut. Ich bin nämlich auch nicht groß.

WERKSTATT

Er hat herumgemalt wie bei einer *Instagram*-Beauty vor der Fettabsaugung. Mit einem weißen Stift hat er alle Problemzonen markiert. Dellen, Kratzer, Unebenheiten. Muss ich mich jetzt schämen deswegen? So was passiert halt im Laufe der Jahre. Sein Blick fügt stumm und anklagend hinzu: »Wenn man nicht gut aufpasst!«

»5.000 Euro, alles zusammen«, sagt er und rubbelt mit diesem lächerlichen Brillenputztuch an verschiedenen Stellen herum. Als ob das noch einen Unterschied macht.

»Mit dem Einschussloch vielleicht sogar noch mehr.«

Welches Einschussloch?

»Was ginge sich um 1.000 Euro aus?« Ich spüre, wie meine Stimme zittrig wird.

Mehr habe ich nicht.

In drei Wochen muss ich das Auto in einwandfreiem Zustand zurückgeben. Wegen der Auflösung vom Dienstverhältnis, wie sie das genannt haben. Dankbar könne ich sein, dass die Geschäftsleitung übereingekommen sei, von einer Schadenersatzforderung gegen mich Abstand zu nehmen.

Günther dürfte wohl auch mit sich übereingekommen sein, von mir Abstand zu nehmen. Denn anders ist es nicht zu erklären, dass er genau an dem Tag, als ich eine starke Schulter zum Anweinen gebraucht hätte, keine Schulter mehr frei hatte.

Weil auf ebendieser Schulter ein fremder nackter Arsch gesessen ist. Ein weiblicher. In unserem Ehebett.

Die Schreibschwester hat gesagt, ich soll einfach irgendein Thema von irgendeiner *Facebook*-Geschichte von mir nehmen und mir dazu eine Geschichte überlegen. Ich habe gesagt, ich kann das nicht, weil ich nix erfinden kann. Blödsinn. Kann jeder, hat sie gesagt.

Und was könnte jetzt passieren? Wie kann die Geschichte weitergehen? Und ist das ein guter Anfang oder ein schlechter?

Ich schicke ihr den Anfang mal per Mail durch, und es dauert keine fünf Minuten und schon kommt die Antwort: »Ja super, sehr gut. Weitermachen! Überlege dir, was das für eine Story werden könnte!«

Mir fällt aber nicht ein, was das werden könnte. Ich schreibe was hin, lösche es wieder weg. Geh inzwischen aufs Klo. Schreib wieder was auf. Lösche es wieder weg. Geh zum Kühlschrank. Esse ein Radl Extrawurst mit den Fingern. Tippe wieder was ein, gehe wieder zurück. So geht das ungefähr zwei Stunden lang. Dazwischen versuche ich, nicht an die *Amazon*-Bewertung zu denken und dass ich der größte Irrtum war, den sich Elke Heidenreich jemals geleistet hat.

Sieht man ja nun. Bekomme ja nicht mal eine blöde Geschichte, die eine Handlung für einen Roman sein könnte, zusammen.

Auf *Radio Burgenland* singt Michelle. »Dein Püppchen tanzt nicht mehr, gleich ist die Bühne leer, die Show ist aus.« Und in den Nachrichten kommt dann, dass jetzt der Fußballverein von einer Kleinstadt vielleicht zusperren muss, wegen der Bankenpleite. Und plötzlich sehe ich die Kleinstadt vor mir. Traurig und verlassen. Ich kenne das. Da klebt dann in jedem Schaufenster ein Schild »Geschäftsräumlichkeiten zu vermieten«.

Und da kommt mir die Idee. Ich setze mich an den Küchentisch und schreibe alles auf, was in dieser Geschichte passieren könnte. Schnell und in groben Worten, wie eine Nacherzählung von einem Film schreibe ich wie eine Besessene, und auf einmal liegt da die ganze Geschichte zusammengefasst auf drei Seiten vor mir. Ich habe die komplette Handlung mit Hauptfiguren und Nebenfiguren und Schauplätzen erfunden. Keine Ahnung, wie lang das jetzt gedauert hat. Mir ist jegliches Gefühl für Zeit und Raum verloren gegangen, weil ich so konzentriert mitten in meiner Geschichte war.

Der Blick auf die Uhr sagt mir, dass es drei Stunden waren! Ich dachte, es wären maximal 30 Minuten gewesen.

»Könnte das vielleicht die Story sein?«, schreibe ich ihr und klicke auf »Anhang hinzufügen«.

Dann kümmere ich mich glücklich um den Rest von der Extrawurst.

»Das hast du jetzt alles geschrieben?« Es hat keine fünf Minuten gedauert, bis sie antwortet.

»Es ist genial! Genau die Geschichte schreibst du! Jeden Tag! Egal wie lange! Und wenn es nur ein Satz ist! Ich bin stolz auf dich!!!«

Mit Rufzeichen geizt sie nicht.

»Anbei schicke ich dir noch das erste Kapitel von meinem zweiten Buch!«

STEIRERIN DES TAGES

Die Schreibschwester schickt mir gerade ein Foto mit *WhatsApp*. Eine Frau pinselt in ihrem Gesicht herum. Im Hintergrund Weingärten und eine TV-Kamera.

Vor zwei Wochen ist *Zuagroast* erschienen. Seitdem habe ich sie zwar nicht mehr live, aber dafür in sehr vielen anderen Varianten gesehen oder gehört. Einmal als Doppelseite in der *Kronen Zeitung*, einmal im *Woman*, einmal in der *Wienerin*, großflächig in der *Burgenländerin*, in der *BVZ*, einmal als Studiogast in meiner Lieblingsradiosendung *Mahlzeit Burgenland* und einmal sogar in der *Barbara Karlich Show*.

»In einer Stunde einschalten! Ich bin live im Fernsehen!«

»Kannst du mich grüßen lassen?«

Smiley, wo die Tränen vor Lachen wegspritzen.

»Oder wenigstens winken?«

Ich lese gerade das Kapitel, das sie mir geschickt hat. Unglaublich. Das erste Buch kommt auf den Markt, und sie ist schon mitten im zweiten Band. Im Korrekturmodus mache ich in der *Word-Datei* Anmerkungen zu ihrem Text. Sachen, die ich nicht gleich verstehe, Sachen, die mir aufgefallen sind, Sachen, die ich besonders gut oder lustig finde. Ich versuche zu verstehen, wie sie die Kapitel aufbaut, wie sie die Figuren zeichnet. Beim Feedback geben lernt man mehr als sonst wo, merke ich.

Vielleicht kann ich irgendwas davon ja gleich bei meinem nackten Arsch verwenden. Also bei dem nackten Arsch vom Kapitel natürlich.

Soll ich jetzt eigentlich im Präsens und in der ersten Person schreiben? Ich stehe wieder auf und suche ein paar Referenzbücher. Wie haben die das gelöst?

Was macht meine Hauptfigur als Nächstes?

Was sind denn das für Fragen?

Ich muss doch auf mein Gefühl hören und auf die Geschichte in mir!

Ich höre genau hin. Stille.

Da ist nix. Ich habe ja gewusst, ich kann nix erfinden. Ich kann nur beschreiben. Ich bin Dokumentarschreiber quasi.

Okay, in meiner Geschichte fährt die jetzt heim in ihr Heimatdorf, weil dort alles billiger ist, und da gibt es sicher einen Schwarzmarkt für Autoreparaturen, und nicht nur das. Es geht los …

Pling. Neue Nachricht von der Schreibschwester. »Gleich geht es los! Du kannst schon einschalten.«

Noch mal Pling. Diesmal: Neues E-Mail. Absender. Die *Kleine Zeitung*.

Oha! Denen habe ich ja geschrieben und mich aufgedrä… äh, ich meine angeboten, dass ich Steirer des Tages werden könnte. Mein Finger schwebt schon halb über dem Öffnen-Button vom neuen E-Mail.

Nein! Zuerst die Arbeit – dann das Spiel! Sonst komme ich nie voran. Ich schreibe zuerst weiter an meiner Geschichte. Jeden Tag, hat sie gesagt. Egal, wie lang. Der

Schreibmuskel ist auch nur ein Muskel wie jeder andere. Man kann das trainieren. Also gut.

Sicherheitshalber schalte ich aber im Hintergrund den Fernseher ein. Die Schreibschwester ist noch nicht zu sehen. Ich schalte inzwischen den Ton aus, damit ich ohne Ablenkung an meinem Kapitel weiterschreiben kann.

Kurzer Check-Blick: Das Mail der *Kleinen Zeitung* ist eh noch da. Aber noch nicht öffnen! Vorfreude ist die schönste Freude!

Ohne viel Nachdenken schreibe ich drauflos. Rohfassung. An Details wird im zweiten Durchgang gefeilt. Hauptsache schreiben. Der Muskel muss bewegt werden. Es geht. Es geht immer besser. Bald ist eine halbe Seite vollgeschrieben. Ist das schon der Flow?

Sicherheitshalber schalte ich den Ton doch an. Jetzt sollte sie bald kommen. Nicht, dass ich vor lauter Flow die Sendung verpasse.

»Ständig Durchfall, Blähungen und Bauchschmerzen!«, eine ältere Dame streicht sich über ihren Bauch. »Dann hat mir mein Arzt *Kijimea Reizdarm Pro* empfohlen.«

Oh nein! Ich bin am falschen Sender! Hektisch schalte ich um, aber es ist noch nicht soweit. Keine Schreibschwester in Sicht.

Also weiter im Flow. Die Geschichte spielt auch in der Steiermark. Das könnte ich dann vielleicht gleich im Interview mit der *Kleinen Zeitung* erwähnen. Regionalbezug ist immer gut. »Ihr zweites Buch kommt direkt aus unserem grünen Herzen Österreichs.« Das könnte vielleicht gleich die Headline sein. Gut, aber die werden sie ja, schätze ich, selbst schreiben.

Aber vielleicht wollen sie dann landestypische Fotos mit mir machen. Also, die werden ja eventuell einen Fotografen mitschicken bei der Geschichte. Ich blättere noch mal zu dem Foto auf meinem Handy. Der Artikel mit der Bienenzüchterin als Steirerin des Tages. Eine ganze Seite ist das! Und sehr tolle Fotos. Ich werde vielleicht vorschlagen, ein Foto in meiner Heimat zu machen und eines in Graz. Oder eines beim Schreiben? Oder vielleicht ich beim Recherchieren?

Jetzt geht es los! Der Moderator steht mitten im Weingarten und redet schon, im Hintergrund sieht man aber schon die Schreibschwester sitzen. Das Buch liegt vor ihr auf dem Tisch!! Ich drehe sofort den Ton auf ganz laut!

»Und wir sind heute im wunderschönen Südburgenland, und ich darf bei mir den neuen Star am Krimihimmel begrüßen!«

Respekt. Die Kamera schwenkt dabei über die sanften Hügel, hinter den Weinstöcken geht gerade die Sonne auf. Wenn jetzt noch ein Storch drüberfliegt, dann hat die Burgenland-Werbung diesen Beitrag bezahlt!

»Zuvor aber noch ein kurzer Servicetipp!«

Zack. Burgenland ist wieder weg und die Kollegin aus dem Studio zu sehen.

In der Spiegelung vom Fernseher sehe ich, dass mein Haaransatz dringend nachgefärbt werden muss. Ich werde gleich heute noch einen Termin ausmachen. Nicht dass es sonst heißt: »Da schau her, Bücher schreiben tut sie, aber Friseur kann sie sich keinen leisten!«

Der Steirer des Tages-Artikel erscheint in der ganzen

Steiermark. Das werden auch ehemalige Lehrer und Schulfreunde von mir sehen.

Vor allem die, die beim Flaschendrehen immer ganz laut »WAHRHEIT« gerufen haben, wenn die Flasche auf mich gezeigt hat. Die alle sollen sehen, was aus mir doch noch geworden ist. Eine, die sich einen Friseur leisten kann. Eben!

Da ist sie! Auftritt Schreibschwester! Ich wundere mich kurz, dass im Laufband unten »Martina Parker« steht und nicht »Schreibschwester«. Aber klar, das ist ja ihr Name.

Pling. Nachricht von meiner alten Schulfreundin Eva aus der Steiermark. »Deine Freundin ist gerade im Fernsehen! Sehen wir dich auch mal, du hast doch auch ein Buch geschrieben!?«

»Na ja, Fernsehen, weiß nicht. Aber die *Kleine Zeitung* hat mir gerade geschrieben. Mal schauen! Vielleicht komm ich da rein!«

Dann überlege ich noch, welches Smiley passend für den Abschluss dieses Satzes wäre. Ein Zwinkersmiley? Ein Smiley, das auf dem Kopf steht? Das schief lachende, wo die Zunge raushängt? Ich entscheide mich für das betende-Hände-Smiley.

»Du siehst super aus und machst das ur professionell!«, schreibe ich der Schreibschwester. Und dann hänge ich noch zehn Applaus-Smileys dran.

So. Jetzt aber der feierliche Moment. Ich öffne das Mail der *Kleinen Zeitung*. Betreff: AW: Steierin des Tages!

Ich öffne das Mail lieber am Laptop, nicht am Handy. Da kann ich gleich besser und schneller zurückschreiben.

Beziehungsweise habe ich unmittelbar Zugriff auf meinen Terminkalender!

»Sehr geehrte Frau Kristek, wir bedanken uns für Ihre Nachricht bezüglich Steirerin des Tages. Leider muss ich Ihnen mitteilen, dass man sich nicht selbst als Steirerin des Tages vorschlagen kann. Mit steirischen Grüßen, das Team der Kleinen Zeitung Steiermark.«

TOURSTART

Ich sitze im Tourbus auf dem Weg zum nächsten Auftritt. Die Groupies rundherum stecken ihre Köpfe zusammen, tuscheln und zeigen mit dem Finger zum Bus. Der Fahrer stimmt uns mit lauter Musik ein und ist darüber hinaus bemüht, möglichst erschütterungsfrei zu fahren, wegen der Drogen. Das Autorenleben ist ein Party-Exzess!

Die Realität ist, dass ich im *Doktor Richard*-Pendlerbus sitze, auf dem Weg ins Südburgenland zu einer gemeinsamen Lesung mit der Schreibschwester. Der Gatte braucht das Auto, und außerdem mögen es alle Verkehrsteilnehmer in der Regel lieber, wenn ich öffentlich fahre. Inklusive mir selbst. Und der Pendlerbus ist eine prima Alternative zur Bahn. Der fährt nämlich direkt ohne viel Stehenbleiberei, und es ist immer ein eigenes Flair. Das Flair beginnt schon bei der Haltestelle am Wiener Matzleinsdorfer Platz. Fix einer der hässlichsten Orte der Stadt. Überall nur mehrspurige Straßen, Tankstellen, oberhalb fährt der Zug drüber. Gegenüber von der Pendler-Busstation ist ein Friedhof, daneben ein Pfandleiher für Auto-Belehnungen, und daneben blinken die ersten Laufhäuser die Triester Straße entlang bis nach oben. Würde es diese 1.000 Unter- und Überführungen nicht geben, könnte man auch das berühmte Hochhaus am Matzleinsdorfer Platz sehen. Das erste Hochhaus Wiens! Gemeindebau, 20 Stöcke. Weiß ich auswendig von meinem Gemeindebau-Quartett. Im *Wikipedia*-Eintrag steht: »In der Anfangszeit befand sich im obersten Stockwerk ein Restaurant mit Aussichtsterrasse. Mittlerweile befinden sich zahlreiche Mobilfunk-Antennen am Dach.« Das sagt irgendwie eh alles.

Der Matzleinsdorfer Platz sieht aus, wie ich mir früher immer den Ostblock vorgestellt habe.

Auf jedem Doppelplatz im Bus sitzt genau eine Person, mehrheitlich Frauen, die stumm aus dem Fenster schauen. Dabei gibt es wirklich nichts zu sehen. Außer vielleicht die Männer vom Arbeiterstrich, die in Baustellenkleidung vorm *Obi Markt* rumhängen und rauchen.

Ich sitze ganz hinten und will mich auf die Lesung vorbereiten. Das wird meine erste Lesung zu zweit.

»Das ist sicher lustiger, wenn wir das gemeinsam machen«, hat sie gesagt, und ich war fast ein bisschen gerührt. Wer teilt denn heutzutage freiwillig Ruhm und Ehre?

Der Gatte hat schon ein paar Kapitel für mich herausgesucht, die ich aus meinem Buch lesen kann. Er macht das gut und gerne, und ich bin froh, dass ich mich nicht entscheiden muss. So als ob man unter seinen Kindern wählen müsste, welches man eventuell zur Adoption freigibt.

Er jedoch gibt sehr gerne bunte Post-its an die Stellen, die ich lesen könnte, lobt mich dabei, dass die Stellen besonders lustig oder originell oder sonst irgendwie gut wären. Beim Lesen merke ich dann, dass er immer die Passagen aussucht, wo ER selbst als Hauptdarsteller vorkommt.

Kurz nachdem wir die Stadt verlassen haben, sind die Ersten auf ihren Sitzen eingeschlafen und lehnen die Köpfe gegen die Scheiben. Ich habe das sehr genau im Blick, weil ich die Einzige bin, die in der letzten Reihe sitzt. So wie früher im Bus am Weg zum Skikurs. Die wirklich Coolen sind immer hinten gesessen. Ich war meistens vorne.

Aber jetzt, im Pendlerbus, kann auch ich mal cool sein! Außerdem habe ich ein Buch geschrieben und bin jetzt Autorin! Hossa!

Ich checke noch mal die *Facebook*-Veranstaltungsseite von der Location, wo unsere Lesung heute Abend stattfinden wird. *Tanzcafé Krone*. Der Name klingt schon vielversprechend. Aber vorstellen kann ich mir noch nichts darunter. Vielleicht ist das ja auch gar kein echtes Café, sondern so ein Hipster-Lokal wie in Berlin mit Bioessen, und alle Mitarbeiter müssen tätowiert sein und Bärte haben. Vor der Tür stehen Kreidetafeln, wo die handgemachte Biokräuterlimo (mit Biohanf!) ausgelobt wird, und drinnen sitzt man auf schwarzen *Fritz Kola*-Kisten. Das Wichtigste ist aber immer der Name. Der muss maximal individuell und retro sein und vielleicht auch noch einen ironischen Bruch beinhalten. So was wie *Fräulein Wurst* (veganes Restaurant), *Hüftgold* (Konditorei) oder *Betreutes Trinken* (Bar).

Ich kann gar nicht mehr aufhören, an mögliche neue Lokalnamen zu denken. Das ist inzwischen schon schlimmer als bei den Friseuren! Mein Lieblingslokalname ist übrigens *Muschi Obermaier*. Gibt es wirklich! Ist eine sehr leiwande, verstaubte und verrauchte Disco in Berlin.

Tanzcafé Krone dürfte aber kein Retro-Vintage-Name sein, zumindest auf der *Facebook* Seite deutet nichts darauf hin. Die Veranstaltungsseite hat zahlreiche Likes und Kommentare. Es scheint ein treues Publikum zu geben. Viele schreiben, dass sie sich schon freuen. Eine Frau fragt, ob die Lesung eh nicht zu lange dauern wird, damit sich noch genug Tanz nachher ausgeht. Ich überdenke die Kapitelauswahl und streiche einen Absatz. Den werde ich weglassen. Gatte ist eh nicht dabei.

Pling. Nachricht von Martina: »Bin schon vor Ort im *Tanzcafé Krone*. Kannst du mir noch deine Musikwünsche schicken?«

»Hä? Ich darf mir was wünschen?«

»Ja, DJ Hansi fragt danach, welche Songs er zwischen den Lesungen spielen darf.«

»Sag ihm, ich liebe ihn jetzt schon. Ihn und das *Tanzcafé Krone*!«

»Und er möchte wissen, ob wir mit einem Stehtisch auf der Tanzfläche lesen wollen oder von der DJ-Kanzel aus.«

Das wird immer besser! Bisher kannte ich Lesungen mehrheitlich so, dass die Lesenden an einem schlichten Holztisch sitzen, mit einem Glas stillem Wasser (damit man nicht rülpsen muss!), eine noch schlichtere Lampe dazu und kleidungsmäßig was Gedecktes, damit nicht allzu viel vom Inhalt ablenkt. Schwarzer Rollkragenpulli zum Beispiel. Wobei ich den nicht mag, denn wenn du liest, schaust du ja nach unten. Und was passiert, wenn man mit einem Rollkragenpulli nach unten schaut??

Richtig! Der Goder hängt drüber! Subopti!!!!!!!!

In Oberwart müssen wir umsteigen. Der Pendlerbus teilt sich auf, je nachdem in welche Richtung man muss. Ich steige um in den Bus nach Bad Tatzmannsdorf, ein paar ältere Herrschaften schließen sich mir an. Die haben auch größere Taschen, und ich tippe auf Kurgäste. Denn Bad Tatzmannsdorf ist ein bekannter Kurort, vorwiegend für Menschen mit Herz- oder auch orthopädischen Problemen.

Ich gehe noch meine Playlist durch, was ich mir wünschen könnte. Michelle jedenfalls! Vielleicht »In 80 Küssen um die Welt?«, oder der Partyknüller »Große Liebe«. Unbedingt auch Nik P. »Braun gebrannte Haut«, passt gut zu meinem Kapitel mit dem Airbrush Tanning! Martina schreibt, sie wünscht sich Andy Borg mit »Adios Amor«. Passt eh gut zu den Leichen im Buch!

»Sehr geehrte Damen und Herren, bitte kurz um Ihre Aufmerksamkeit!«

Macht der Busfahrer Durchsagen? Kommen jetzt gleich die Fahrtgeschwindigkeit und das Wetter am Zielort?

»Der Kollege vom anderen Bus lässt fragen, ob jemand von Ihnen den Foaschein bei ihm vergessen hat. Es wurde einer aufgefunden.«

Wahnsinn! Wie nett! So was gibt es auch nur am Land! In Wien traut sich keiner, die Busfahrer was zu fragen.

Das *Tanzcafé Krone* ist von Weitem gut sichtbar. Nichts erinnert an eine typische Buchlesung. Keine schlichten

Holztische. Kein stilles Wasser. Genau genommen ist hier gar nichts schlicht und still. Am allerwenigsten die Martina. Denn die steht wie so ein *ABBA*-Avatar mitten in einem riesigen Gastgarten auf einem Holztanzboden, so einen wie man ihn von den Festen bei Heimatfilmen kennt. Sie trägt ein knallgrünes Minikleid, das so kurz ist, dass man nur hoffen kann, dass keine Herzpatienten da sind. Dazu trägt sie weiße Stiefeletten mit silbernen Sternen! Würde man Bad Tatzmannsdorf mit einem Flugzeug überfliegen, alles wäre von weit oben sichtbar. Wie so eine südburgenländische Atomaufbereitungsanlage würden die Lichterketten im Garten in den Nachthimmel leuchten. Vielleicht ist das aber auch wegen der Orientierung von den Kurgästen so hell erleuchtet. Damit die besser herfinden. Die sind ja nicht ortskundig. Und außerdem, wo viel Licht ist, ist auch viel Schatten! Viel Kurschatten!! Jede Kuranstalt, die auf sich hält, braucht ein perfektes Kurschatten-Aufrisslokal. Das hier scheint mir hochgradig geeignet.

Ich bin offenbar der letzte Gast, der kommt, weil viele neugierige Augen mich schon anschauen, als ich komme. Jede Rattan-Sitzgruppe ist besetzt. Alles sieht aus wie in einem Schlagermusikfilm der 60er-Jahre. *Conny & Peter machen Musik*. So was. Ich geh hier nie wieder weg.

Das Publikum ist erstaunlicherweise sehr geschlechtsspezifisch platziert. Die Frauen sitzen in Gruppen zusammen. Die Männer lehnen in Gruppen an der Bar, die in einem kleinen Salettl mitten im Garten platziert ist. Die Männer lehnen da so lässig, mit einem Auge immer die Damen im Blick, sodass sie im Fall des Falles jederzeit sofort einspringen können.

Wir werden gebeten, das Timing gut einzuhalten, und legen los mit der Lesung.

Der sympathische DJ Hansi, mein neuer Freund mit der guten Playlist, flüstert mir zu, warum: weil die Kuranstalten Sperrstunde haben und die Gäste vorher noch tanzen möchten.

Die Gäste von der Orthopädie tanzen bis zur Sperrstunde?? Das wirft Fragen auf, die ich lieber nicht stelle.

Die Lesung ist großartig, das Publikum ein Traum, eigentlich wollen wir nie wieder aufhören, und dazwischen spielt DJ Hansi die gewünschten Hits! Mein Wunsch war ein bisserl schlecht gewählt, Beatrice Egli »Mein Herz, es brennt«, aber das habe ich ja vorher nicht wissen können mit den vielen Herzpatienten.

Ich versuche eine elegante Überleitung zum nächsten Lesekapitel und erzähle von meinem Schwager, der ein neues Herz bekommen hat. Und jetzt seinen zweiten Frühling hat.

Ich habe sehr viel zustimmendes Köpfenicken im Publikum dabei gesehen. Zweiter Frühling war ein gutes Stichwort für die Kurgäste!

Im Anschluss signieren wir beim Büchertisch der ortsansässigen Buchhandlung. *Büchertraum* heißt die. Nomen est omen! Und die beiden sympathischen Besitzerinnen schenken mir ein Badetuch vom Fremdenverkehrsverband. Dabei erzählen sie uns, dass am Nachmittag, als der Büchertisch und alles aufgebaut wurde, noch zwei Bauarbeiter an der Fassade vom *Café Krone* zugange waren. Wer da heute Abend denn auftrete, wollten die wissen und haben sich unsere ausgestellten Bücher näher angeschaut.

Ich habe bei der Geschichte natürlich erwartet, dass die so ausgeht, dass die Bauarbeiter die Bücher ungekauft hinlegen, denn was machen die mit zwei Büchern von Frauen. Aber das ist natürlich vorurteilsbehaftet von mir.

»Haben sie auch ein Buch gekauft?«, fragt die Martina inzwischen die Buchhändlerin.

»Na ja, zuerst haben sie die Bücher genauer angeschaut und dann die Autorenfotos angestarrt.«

»Und dann?«, frage ich.

»Dann hat der eine gesagt, er kauft das Buch der Brünetten, und der andere hat gesagt, dann nimmt er das von der Blonden.«

Insofern macht es auch Sinn, zu zweit zu lesen. Dann ist für jeden was dabei.

Beim Büchertisch kommt eine liebe Freundin vorbei und schenkt mir eine Flasche *Malibu* und ein Packerl Orangensaft dazu. Weil das so gut zum Buch passen würde. Es gibt nichts Besseres als *Malibu Orange*! Das waren die *Alkopop*-Vorläufer meiner Jugend!

»Komm, ich hole uns zwei *Malibu Orange*«, sage ich zur Martina, während sie noch signiert und signiert und signiert. Die Schlange endet gar nicht. Das wird knapp mit der Kurgast-Sperrstunde, wenn die da noch länger anstehen.

»Suchen Sie einen Taxitänzer?« Ein junger Mann um die 70 spricht mich an, während ich beim Salettl Ausschau nach dem Barkeeper halte. Ich stehe da schon länger, und keiner ist da. Offenbar schau ich recht verzweifelt aus.

»Nein danke, ich bin mit dem Pendlerbus da«, sage ich, weil ich wegen der Musik (Andi Borg: »Die berühmten drei Worte!«) das letzte Wort seiner Frage nicht verstanden habe. Das wäre halt nur das entscheidende gewesen.

»Nein, kein Taxi. Einen Taxitänzer!«

Ah okay, ich kann mich dunkel erinnern. Das war mal modern früher. Das sind Männer nur zum Tanzen und sonst nix, oder so.

Der Mann trägt eine schwarze Hose, ein schwarzes Hemd und knallrote Hosenträger. Er könnte auch ein Zauberer sein in dem Outfit. Aber wer weiß, vielleicht ist das auch das internationale Erkennungsmerkmal der Taxitänzer. (Gibt es da eine Innung?)

»Danke, das is ur lieb, aber ich warte nur auf den Kellner.«

»Der ist grad tanzen, das kann dauern«, sagt der Anlehn-Nachbar vom Taxitänzer. Ein freundlicher Herr Mitte 60, schätze ich. Graue Haare, Jeanshemd leger oben geöffnet, dazu eine schwarze Lederjacke. Typ: einer von *Dallas*.

»Der Kellner ist grad tanzen?«, frage ich verwirrt. Das ist ungewöhnlich. Aber gut, wir sind im Burgenland. Anderes Land. Andere Regeln.

»Hams sicherheitshalber was mitgenommen?«, fragt er jetzt.

»Wie bitte?«

Er deutet mit seinem Kinn in Richtung meiner Hand, in der ich das Geschenksackerl halte. Mit der Flasche *Malibu* und dem Packerl Orangensaft gut sichtbar.

»Ich kann uns auch Gläser holen«, fügt er hinzu.

Uns? Seit wann sind wir schon bei *uns*. Der Taxitänzer sprintet grad los und hängt sich bei einer Dame ein.

Ich bilde mir ein, sie geht etwas schief. Aber das muss um die Uhrzeit auch nicht zwingend ein medizinisches Thema sein.

Jetzt bin ich allein mit dem *Dallas*-Mann.

»Danke, das ist nett«, sage ich, »aber ich warte, bis der Kellner zurückkommt, kein Problem. Meine Freundin ist eh noch beschäftigt, das macht nix, wenn es länger dauert.«

Ich nicke in Richtung Signiertisch. Ein heiteres Nicken ist das da.

Kaum habe ich das Wort Freundin erwähnt, taucht wie aus dem Nichts ein anderer Anlehn-Mann neben ihm auf und stellt sich als sein Freund vor. Aha.

Eine Viertelstunde später weiß ich sehr viel. Nämlich, dass der *Dallas*-Mann einen gut gehenden Schweinebetrieb in der Region hat. Ich wollte nicht großstädtisch abgehoben wirken und habe von meiner eigenen Kindheit am Bauernhof erzählt, dass ich selbst beim Schlachten dabei war und schon als Kind das Blut im Topf aufgesammelt habe. Ein passendes Gesprächsthema für einen lauen Sommerabend im *Tanzcafé*.

Im Hintergrund sang Drafi Deutscher »Marmor, Stein und Eisen bricht«.

Der *Dallas*-Mann betont explizit, dass bei ihm gar nicht mehr notwendig wäre, selbst Hand anzulegen, weil alles maschinell ablaufen würde. Und darüber hinaus gäbe es auch Mitarbeiter. Möglicherweise ist die Botschaft: »Nimm mich, du musst dir nicht selbst die Finger schmutzig machen.«

Nach 20 Minuten kommt der Barmann vom Tanzen zurück, verschwitzt, aber glücklich.

»Ich muss jetzt leider dringend gehen, es hat mich sehr gefreut, mit Ihnen zu plaudern«, sag ich zum *Dallas*-Mann, weil ich nicht arrogant wirken will. »Aber meine Freundin ist zuckerkrank, die muss regelmäßig trinken, ich darf sie nicht warten lassen.«

Und dann gehe ich mit den beiden *Malibu Orange* in der Hand weg.

Ich bin so in love mit dem *Tanzcafé* und den Menschen dort, dass ich am liebsten dorthin ziehen würde. Vielleicht wo ich in Fußnähe ins *Tanzcafé* und zum *Büchertraum* gehen kann. Mehr brauch ich nicht später. Medizinische Versorgung ist mit der Kuranstalt ja auch gewährleistet.

Mein Problem ist nur, dass ich es oft überall so schön finde. Wenn es danach ginge, müsste ich schon in Leipzig, in Berlin, in Hamburg, im Waldviertel, im Stubaital, in Schladming und in Linz wohnen.

Das Einzige, wo ich tatsächlich noch nie wohnen wollte, ist am Matzleinsdorfer Platz.

BESTSELLER

Ich sitze in der Café-Konditorei gleich neben dem steirischen Bahnhof. Der Pendlerbus um 5 Uhr früh zurück nach Wien war mir dann doch zu zeitig, also habe ich mich für den Zug entschieden. Auch wenn man dafür das Bundesland wechseln muss, um zu einem aktiven Bahnhof zu gelangen.

Ich habe noch eine Stunde, bis mein Zug geht, und möchte die Zeit nützen, um an meinem Übungsbuch weiterzuschreiben.

»Was darf es sein?«, fragt die Kellnerin.

»Uan Kaffeeeee mit Schlog bittschei?« Ich bin höchst bemüht, ja nix Wienerisches im Dialekt durchklingen zu lassen. Gerade bin ich nämlich Zeuge geworden, warum das eventuell besser wäre.

Einer hat versucht, sich einzuparken, und sich wirklich saudeppert dabei angestellt. Ich darf das sagen, weil das hätte genauso gut ich sein können. Deswegen fahr ich ja auch lieber Pendlerbus und Zug.

Auf jeden Fall haben alle Besucher im Gastgarten das Spektakel beobachtet. Er schiebt vor und zurück und gibt Gas und kommt dann erst nicht in die Parklücke, und dann wird es ihm wohl zu blöd, er steigt aufs Gas und fährt doch wieder weiter. Vorher hinterlässt er noch eine gesunde Abgaswolke in Richtung Gastgarten, während alle Konditoreibesucher dort die Köpfe schütteln.

Als das Auto weit genug weg war, hat es einer laut ausgesprochen: »Host eh des Kennzeichen gsehn?«

»Jo eh kloar, des is wieda sehr typisch!«, sagt sein Konditorei-Sitznachbar.

Ich habe genau gewusst, was der mit dem Kennzeichen gemeint hat. W wie Wiener!

Immer diese Bundesländerressentiments. Muss ich gleich ins Übungsbuch einbauen.

Als Kind habe ich übrigens immer gedacht, es heißt »gscherde Wiener«. Weil alle am Land immer von den »gscherden Wienern« geredet haben, wenn mal einer gekommen ist. Und als ich zum ersten Mal in Wien war, war ich höchst erstaunt, wie die zu mir gesagt haben: »Schau, da kommt ja a gscherds Madl in die Stadt!«

Pling. Nachricht von der Schreibschwester: »Unfassbar!!!!!!!! Es ist unglaublich!!!!!!!!!!!!! Ich kann es nicht fassen!!!!!!!!!!!!!!!«

Die unaufgeregte Zurückhaltung und der sparsame Gebrauch von Ausrufezeichen deuten darauf hin, dass weitere Nachrichten zu erwarten sind.

Anstatt weiterzuschreiben an meinem Übungsbuch, starre ich also mein Handy an und warte auf den Eingang weiterer Nachrichten.

»ICH BIN AUF DER BESTSELLERLISTE!!!!!! !!!!!!!!!!!!!!!!!!!!«

»Womit?«, frage ich. Man darf schließlich nie die Chance für einen kleinen Scherz auslassen.

»Sehr lustig!«, schreibt sie und dann geht es heiter weiter mit den Großbuchstaben: »*ZUAGROAST* IST

AUF DER BESTSELLERLISTE!! VOR DEM SIMON BECKETT!!!!«

Die Kellnerin stellt mir gerade einen Häferlkaffee mit Schlag hin.

»Hätten Sie einen Eierlikör auch dazu?«, frage ich sie. Vor lauter Aufregung ob der Neuigkeiten mit dem Bestseller verliere ich meine Bundesländer-Contenance und rutsche ins Wienerische. Ich krieg gleich kritische Blicke vom Nachbartisch. Vielleicht aber auch wegen des Eierlikörs. Es ist 10.15 Uhr.

Da schreibt die tatsächlich einen Bestseller! Wie hoch ist die Wahrscheinlichkeit, dass so was passiert? Job kündigen – Autorin werden wollen – Buch schreiben und jetzt Bestseller landen!

Da wird man eher beim Scheißen vom Blitz getroffen, als dass so was passiert!

Meine Nachbarin hat ihre Großtante mal mit diesem Spruch verhext. Die Großtante war wegen irgendwas pikiert und hat der Nachbarin das Erbe entzogen. Diese hat dann laut über den Gang der Wohnhausanlage gerufen: »Die oide Hex soll beim Scheißen der Blitz treffen!« Ich habe damals ur überlegen müssen, wie hoch wohl die Wahrscheinlichkeit für so einen Einschlag ist. Und seitdem lässt mich der Vergleich in außergewöhnlichen Situationen nicht mehr los. Und dieses ist wirklich eine denkwürdig außergewöhnliche Situation. Ich antworte mit entsprechenden Smileys:

»Partysmiley, Sektflöte, tanzende Frau, noch mal tanzende Frau, klatschende Hände und zum Schluss noch Konfettiregen.«

»Die ganze erste Auflage ist in nur zwei Wochen weggegangen! Wir müssen jetzt schon nachdrucken!«

»Ich freue mich mega für dich!!!«, antworte ich und zähle extra nach, dass ich ja mehr Rufzeichen mache als sie.

Der Eierlikör kommt, und ich kippe ihn gleich vollständig in meinen Kaffee. Man muss die Feste auch fest feiern!

So richtig kann ich mich jetzt gar nicht mehr zum Schreiben motivieren. Der Schreibmuskel erschlafft, ich spüre das. Das ist so wie beim Schulturnen früher, beim Hürdenlauf. Ich habe das gehasst, weil ich mit meinen kurzen Stummelbeinchen immer alle Hürden umgetreten habe. Außerdem war ich sowieso die Langsamste. Ich wollte mich dem Wettbewerb nicht mehr stellen, wozu auch? Also habe ich zu meiner Turnlehrerin jede Woche gesagt, dass ich leider nicht am Sportunterricht teilnehmen kann, weil ich die Regel habe. »Regel« habe ich natürlich nicht gesagt. Das Wort hat damals niemand ausgesprochen. Wir haben gesagt »ich bin unpässlich« oder »ich habe Besuch von der Tante«. (Also nicht die Großtante mit dem Blitz-Fluch!) Wie auch immer, ich bin jede Woche zur Turnlehrerin mit so einem Spruch. Ein anatomisches Wunder! Wochen- statt Monatsblutung!

Ich reiße mich wieder zusammen und schreibe weiter. Wo war ich stehen geblieben? Ah ja, ich wollte mir was zum Thema Stadt-Land-Differenzen überlegen. Ich schau mich um und halte nach Inspirationen und Anhaltspunkten Ausschau.

Am Nebentisch brüllt gerade eine Frau mittleren Alters die sehr betagte Dame neben ihr an:

»Omi, heit homma di entführt, gö?«

Das erregt natürlich meine Aufmerksamkeit. Eine Entführungsfall und ich mittendrin! Die wahren Geschichten schreibt das Leben!

Die »entführte« Omi sitzt im Rollstuhl vom Altersheim. Weit werden sie sie also nicht entführt haben. Ich erkenne das am Kennzeichen. Nicht nur Wiener sind eindeutig gekennzeichnet, nein, auch Altersheimbewohner! Am Rollstuhl steht nämlich ganz groß drauf: »Frau Rosi«. Darunter steht: »Im Eigentum vom Seniorenwohnheim Feierabend.«

»Feierabend« ist mal ein innovativer Name für ein Altersheim. Bis ich in das Alter komme, haben die Altersheime wahrscheinlich alle so kreative Hippster Namen wie »Afterwork Club«. Und im Aufenthaltsraum zeigen wir uns dann alle gegenseitig unsere erschlafften Tattoos. Vielleicht sollte ich eine futuristische Altersheimdystopie schreiben?

»Omi, host wos von deiner Schwesta ghert?«, brüllt die Entführerin die Frau Rosi an.

»Jo! Die hot jetzt a deis Corona! Mit 85!«, antwortet Frau Rosi in einer normalen Lautstärke.

»Jössas!«, sagt die Frau. »Woher hat sie das denn?«

»Der Bua hots hamzaht, der Saudrottl. Owa es geht ihr eh guad. Und dem Buam schlecht. Wenigstens!«, sagt die Frau Rosi bestimmt und lehnt sich zufrieden in ihrem Rosi-Mobil zurück.

Pling. »Hast du schon was geschrieben heute?« Ich brauch gar nicht schauen, wer der Absender ist.

»Nein, ich bin grad bei der Recherche!«

»Super! Was recherchierst denn?«

Ich weiß jetzt gar nicht so recht, wie ich das alles zusammenfassen könnte.

Rechts von mir haben sich inzwischen zwei sehr elegant gekleidete ältere Damen hingesetzt. Eine der beiden zückt sofort ihr Handy und hält es der anderen direkt unter die Nase. »Schau, das sind meine beiden Enkelinnen, die Janine und die Janette.«

Hat die jetzt echt Janine und Janette gesagt?

Jetzt muss ich die ganze Zeit dran denken, wie ein eventuelles drittes Kind heißen würde.

Vielleicht ist das mit dem Schreiben im Kaffeehaus doch nicht so opti, wie man sich das vorstellt. Ich gebe auf und klappe den Laptop endgültig zu. Da erreicht mich wieder eine Nachricht am Handy. Diesmal schreibt der Gatte: »Schatz, du hast einen Brief bekommen, wo jemand mit der Füllfeder die Adresse draufgeschrieben hat!«

»Schick ein Foto bitte!« Wer kann das sein?

Gleich danach kommt ein Foto von einem Kuvert, wo in schönster Schreibschrift mein Name und meine Adresse draufstehen.

Ist das ein Erpresserbrief?

»Ist ein Absender drauf?«, schreibe ich zurück, und in der nächsten Sekunde kommt schon das Foto der Rückseite.

Absender: Elke Heidenreich.

ANTWORT HEIDENREICH

So langsam ist noch niemals auch nur ein einziger Zug aus der Steiermark wieder nach Wien retour gefahren. Muss der denn immer bei jeder Station stehen bleiben? Könnten die Menschen nicht einmal ein bisserl sportlich sein und von mir aus auch bei reduzierter Geschwindigkeit aus dem Zug hüpfen? Aber nein! Er fährt erst mal gemütlich in die Station ein, dann dauert es ewig, bis die Türen geöffnet werden. Dann steigt erst mal eh keiner aus und auch keiner ein. Fahren ja alle Auto. Und dann schaut der Schaffner aber noch sicherheitshalber fünf Mal ums Eck, bis er endlich seine Pfeife in den Mund nimmt, um dem Lokführer (oder dem Lokführer-Automaten, was weiß man, ob da vorne überhaupt noch ein Mensch sitzt) ein Zeichen zu geben, dass wir wieder losfahren können.

IN WIEN WARTET EIN BRIEF VON ELKE HEIDENREICH AUF MICH!!! Los, fahren wir!! Hoppe!

Beim Halt in Ausschlag-Zöbern (allein der Name!) hätte ich fast die Geduld verloren. Ich wollte schon auf zwei Fingern pfeifen, damit die Türen schneller zugehen. Aber alles ist zwecklos.

»Soll ich dir den Brief fotografieren und schicken?«, fragt der Gatte per *WhatsApp*.

»Um Gottes willen!! Nicht öffnen! Am besten gar nicht angreifen!«, antworte ich.

»Ist alles in Ordnung bei dir?«

Ich antworte mit einem Daumen-hoch-Smiley.

Immer und immer wieder lese ich die Biografie von Elke Heidenreich, auf der Suche nach Anknüpfungspunkten für mögliche Gesprächsthemen. Wobei, nun ja. Ein Brief erfordert ja noch nicht zwingend ein weiterführendes Gesprächsthema. Egal. Be prepared, little Susie! Äh. »Little« ist unangebracht. Oh Gott, ich bin nervös! Apropos Gott, laut *Wikipedia* hat sie unter anderem Religionswissenschaften studiert und mit einer Arbeit über *Marienverehrungen im Protestantismus* abgeschlossen.

Ich habe in meiner Quartettsammlung auch ein Marienerscheinungsquartett. Vielleicht mag sie das mal mit mir spielen? Medjugorje, Lourdes, Fatima. Alle berühmten Orte, wo jemals wer erschienen ist, sind da im Quartett. Oder auch Amsterdam. Wobei eine Erscheinung in Amsterdam auch andere Gründe haben kann. Auf jeden Fall lernt man viel beim Spielen. Wie oft wer erschienen ist, wie viele Zeugen es gab, wie lange die Erscheinung gedauert hat und wie viele Pendler da jährlich hinfahren. Moment, das heißt ja nicht Pendler, wie heißt das schnell? Pilger!! Pilger, Pendler, eh so ähnlich. Ich stell mir grad vor, wie meine Freunde vom gestrigen Pendlerbus täglich einen Rosenkranz beten und Marienlieder singen, wenn sie um 5 Uhr früh am Weg nach Wien zu ihrem Arbeitsplatz sind.

Ich schaue noch mal das Foto von dem Brief an. Vielleicht war das auch nur eine Erscheinung. Oder ein Scherz vom Gatten? Wobei, bis vor Kurzem hat er noch nicht gewusst, wer Elke Heidenreich ist und sie mit der neu auf den Markt gekommenen *Playstation 5* verglichen. Also eher ausgeschlossen, dass er so einen Scherz ausheckt.

»Sehr geehrte Damen und Herren, wir erreichen in Kürze Bahnhof Wiener Neustadt. Ihre nächsten Umsteigemöglichkeiten sind …«

Die Durchsage reißt mich aus meinen Träumen. Ich muss ja umsteigen! Das bedeutet nur mehr 30 Minuten bis zum Brief.

Es handelt sich um ein zartgelbes Kuvert, das ich endlich in Händen halte. Die Reisetasche steht noch unausgepackt neben mir. Alles egal jetzt. Feierlicher Moment! Es ist so ein schöneres, festeres Kuvert, das war sicher teuer. Ich tippe darauf, dass sie so einen schönen Biedermeierschreibtisch hat, und in der Lade links unten sind die Briefpapiere. Kuverts, Papier, ein schöner Öffner, ein edler Füller. Das Kuvert ist jedenfalls kein gebrauchtes. Ich mach das manchmal, dass ich Kuverts noch mal verwende, also zum Beispiel das Kuvert von der Stromrechnung oder so was. Wenn sonst grad kein anderes zur Hand ist. Pony-Pickerl drauf und geht schon. Man sollte überhaupt viel mehr Dinge wiederverwenden. Sharing ist Caring! Gelernt habe ich das bei der Meisterin der Wiederverwendung, der Schwiegermutter! Jedes Jahr zu Weihnachten hat sie Trauerbriefe an ihre Kinder und Enkelkinder verteilt. So weiße mit einem dicken schwarzen Rand rundherum. Das sind eigentlich Kuverts, mit denen man Partezettel verschickt. Seit dem Tod ihres Mannes und dann auch noch nach dem Tod des darauffolgenden Lebensgefährten hat sie offensichtlich irgendwo ein Depot mit diesen Partezettel-Briefumschlägen, die dann weihnachtlich in der Familie verteilt werden. Wozu neue kaufen, eben!

Ich drehe das zartgelbe Kuvert mehrfach im Sonnenlicht und schaue mir die Briefmarken genauer an. Es sind zwei unterschiedliche. Eine schaut aus wie ein abstraktes Bild. »Gravitationswellen Deutschland« steht drauf. Und am zweiten sieht man einen See, dahinter so was wie ein Schloss, und auf dem See ist ein Ruderboot. Vielleicht ist das eine Zusatzbotschaft an mich? Ein Wortspiel mit Geheiminfo: das Boot mit Botschaft! Oder sie hat das passend zu meinem Buch gewählt. Weil ich ja über Urlaub in Thailand schreibe, wollte sie mir mit der Briefmarke sagen, dass es woanders auch schön ist. Ganz klein steht dabei, wo das ist. Ich muss meine Handarbeitslupe holen, um das lesen zu können. Die Lupe ist praktisch, die kann man sich um den Hals hängen und hat dann die Hände frei.

»Deutschland Gartenreich Dessau Wörlitz« steht kleingedruckt auf der Briefmarke. Ich muss das gleich googeln. Das Gartenreich ist ein UNESCO-Welterbe in Sachsen-Anhalt und besteht aus mehreren Bauten und Landschaftsparks nach englischem Vorbild. Spannend, vor allem, weil ich Ostdeutschland sehr gern mag, meine Lieblingsstadt Leipzig nur 80 Kilometer von dort entfernt ist.

Das Kuvert ist mit brauner oder dunkelroter Tinte beschriftet. Man sieht das daran, dass manche Striche heller oder dunkler sind.

Ich versuche, das Kuvert nicht wie sonst oben mit einem Messer oder der Nagelfeile aufzuschlitzen, sondern die Klebung an der Öffnungsstelle vorsichtig zu öffnen und die Lasche so zu heben, ohne das Original dabei zu beschädigen. Einer von der Spurensicherung wäre sicher auch nicht behutsamer als ich.

Dann ziehe ich ganz langsam eine Karte aus dem Kuvert. Es handelt sich um eine Postkarte mit goldenem Rand! Es sieht aus wie eine Marmortafel. Und in der Mitte der Vorderseite ist ein Spruch aufgedruckt. Mit typischer Schreibmaschinenschrift steht da:

UM AUS SHAKESPEARES *HAMLET* AKT 4, SZENE 5, VERS 28 ZU ZITIEREN:

Und darunter steht groß und in diesmal goldener Schreibmaschinenschrift:

»NEIN.«

Mir wird heiß. So heiß, wie einem zum Beispiel heiß wird, wenn man irgendwo in der Öffentlichkeit unabsichtlich laut pupst. Und sich nicht sicher sein kann, ob das wer mitbekommen hat. So eine aufsteigende Hitze, die eigene Peinlichkeit, die nicht mehr gutgemacht werden kann, im Auge.

Ich trau mich nicht, die Karte umzudrehen und zu schauen, ob auch hinten was draufsteht. Wird es wohl. Aber will ich das wirklich lesen?

Ich hatte ihr ja in meinem Brief geschrieben, wie sehr mich ihr Urteil gefreut hat, und dann diese blöde Idee mit dem Taschenbuch. Dass man das Buch bei einem deutschen Verlag als Taschenbuch neu auflegen könnte. Wieso habe ich das nur gemacht? Ich schäme mich so!

Das ist ultra peinlich. So was zu fragen. Und jetzt bekomme ich die Rechnung präsentiert. Es geschieht mir recht.

Ich schließe kurz die Augen, drehe die Karte um, zähle bis drei und öffne dann die Augen wieder.

Da steht schön viel in brauner oder dunkelroter Tinte. Die ganze Rückseite ist vollgeschrieben!

Ich lese laut vor mich hin:

»Immer, wenn mich Autoren um Vermittlung ihrer Bücher an Verlage bitten (oft, oft! zu oft!) schicke ich diese schöne Karte.«

Ich liebe allein, wie sie den Text in der Klammer formuliert, mit dem oft, oft! zu oft! – muss ich mir unbedingt merken für mein Buch! Und auch dass sie die schöne Karte so lobend erwähnt, gefällt mir. Von den Briefmarken steht noch nichts. Also gut, weiterlesen:

»Sie kriegen sie xdsfdf, weil sie so schön ist.«

Ich kann das Wort xdsfdf nicht lesen! OMG, was heißt das? Sie kriegen sie nicht, weil sie so schön ist? Oder vielleicht: Sie kriegen sie auch, weil sie so schön ist?

»Aber Ihr Buch habe ich weiterempfohlen an Vorname Nachname bei *Fischer Verlag* als Taschenbuch.«

Jetzt kommt wieder so eine Hitzewelle von der Magengegend auf mich zu. Ist das vielleicht doch schon der Wechsel?

»Ich hoffe, das klappt, denn Sie haben es sich wirklich verdient! Über Ihre herzliche Reaktion und das irre komische Handtuch habe ich mich sehr (das sehr ist tatsächlich unterstrichen!!) gefreut! Endlich kann ich Liegen belegen …

Wir bleiben dran, herzlich Ihre Elke H.«

»Wieso hast du immer noch die Jacke an?« Der Gatte steckt nur den Kopf um die Ecke, und es fällt mir selbst auch auf, dass ich immer noch mit voller Reisemontur, mit Straßenschuhen und Mantel, am Fensterbrett bei der Garderobe sitze.

STADLPOST

»Und? Hast du schon was geschrieben?«, fragt die Schreibschwester per WhatsApp.

»Ja! Bin gerade dabei!«, antworte ich.

»Titel?«

»Beatrice Egli und Giovanni Zarrella schenken ihren Fans neue Hoffnung!«

»Wie bitte?????«

»Für die Stadlpost«, antworte ich.

Es folgen sehr viele Smileys mit Fragenzeichen über dem Kopf und gleich darauf läutet mein Telefon. Sie ist dran und will a) wissen wer Beatrice und Giovanni sind und b) will sie wissen warum ich über die beiden schreibe.

Die Wahrheit ist, der Weg zum Erfolg im Literaturbetrieb ist manchmal kurvenreich und voller Abzweigungen.

Als angehende Autorin muss man wachsamen Auges durch die Welt gehen und die Schreibgelegenheiten, die sich einem bieten, pflücken wie die Blumen auf der Wiese.

So ergab es sich schließlich auch, dass ich seit zwei Jahren die Familienseite im Pfarrblatt schreiben darf. Ich bin ja katholisch sozialisiert, wie viele am Land. Sonntags ging man in die Kirche, zur Erstkommunion fuhr man zum ersten Mal in den Wiener Prater und als Firmungsgeschenk, wenn man Glück hatte, mit einem kleinen Propellerflugzeug über das eigene Dorf.

Ich war nie ein Hardcore Aktivist in der Kirche, aber stets gern dabei, vor allem wenn es etwas vorzulesen oder vorzutragen gab. Gab es halt nie, aber gut.

Als wir in unsere Wohnung gezogen sind, war die Kirche gleich hier am Platz eine gute Möglichkeit, Anschluss in dem Viertel zu finden. Also haben wir uns die höchsten Palmzeige gekauft und sind beim Umzug ganz vorne mitgegangen. Integration muss gut sichtbar sein! Als die junge Dame noch klein war, habe ich mich nützlich gemacht und eine Kinderecke in der Kirche installiert, mit Malstiften und Blöcken, wo die Kinder während der Messe spielen konnten. Und als ich später gefragt wurde, ob ich mir vorstellen könnte die Familienseite im Pfarrblatt zu schreiben, habe ich natürlich gleich ja gesagt.

Ganz genau genommen habe ich zuvor angeregt so eine Familienseite im Pfarrblatt zu installieren. Um mich kurz danach selbst als deren Autorin ins Spiel zu bringen.

Jede Art zu schreiben beinhaltet die Chance, schriftstellerischen Durchbruch zu erlangen. Und sei es nur mit dem Pfarrblatt. Die Hoffnung ist schließlich eine wichtige Säule im Glauben!

So eine Chance hat sich heute auch aufgetan. Mein Freund Andy, der auch für die Stadlpost schreibt, hat mir eine Anfrage weitergeleitet. Äußerst kurzfristig würde jemand gesucht werden, der die Coverstory für die nächste Ausgabe schreibt. Irgendwas mit journalistischem Engpass oder so.

»Ich kann keine Coverstory! Ich habe überhaupt noch nie für ein Magazin Texte verfasst«, habe ich Andy geschrieben. Und ergänzt, dass ich maximal für das Pfarrblatt in meinem Bezirk bisher Artikel geschrieben habe. In meinem letzten Pfarrblatt Beitrag ging es ums Daheim-sein, um Geborgenheit und Stille! Bin mir nicht sicher ob diese Themen auch zur Stadlpost passen.

Aber natürlich ist allein die Anfrage eine Ehre für mich und ein großer Anreiz.

»Egal!«, hat der Andy geantwortet. »Du kannst super schreiben und du bist Fan!«

Damit hat er mich natürlich schon gehabt und ich war bereits mitten drinnen, mir alte Ausgaben der Stadlpost im Internet anzusehen, um ein Gespür für Stil und Tonalität zu bekommen.

Die Stadlpost war ursprünglich das Magazin zur beliebten Sendung »Musikantenstadl«. Für die jüngeren Leser: das war eine großartige, langjährige Fernsehshow. Lange Zeit moderiert vom legendären Karl Moik und später dann vom Wiener Andy Borg. Wenn Musikantenstadl im Fernsehen war, durfte ich bei meiner Oma und meinem Opa lang aufbleiben. Ich habe die Gäste beneidet, die in der Show nach den Interviews vom Moderator einen Plüschhund bekommen haben, den sogenannten »Fernsehwastl« und ich habe mit meinen Großeltern gelacht bei den Witzen vom »Hias«.

Einmal gab es sogar eine Fernsehaufzeichnung in meiner Heimatstadt. Da waren zwar keine Kinder zugelassen, aber bei der Generalprobe durfte ich dabei sein. Mein Papa ist mit der Stadtkapelle durch die Halle marschiert und ich bin irgendwo fasziniert am Rand daneben gestanden. Erstkontakt mit dem Showbusiness: Musikantenstadl!

Der Gatte hatte natürlich nichts mit Volksmusik und Schlager am Hut, aber der Vater vom Andy Borg war

Hausmeister in seiner Schule. Ich glaube, das war der einzige Grund wie ich es später auch geschafft habe, den Gatten zu einer Livesendung des Musikantenstadl zu bringen. Eine der letzten Aufzeichnungen bevor die Sendung abgesetzt wurde. Musikantenstadl in Oberwart. Und hier schließt sich wieder der Kreis! Denn der Bezirk Oberwart ist immerhin Hauptaustragungsort von Zuagroast! Dem Debüt meiner Schreibschwester.

Einer meiner schönsten musikalischen Abende war das damals. Ich habe mir extra ein neues Dirndl gekauft und Karten für ganz weit vorne!

Am Ende wären wir fast verhaftet worden. Dabei haben sie durchgesagt, dass man sich nach der Show die Blumendeko mit heimnehmen könne. Dass damit nur die kleinen Blumentöpfe auf den Tischen gemeint waren, und nicht die großen Topfpflanzen, die jetzt als prima Raumteiler auf unserer Terrasse dienen, das hätten sie halt schon näher spezifizieren müssen. Da ist es halt schon zu spät, wenn man »bitte die großen Pflanzen stehen lassen« durch den Saal brüllt, wenn ich damit schon halb im Auto bin.

»Steht dann mein Name auch unter den Artikeln?«, frage ich den Andy und bin innerlich schon fix dabei bei der Sache. Erstens wegen der Chance entdeckt zu werden (Stadlpost Fixanstellung???), zweitens wegen dem immer noch schlechten Gewissen (Topfpflanze!) und drittens weil mich das Briefing anspricht: »Schreib irgendwas über Beatrice Egli und Giovanni Zarrella«. Etwas Aufbauendes und Mut-machendes sollte es sein, die Leute wollen jetzt wieder nach vorne schauen nach den schwierigen Monaten. Das klingt ja fast wieder wie im Pfarrblatt, also sage ich zu.

Und jetzt sitze ich hier und lese jeden einzelnen Artikel den ich im Internet über die beiden finde. Vieles weiß ich als Fan natürlich ohnehin. Beatrice Egli habe ich sogar mal in Rom getroffen. Ich auf Urlaub, sie auf Videodreh. Ich suche das Fan-Selfie mit ihr bei meinen Fotos. Beatrice Egli die große Schweizer Dieter Bohlen Entdeckung bei DSDS. Danach super erfolgreich im Schlagerbusiness. Ihr großer Hit »Mein Herz es brennt!« hat mich über lange Zeit hinweg begleitet, wenn ich mit dem Fahrrad ins Büro gefahren bin.

»Ihr habt mich hochgetragen«, schreibt sie auf ihrem Instagram-Account. Nach monatelangem, harten Training hat sie das Matterhorn bestiegen. Ich kann das monatelange, harte Training nachvollziehen. Nur dass ich halt immer vom Bett aus, meistens liegend, schreibe. Für einen Außenstehenden sieht das vielleicht nicht nach besonders hartem Training aus. Egal. Aber wir arbeiten an unserem Ziel. Beatrice und ich.

Außerdem präsentiert Egli einen neuen Song, der passenderweise auch »Matterhorn« heißt! Jetzt durchschaue ich die Strategie! Der Aufstieg ist quasi eine Promotion für den Song.

An der Stelle bin ich wieder froh, dass mein erstes Buch »Nur die Liege zählt« heißt.

Giovanni Zarrella hingegen, der sympathische Italiener, den jede Frau gerne als Schwiegersohn hätte, ist ebenfalls durch eine Castingsendung ins Rampenlicht gekommen.

Er war Mitglied der Castingband »Bro'Sis«, das habe ich natürlich auch alles live im Fernsehen verfolgt damals. Jetzt hat er ein neues Solo-Album am Start und sogar eine eigene TV-Show wird in wenigen Wochen ausgestrahlt!

Ich solle gerne auch schon über die TV-Show schreiben, hat es im Stadlpost Briefing an mich geheißen. Sicherheitshalber frage ich an der Stelle nochmal kurz bei meinem Stadlpost Ansprechpartner nach, wann genau das Magazin mit meiner Titelstory erscheinen würde?

Und dann bin ich etwas ratlos, weil das Magazin erst NACH der TV-Show erscheinen wird, die Abgabe meines Textes aber vor der Livesendung passieren muss!

Was soviel bedeutet wie, ich schreibe über eine Sendung so als ob sie schon stattgefunden hätte, obwohl sie noch gar nicht stattgefunden hat!

Keine große Chance ohne großes Risiko offenbar.

Zahlreiche Stars sind in der Sendung angekündigt. Musikgrößen wie Kerstin Ott, Nino De Angelo, Pietro Lombardi, Sasha, Santiano und die Schlager-Queen Andrea Berg.

Was ist, wenn etwas dazwischen kommt? Wenn nur einer von den Gästen krank wird oder sonst irgendwie unpässlich ist? Ich meine, das sind Künstler, da kann ja schon mal was passieren, oder? Was, wenn die Sendung abgesagt werden muss und in der Stadlpost steht aber, dass es eine wirklich großartige Show war!? Mit meinem Namen darunter!!! Ich stehe ehrlich gesagt kurz davor wieder abzusagen.

Aber dann muss ich wieder an Dolly Parton denken, die ich auch sehr verehre.

»Du wirst nicht allzu weit kommen, wenn du nicht mutig genug bist, es zu versuchen«, lautet eines ihrer berühmten Zitate. Sie hat unglaubliche 3.000 Songs geschrieben und ein eigener Freizeitpark ist in den USA nach ihr benannt »Dollywood«. Sie muss es wissen!

Also öffne ich meinen Laptop und beginne zu schreiben: »Beatrice Egli & Giovanni Zarrella. Sie schenken ihren Fans neue Hoffnung«

Und mir schenke ich auch innerlich neue Hoffnung. Dass das alles gut gehen wird. Mein hochrisikoreiches Karrieresprungbrett Stadlpost.

Was ich zu dem Zeitpunkt noch nicht weiß. Dass ich jeden einzelnen der folgenden Abende bis zur Ausstrahlung der Sendung auf die Instragram-Seite von jedem eingeladenen Star gehen werde. Nur um zu schauen, ob die auch wirklich noch alle bei guter Gesundheit sind und sie danach in mein Abendgebet einzuschließen …

BERATUNGSTERMIN

Ich hatte heute einen geheimen Beratungstermin bei einer sehr großen Buchhandlungskette.

Weil ich das meinem Nachbarn schuldig war.

Nicht dass ich Beratung dort brauchen würde, ich lese 200 Bücher im Jahr. Gut möglich, dass ich mich in meinem Lieblingsgenre (deutschsprachige zeitgenössische AutorInnen) besser auskenne als viele Verkäufer. Aber es war ja auch kein normaler Beratungstermin.

Der Nachbar hat etwas für die Buchhandlungskette programmiert. Man kann sich über die Homepage für einen exklusiven Beratungstermin in seinem gewünschten Genre anmelden. Also was man halt gern liest. Dann sucht man sich einen Termin aus und bekommt eine SMS und kurz vor dem Termin sogar eine SMS zur Erinnerung, und dann hat man ein Date.

Den ganzen Auftrag hat der Nachbar eigentlich auch mir zu verdanken, denn als ich spitzgekriegt habe, dass der so was programmieren kann, habe ich gesagt, dass er das doch der großen Buchhandlungskette verkaufen könnte.

Und das wiederum habe ich nur gesagt, in der Hoffnung, über diesen Kontakt endlich auch mein Buch dort ordentlich platziert zu bekommen!

Der Nachbar fand die Idee gar nicht so deppert und hat eine *PowerPoint*-Präsentation für die Buchhandlungskette gemacht. Weil ich ja der Marketingexperte von uns zwei bin, habe ich – großzügig, wie ich bin – angeboten, diese Präsentation gerne vorab zu begutachten und gegebenenfalls Verbesserungsvorschläge einzubringen.

Die Verbesserungsvorschläge waren dann, dass ich auf jeder Folie, wo ein Buch vorgekommen ist, dieses Buch durch ein Bild meines eigenen Buches ersetzt habe. Und es waren viele Folien in der Präsentation! Er hat sich nämlich große Mühe gegeben und verschiedene Screenshots und Anwendungsbeispiele eingebaut, damit sich die Buchhandlungskette praktisch vorstellen kann, wie so ein Online-Tool aussehen könnte.

Am Ende waren viele verschiedene Bilder der Website von der Buchhandlungskette in der Präsentation zu sehen, und auf jedem einzelnen war sehr schön ein Bild von *Nur die Liege zählt – Urlaub unter deutschen Palmen*. In Summe sicher 20 Mal. Werbedruck aufbauen durch maximale Präsenz! In der Hoffnung, dass sich jemand von denen denkt, was das wohl für ein tolles Buch sein muss. Oder auch nicht. Weil es vielleicht der IT-Entscheider ist, der sich gar nichts zum Produktsortiment denkt. Aber egal. Jeder Strohhalm will umklammert werden.

Heute hatte ich also mein erstes Date mit der Buchhandlungskette. Denn der Nachbar hat das Ding tatsächlich verkauft, und diese Woche konnte man sich erstmals für so eine Beratung anmelden.

Pünktlich um 13.30 Uhr habe ich eine SMS bekommen. Die Erinnerung, dass mein Termin um 14.30 Uhr stattfindet und ich mich sehr gerne an den Infoschalter Nummer 1 wenden könnte. Pünktlich um 14.30 Uhr war ich dort.

Genauer gesagt war ich schon um 14.05 Uhr da, vor lauter Aufregung, den Termin zu versäumen, aber das tut ja jetzt nichts zur Sache. Ich habe mich in der Zwischenzeit in der Abteilung für Lebenshilferatgeber versteckt, in der Hoffnung, dass mich dort niemand erkennt.

Was auch absurd war, denn wie hätte mich jemand erkennen sollen. Ich hatte mich nur als Susanne K. angemeldet in dem System, und selbst wenn ich meinen vollen Namen angegeben hätte. Mein Buch ist dort nicht gelistet! Da kennt mich kein Schwein! Selbst wenn ich meinen Namen laut durch die Lebenshilfe-Abteilung rufe! Das Einzige, was passieren würde, wäre, dass die selbst Hilfe rufen. Nur die würde dann halt vermutlich mit dem Blaulicht kommen. Egal.

Gleich neben der Lebenshilfe ist ein monströser Köhlmeier-Weihnachtsbaum aufgebaut. Also genauer gesagt ein XL Drahtgestell in Form eines Weihnachtsbaumes, das bis in den zweiten Stock hinauf ragt. Und rundherum hängen gefühlt mehrere 100 Köhlmeier-Bücher.

»Grüß Gott, ich komme zum Beratungstermin«, sage ich um 14.29 Uhr und halte der Mitarbeiterin am Infoschalter 1 meine SMS hin, wie zur Bestätigung. »Es tut mir leid, ich bin zu früh!« Habe ich mich gerade entschuldigt, dass ich eine Minute zu früh bin? Wann bin ich so geworden??

Die eine Mitarbeiterin schaut die andere Mitarbeiterin ernst an. So nach dem Motto: Jetzt ist sie wirklich da!

Scheiße, erkennen die mich doch? Trotz Maske im Gesicht, Wollhaube und Brille? Es ist ja kaum etwas von mir zu sehen. Erkennen die mich an meinen Wangen? Das einzig Sichtbare. Crazy.

Die eine Mitarbeiterin beginnt nervös zu stammeln: »Sie sind …«

»Ja?« Ich richte mich auf und will schon meine Haube lüften. Vielleicht bin ich doch bekannt hier. Vielleicht hat sich das herumgesprochen, bestimmt steht ein großer Tisch mit meinem Buch bereit für den Verkauf!

»Sie sind unsere erste Kundin, die zu so einem Beratungstermin kommt«, ergänzt die Mitarbeiterin ihren Satz.

Na gut. Die Haube bleibt oben.

»Machst du?«, fragt die andere Mitarbeiterin, »oder soll ich?«

»Für welchen Bereich haben Sie sich denn angemeldet?«, fragt die eine Mitarbeiterin.

»Belletristik«, antworte ich.

»Und was lesen Sie gerne?«

»Thomas Glavinic. Also alles von Thomas Glavinic und …« Verdammt, wieso fällt mir jetzt sonst nix ein. Wie blöd kann man sein. Ich schaue mich neben der Kassa um. Juli Zeh liegt dort. *Unterleuten.* »Juli Zeh mag ich auch. Und den Meyerhoff. Und überhaupt deutschsprachige zeitgenössische Autoren.«

Kaum habe ich den Satz ausgesprochen, habe ich ein schlechtes Gewissen. War das eh politisch korrekt? Wenn ich mich auf deutschsprachige zeitgenössische Autoren konzentriere. Nicht dass die mich für einen Büchernazi halten. Außerdem habe ich die Genderpause vergessen. Ich habe nicht »Autor – SPRECHPAUSE – Innen« gesagt.

»Oh fein, da sind sie bei mir sehr richtig! Herzlich willkommen! Ich freue mich, dass ich Sie beraten darf und dass Sie meine erste Kundin dafür sind. Auch wenn ich ein bisserl aufgeregt bin.«

Die Mitarbeiterin wird mir immer sympathischer. Sie ist aufgeregt. Ich bin aufgeregt. Wie beim Date. Nur ohne Schmusen.

Sie steuert den ersten Büchertisch an, ich folge ihr.

»Gut, da wären wir mal bei den Österreichern.« Sie streicht mit den Fingerspitzen über die Bücher, als ob es kleine Babys auf der Babystation wären. Man spürt eindeutig die Liebe zum Beruf. Sie nimmt das erste Buch in die Hand, um es mir zu präsentieren. Ich schaue heimlich über ihre Schulter, ob da irgendwo nicht doch mein Buch auf dem Österreicher-Tisch liegt. Aber kein pinkfarbener Einband zu sehen. Mein Baby ist wohl im Waisenhaus.

Inzwischen bekomme ich drei sehr faszinierende Bücher erklärt, alle drei lasse ich mir in den Einkaufskorb packen. Vor allem, weil die Mitarbeiterin das so lieb macht. Aber natürlich auch, weil die Bücher gut klingen.

»Da haben wir zum Beispiel eine neue, sehr junge Autorin.« Sie nimmt ein neues Buch vom Stapel.

Das Wort »junge« in dem Satz macht mich eifersüchtig. Als ob das eine Leistung ist, jung zu sein. Ja, war ich auch mal. Schon klar. Wie sie wohl mein Buch bewerben? »Eine neue Autorin, die schon länger jung ist?«

Ich bitte sie, auch das Buch der jungen Autorin in den Einkaufskorb zu geben. Nummer vier.

»Es kann auch gern was Lustiges sein«, werfe ich ein. In der Hoffnung, ihr damit ein Stichwort zugeworfen zu haben. Ein Stichwort, das eigentlich in der Kombination nur zu einem Buch führen kann. Österreich + lustig = MEINS!!!!!!!!!!

Leider greift sie mein Rätsel nicht auf und präsentiert

mir die richtige Lösung, sondern sagt nur: »Hm, lustig? Das ist schwierig.«

Nein, nein, nein, will ich sagen und aufstampfen wie ein trotziges Kind.

»David Safier kennen Sie schon?« Sie nimmt sein Buch *Mieses Karma* vom Stapel und zeigt es mir. Ich habe noch nie so einen hohen Stapel gesehen. Würde man mein Buch so stapeln, wäre das wohl die ganze Auflage.

»Ja danke, das kenne ich schon«, sage ich. Ich habe das Buch schon lange daheim liegen, aber noch nie gelesen. Der Titel ist mir irgendwie zu nah dran an meinem eigenen Leben. Mieses Karma.

»Daniela Krien schreibt auch großartig.« Sie überreicht mir feierlich ein weiteres Buch und beginnt, über die Autorin und den Inhalt zu reden, während ich kurz die Inhaltsangabe auf der Rückseite überfliege. »Rahel und Peter. Seit 30 Jahren verheiratet. Mit einem Knall hat sich die Liebe verabschiedet. ... die Frage beantworten, wie und mit wem sie das Leben nach der Mitte verbringen wollen.«

Ja! Die Frage kenne ich! Also ich habe auch Antworten darauf. Mit wem: dem Gatten, der ist super. Aber ich habe leicht reden, wir haben erst 18 Jahre gemeinsam. Wer weiß, was ich in zwölf Jahren sage.

Aber das WIE kann ich beantworten. Ich weiß genau, WIE ich das Leben nach der Mitte verbringen will. Als Autorin! Deren Bücher auf solchen Megastapeln liegen und die fremden Menschen in die Hand gedrückt werden.

Ich wäre schon bereit, das Beratungsgespräch zu einem Ende zu bringen, aber die Mitarbeiterin ist jetzt warmgelaufen. Man sieht ihr so die Freude an, die das Gespräch mit mir bringt. Wir sind auch ein gutes Team.

Sie sagt: »Und das hier die Gewinnerin des …«

Und ich sage: »Österreichischen Buchpreises, Raphaela Edelbauer.«

Oder sie zeigt mir ein Buch namens *Alte Sorten*, und ich antworte, das wäre ähnlich wie *Altes Land* von Dörte Hansen.

Wir sind wie zwei Kinder, die ihre *Pokémon*-Kartensammlung bewundern. Und jeder will eine Geschichte zu einer Karte erzählen. Ich muss mich eh zusammenreißen, damit ich meine Tarnung bewahre. Also sage ich nichts mehr.

Wir gehen weg von den großen Stapeltischen hin zu den Regalen, wo die Autoren nach Alphabet sortiert sind. Ich schiele nach dem K-Regal. Auch dort ist kein pinker Buchrücken zu sehen. Dafür liegen mehrfach alle Bände vom Meyerhoff auf, und sogleich verlieren wir uns in wechselseitiger Schwärmerei über Joachim Meyerhoff.

»So schade, dass er das Burgtheater verlassen hat«, sagt sie.

Nun ja, ich war nie dort, denke ich.

»Ja, wirklich schade«, sage ich.

»Er hat immer bei uns eingekauft.«

OMG! Ich beneide sie! Meyerhoff persönlich hat bei ihr eingekauft! Ich male mir den Moment aus, wo Joachim Meyerhoff in die Buchhandlung kommt und ich seine beratende Buchhändlerin wäre. Er soll sehr groß sein. Also müsste ich eventuell auf Zehenspitzen stehen, um ihm das Buch zu überreichen. Oder er bückt sich.

»Er war so nett immer! Völlig normal und höflich.«

Sie reißt mich aus meinen Überlegungen.

»Er hatte überhaupt keine Starallüren.«

Ja! Die HÄTTE ICH AUCH NICHT, würde ich am liebsten laut rufen! Ich hätte auch keine Starallüren! Ich würde völlig normal und höflich mit dir über Bücher sprechen.

»Toll«, sage ich und bitte sie, mir einen von den Meyerhoff-Bänden einzupacken. Irgendwer hat immer Geburtstag.

»Lesen Sie vielleicht auch Krimis?«

Ich kann ihr sowieso nie wieder eine Bitte abschlagen. Außerdem bin ich neugierig auf die Krimi-Empfehlung. Wir umrunden den XL Fitzek-Tisch. Der Fitzek-Tisch ist so groß wie unser gesamtes Schlafzimmer. Das ist nicht mehr normal! Es gibt sogar eigene Lichterketten. Fitzek-Lichterketten! Was für?

»Am besten gehen wir zu den österreichischen Krimiautoren.«

Ha! Ich habe kein Gender-I gehört. Sie ist auch nicht ganz fehlerlos!

Am Weg zu den österreichischen Krimiautoren muss ich kurz innehalten.

Da liegt er. *Das größere Wunder*, *Der Jonas Komplex*. Thomas Glavinic.

Immer noch sonderplatziert.

»Schau an, da liegt ja der Glavinic. Bin ich wohl doch nicht sein einziger Fan.«

»Nein, der wird schon noch gekauft. Er scheibt ja auch sehr gut.«

Sprechpause. Kommt jetzt ein Aber? Nix kommt, sie hat schon die Krimis im Visier. Ich lege eine Taschenbuchausgabe vom *Jonas Komplex* in den Einkaufskorb.

Das österreichische Krimiregal ist ganz schön groß. Wir kommen an vielen großen Namen vorbei. Andreas Gruber. Thomas Raab. Bernhard Aichner. Der Superstar mit der Lederjacke.

Aber die lässt sie alle links liegen. Bis wir ans Kopfende des Regals kommen.

Und dann spitzt sie schon ihren Zeigefinger und visiert genau einen Buchstapel an, der so hoch ist, dass es für mich ein statisches Wunder darstellt, dass der nicht kippt.

»Das hier ist genial! Spannend und extrem lustig. Das erste Buch von einer ganz neuen Autorin, das gleich in die Bestseller-Listen eingestiegen ist.«

Ihr Finger macht tipp, tipp, tipp auf das Cover und trifft dabei genau den illustrierten schwarzen Zeigefinger am Cover. Zeigefinger auf Zeigefinger. Fehlt nur noch, dass es zischt bei der Zeigefinger-Begegnung, denke ich mir.

»Das kann ich Ihnen wirklich wärmstens empfehlen. *Zuagroast* – von Martina Parker.«

BEWERBUNG

Möglicherweise bin ich schuld, wenn sich eine junge Mutti im Zug anludelt.

Ich bin mit Rad, Rucksack und Fahrradtasche am Wiener Franz-Josefs-Bahnhof und muss noch mal kurz aufs Klo, bevor mein Zug nach Gars am Kamp geht.

Zug fahren scheint mein neues Hobby zu werden. Ich habe spontan eine F. X. Mayr-Kur gebucht. Das ist so was wie ein Diätcamp für Erwachsene. Man kriegt eine Woche nix, oder fast nix zu essen, zahlt aber dafür Geld. Einige Freunde hätten angeboten, dass ich das auch bei ihnen machen könne. Denn das sei ja idiotisch, für kein Essen auch noch Geld zu zahlen. Aber so ist das ja auch wieder nicht. Man ist eingebettet in ein umfangreiches medizinisches Check-Programm. Eine ärztlich begleitete Kur! Vor zwei Jahren hatte ich auch schon mal so etwas Ähnliches gebucht. Das war großartig! Heilfasten in einem Kloster. Eine Woche lang komplett ohne feste Nahrung! Dazu viel Sport- und Bewegungsprogramm und auch interessante Vorträge über Ernährung, über Leben im Einklang mit der Natur, essbare Pflanzen und Gräser. So Zeug. Die ersten zwei Tage waren die Hölle. Kalter Entzug! Kopfweh, Gliederschmerzen volles Programm. Am dritten Tag setzt dann das sogenannte *Fastenhigh* ein, wenn man Glück hat.

Ich hatte Glück und bin dann täglich um 5 Uhr früh aufgewacht und wie ein junges Reh durch den Wald gelaufen. Auf der Suche nach essbaren Pflanzen und Gräsern! Dann habe ich angefangen, den Waldboden abzukratzen. Mit einem Löffel, den ich vom Teebuffet mitgenommen hatte. Wir hatten ja sonst kein Besteck, wozu auch, ohne Essen! Mit dem Löffel habe ich dann Moos vom Wald abgeschabt, um in weiterer Folge in einem leeren Eierkarton eine Miniaturlandschaft im Maßstab 1:sehr klein nachzubauen.

Aber als ich nach dieser Woche mit dem Eierkarton und der Miniaturlandschaft nach Wien zurückgekommen bin, habe ich nicht nur verstörte – wegen des Mooses, das hat inzwischen angefangen zu schimmeln –, sondern auch anerkennende Blicke geerntet. Immerhin hatte ich eine Kleidergröße weniger und passte wieder in meine Hosen. Davor hatte ich ein Jahr lang nur mehr Kleider und Röcke mit Gummizug getragen! Auch das Hautbild war dramatisch besser. Und insgesamt war ich voll mit kreativem Tatendrang.

So einen kreativen Tatendrang erhoffe ich mir jetzt auch. Immerhin ist es in den letzten Tagen gar nicht so schlecht angelaufen mit meinem Übungsbuch. Ich habe der Schreibschwester Kapitel geschickt und viel Lob von ihr eingefangen. Auch zahlreiche Verbesserungsvorschläge und gute Inputs. Ich wiederum durfte Kapitel von ihrem zweiten Buch lesen und meinen Senf dazugeben. Ich mag mir gar nicht mehr vorstellen, ein Buch so lange allein zu schreiben und es erst dann, wenn es fertig ist, jemandem zu zeigen. Dieses unmittelbare und sehr schnelle Feedback ist großartig.

Ich beginne, zunehmend daran zu glauben, dass ich vielleicht doch auch ein fiktives Buch, einen Roman oder wie auch immer man das nennt, schreiben kann. Oder wenigstens könnte. Konjunktiv.

Deswegen lautet mein aktueller Plan: eine Woche F. X. Mayr-Kur. Exklusive Zeit allein für mich zum Schreiben. Ohne Ablenkung. Ohne Arbeit. Ohne Fernseher. Ohne Internet. Und auch ohne Essen. Wenngleich ich diesmal auch die nicht ganz so massive Variante gewählt habe, bei der F. X. Mayr-Kur kriegt man ja etwas zu essen. Stand zumindest auf der Website. Es fliegen halt keine Brathendln herum, also das nicht, aber es ist keine Heilfastenkur, wo man nur Suppe löffelt. Das Suppelöffeln war damals im Kloster übrigens das Schlimmste. Abends ist die Gruppe um einen Tisch gesessen und hat Suppe gegessen. Das klingt sehr gut und üppig und man könnte an Leberknödel, Griesknödel oder wenigstens Frittaten denken. Aber in unserem Fall hat das eigentlich nichts mit Suppe zu tun gehabt. Also sagen wir mal so, vielleicht hat am gleichen Tag jemand jenseits der tschechischen Grenze Suppe gekocht, und der Wind hat das Aroma zu uns ins Kloster im Waldviertel herübergetragen. Mehr war es nämlich nicht. Eine hellbraune Brühe ohne Maggi. Hätte ich nach Salz gefragt, hätte ich gleich eine Runde *Crystal Meth* für alle bestellen können.

Aber das Gute war: Es gab SUPPENEINLAGEN!!! Hossa! Und zwar hatte man die Wahl zwischen Petersilie, Schnittlauch oder Kresse. Man glaubt nicht, welche Freude am vierten Tag über ein zerkautes Kresseblatt auftreten kann! Ich habe sogar eines gebunkert! Illegal!

In einem Zahnzwischenraum zwischen dem Fünfer und Sechser links hinten. Ha! Da hatte ich noch lecker was zu kauen im Nachgang!

Zu beißen hat man hier einiges, denn die F. X. Mayr-Methode beruht darauf, dass man alles sehr gut kauen muss. Steht zumindest auf der Website und in zahlreichen F. X. Mayr-Foren.

So eine Reduktionswoche wird mich zudem hoffentlich nicht nur beim Schreiben beflügeln, sondern auch dazu beitragen, dass ich hoffentlich nicht so bald spontan umfalle. Stichwort: angeborene Fettstoffwechselstörung. Wir erinnern uns: Ich bin ja ein TOFI. Thin outside, fat inside. Und ein gesunder Lifestyle wäre da anzuraten. Sagt zuerst die Ärztin und dann Doktor *Google*.

Um gleich völlig reduziert und sportlich in die Woche zu starten, habe ich mich für eine Anreise mit dem Zug und dem Fahrrad entschieden. Okay, es ist ein E-Bike, also die Sportlichkeit ist überschaubar, aber ich muss den Motor ja nicht einschalten. Mein Vorsatz: eine Woche ohne Motor. Aber dafür viel Gepäck. Sehr viel Gepäck! Die »Reduktionswoche« bezieht sich offensichtlich nicht auf das Gepäck. Aber es war nicht anders möglich. Ich brauche ja schließlich Turnkleidung, Laufjacken, Laufschuhe, feste Wanderschuhe, Regenjacken, Pullis für schlechtes Wetter, Kleidung für die »Mahlzeiten«, und dann noch meinen Laptop, die ganzen Kabel, Bücher für Zwischendurch. Das alles hängt links und rechts von meinem Hinterrad in zwei großen Fahrradsatteltaschen. Gerade habe ich versucht, damit durch die Klotür am

Bahnhof zu fahren. Geht aber nicht. Bleibe beim Kloeingang stecken.

Ich will unmöglich E-Bike und Gepäck unbeaufsichtigt am Bahnhof stehen lassen, muss aber dringend aufs Klo.

Da bewahrheitet sich wieder der alte Stammbuchspruch: »Immer, wenn du denkst, es geht nicht mehr, kommt von irgendwo ein Lichtlein her.« In meinem Fall ist das Lichtlein eine Mutti mit Kinderwagen, die ebenfalls die Bahnhofstoilette ansteuert.

Ich sehe, dass sich ein perfektes Gegengeschäft auftun könnte. Kinderwagen gegen Fahrrad! »Ich kann gerne kurz auf Ihr Baby aufpassen!«, schlage ich ihr vor. Der Schweiß vom Schleppen meiner Taschen rinnt mir dabei langsam an den Augen vorbei.

»Äh«, sagt sie und starrt mich an. Dann starrt sie meinen Rucksack an. Ich kenne die Gedanken von jungen Müttern in dem Alter. Die Gedanken reichen im besten Fall von Kindesentführung (eventuell wiederbringbar) bis im schlimmsten Fall zu Organspendemafia. Ich hätte ja selbst so gedacht, wenn mich eine Irre mit Fahrrad am Bahnhofsklo anspricht und mir anbietet, mein Kind zu bewachen.

»Ich weiß noch, wie das damals bei mir war«, füge ich hinzu, so als vertrauensbildende Maßnahme.

»Oh! Ich habe vergessen, mein Zug geht ja gleich! Aber danke für das Angebot.« Sie dreht auf der Stelle um mit ihrem Kinderwagen und geht von mir weg. Ich schaue ihr noch nach. Läuft die?

Zum Glück ist noch eine liebe Omi gekommen, die auf mein Fahrrad aufgepasst hat. Also kann ich ohne Druck im Zug sitzen und die Zeit nutzen, den Brief an den Verlag fertig zu schreiben. Wobei schreiben nicht ganz korrekt ist, denn die Hälfte der Zugfahrt geht dafür drauf, das Layout schön zu machen. Ich mache schöne Filter auf mein Porträtfoto und schneide es dann rund aus. Man macht Porträtfotos jetzt nämlich rund, das wirkt moderner. Nicht mehr so eckig wie die alten Passfotos. Dann brauche ich weitere vier Zugstationen, bis ich mich für einen Absenderschriftzug entscheiden kann. Es soll wie ein professionelles Briefpapier aussehen. So als ob ich voll professionell wäre. Dann schreibe ich hinein, dass Frau Heidenreich über mein Buch gesagt hat, es sei das »ulkigste Buch des Jahres«. Den Teil mache ich fett. Das muss man gleich sehen! Und ich schreibe auch noch, was Petra Hartlieb über mein Buch gesagt hat. Petra ist eine österreichische Buchhändlerinnenlegende. Immerhin ist sie selbst Autorin von sehr erfolgreichen Büchern. Ihr Buch *Meine wundervolle Buchhandlung* ist ein mega Bestseller und wurde schon in zig verschiedene Sprachen übersetzt. Die hat manchmal Koreaner in ihrer Buchhandlung stehen, die alles angreifen wollen, weil sie nicht glauben können, dass es die Buchhandlung und die Chefin aus dem Buch tatsächlich gibt! Ich weiß nicht, ob sie die Petra auch angreifen wollen. Das muss ich sie demnächst fragen!

Auf jeden Fall hat sie über mein Buch gesagt: »Es gibt nicht viele Bücher, die man einem breiten Publikum in die Hand drücken und sagen kann, das ist lustig.«

Das schreibe ich auch in den Brief an den deutschen Verlag und mache es fett. Bis ich am Ende des Briefes endlich zum Punkt komme.

Nämlich, dass ich glaube, dass mein Buch auch großes Marktpotenzial in Deutschland haben könnte, und daher würde ich einen Verlag suchen, der mein Buch als Taschenbuch in Deutschland herausbringt.

Dass ich mich sehr über Feedback freuen würde, und dann lege ich noch die Kopie von der Karte von Elke Heidenreich bei. Beweismittel sozusagen.

Abschließend schicke ich den Brief an den Gatten nach Hause und bitte, ihn auszudrucken und gemeinsam mit dem Buch auf die Post zu bringen.

Gerade als ich das Mail wegschicke, kommt mein Zug im Zielbahnhof an. Gars am Kamp.

Hier bin ich!

Bereit, hart an meiner weiteren Autorenkarriere zu arbeiten!

Ohne Ablenkung.

Ohne Essen.

FIGUREN AUSARBEITEN

Ich soll meine Figur noch stärker ausarbeiten, hat die Schreibschwester geschrieben. Sie könne sie noch nicht so richtig sehen. »Figur stärker ausarbeiten« – die klingt schon wie so ein Fitnesstrainer. Oder wie eine Eislaufmutti. Ich werde ihr vorschlagen, dass ich unser Familienverhältnis von Schreibschwester auf Schreibmutti ändere.

Ich soll die Personen, die im Buch vorkommen, genauer beschreiben, wie sie aussehen, wie sie riechen (??), was sie anhaben, wie sie reden. So Zeug eben.

Das ist neu für mich, denn so was hatte ich in meinem ersten Buch nicht machen müssen. Da habe ich ja nur über mich selbst geschrieben, da muss man nix erfinden. Da reicht es, wenn ich schreibe: kurze Stummelbeine und sehr hellhäutig. Weiß jeder, von wem die Rede ist. Mir!

Ich soll einfach die Menschen in meinem Umfeld genau beobachten und vielleicht Teile davon für meine Buchfiguren verwenden, hat sie gesagt. Nicht blöd, die Idee.

Eine bessere Möglichkeit, als ein Frühstück bei einer Fastenkur, gibt es nicht, um sich Menschen anzuschauen. Immerhin habe ich sonst nichts zu tun, außer zu kauen. Kauen und schauen. Bei der Einführungsveranstaltung haben sie gesagt, man soll die Aufmerksamkeit aufs Essen lenken und sich nicht ablenken lassen. Kein Handy. Kein

Computer. Nicht mal eine Zeitung soll man lesen. Reden auch nicht.

Also nur kauen und schauen. Vielleicht fällt mir dabei ja eine Inspiration für eine Figur oder einen Handlungsstrang ein. Denken wird ja hoffentlich erlaubt sein. Aktuell schreibe ich an dem Kapitel, wo die Cousine meiner Hauptdarstellerin gerade das alte und abgerockte Hotel ihrer Kindheit vor dem Zusperren retten will. Wobei das »Hotel« eigentlich nur ein lätscherter 70er-Jahre Kirchenwirt ist, mitten auf so einem typisch kleinstädtischen Hauptplatz. Wo sich das Hotel mit dem Hauptplatz ein Wettrennen liefert, wer schneller ausgestorben ist. Aktuell liegt das Hotel in Führung.

Ich schaue mich im Speisesaal um. Alt und abgerockt schaut das alles nicht gerade aus, eher wie so ein nobler Landsitz, ein kleines Schlösschen, das zwar schon ein paar Jahre auf den Buckel hat, aber massiv aufpoliert wurde, um eine hungrige Klientel davon zu überzeugen, Geld auszugeben für kein Essen.

Vielleicht sollte die Cousine auch Fastenkurse anbieten in dem alten Hotel. Spart wenigstens schon mal den Koch. Und dass das Hotel seit den 70er-Jahren keine Veränderung mehr erfahren hat, kann man prima als Retro-Schick und Vintage-Erlebnis verkaufen!

Ich hoffe, ich kann mir das merken, bis ich wieder im Zimmer bin. Trau mich nicht, nach einem Bleistift zu fragen.

Hier in unserem Speisesaal sind alle Tische besetzt, an jedem sitzt genau eine Person. Jeder kaut stumm vor sich hin und ist bemüht, in einen imaginären Raum vor sich hin zu starren. Dabei beobachten sich eh alle gegenseitig, nur jeder tut so, als würde er nicht. Oder besser gesagt »sie«. Sind ja nur Frauen hier.

Vor mir liegt ein halbes Dinkelweckerl. Trocken und einsam. Kunstvoll in hauchdünne Scheiben geschnitten und dann fächerförmig angeordnet. Begleitend dazu gibt es eine Miniaturportion Schafmilchjoghurt. Immerhin! Das Arrangement der Speisen und Tische ist sehr bemüht, fast wie in einem Haubenrestaurant. Mit üppigem Blumenschmuck und sogar mit Messer und Gabel. Soll ich ein trockenes Brot mit Messer und Gabel essen?

Durch diese Inszenierung wirkt das kleine Brötchen auf dem Teller allerdings noch einsamer und trauriger.

Wie das letzte Teilstück am Ende einer langen Beziehung. Wo man versucht, durch allerhand Show-Elemente noch so zu tun, als wäre da noch etwas, obwohl die Luft längst raus ist.

Und dann sitzt auf einmal ein fremder nackter Arsch auf deinem Mann. So wie bei der Hauptdarstellerin in meinem Buch. Während ich bemüht bin, jeden Bissen ausgiebig zu kauen, denke ich über meine Hauptfigur nach.

21, 22, 23, 24, mindestens 30-mal soll man jeden Bissen kauen. Dabei versuche ich, unauffällig die Damen um mich herum zu beobachten. Nachher, wenn alle weg sind, werde ich die Tischkärtchen auf ihren Tischen checken. Die Neugierde ist mein schlimmstes Laster! Hoch lebe der Datenschutz.

Links von mir ist eine Art Durchreiche, dahinter ein Tisch, wo eine blonde Dame um die 60 sitzt. Vielleicht ist sie auch gut gemachte 80 oder schlecht erhaltene 40. Das alles kann man in Zeiten wie diesen nicht mehr mit Sicherheit sagen. Ich sag nur »Cher«! Wer kennt noch ihr wahres Alter?

Was ich aber schon mit Sicherheit sagen kann: Sie hat ein Ei und ich nicht! Und was ist das für eine Flasche? Leider kann ich das Etikett nicht genau lesen, weil in dieser Durchreiche Blumentöpfe herumstehen, die das Blickfeld trüben. Solche mit Hydrokulturkugeln drin. Ja, ich habe viel Zeit, mir das genau anzuschauen. Der Wasserstandsanzeiger beim Blumentopf weist darauf hin, dass bald wieder gegossen werden sollte. Von mir ist diesbezüglich nichts zu erwarten, lieber Blumentopf. Denn man soll zum Essen nicht trinken. Damit die Verdauungssäfte nicht unnötig verdünnt werden.

»Möchten Sie die Flasche?« Die blonde Cher streckt mir eine braune Flasche in die Durchreiche. Offenbar habe ich die so angestarrt, dass mir das gar nicht aufgefallen ist. Da sieht man wieder, man weiß gar nicht mehr, wohin mit seinem Blick ohne Handy.

»Was ist das?«, frage ich. Ist Alkohol vielleicht erlaubt? Ein kleiner Funken Hoffnung keimt auf. Eine alkoholindizierte Fastenkur könnte das *Fastenhigh* vielleicht sogar beschleunigen …

»Leinsamenöl«, antwortet sie und streckt die Flasche durch das Fenster.

»Dürfen wir das denn?«, flüstere ich und schaue mich dabei um, ob uns jemand hören kann.

Dann klärt sie mich auf, dass das hochwertige Öle seien, die wir zu den Mahlzeiten einnehmen dürfen. Was Cher isst, will auch ich essen!

Kurze Zeit später schwimmt mein Dinkelfächer mehr oder weniger in einem gelben Leinölsee am Teller.

Dann verabschiedet sich meine neue Durchreichefreundin zur ärztlichen Bauchmassage und zu einer ayurvedischen Gesichtsbehandlung. Sie habe das gestern ausprobiert. Das Ergebnis sei faszinierend.

»Schaun Sie mal«, sagt sie und starrt mich durch die Durchreiche an. Sie zieht dabei die Haut an ihren Schläfen nach hinten. »Na? Was sagen Sie?«

Was ist denn das für eine blöde Frage? Ich kenne ja das »Vorher« nicht!

»Großartig«, sage ich. Das halte ich für die unverfänglichste Antwort.

»Gell!«, sagt sie, steht auf, schnallt den Gürtel von ihrem weißen Bademantel enger und dreht ab wie so eine Diva.

Somit verschwindet auch meine einzige Unterhaltung. Schade. Ich mag Beauty Talk. Und ich wollte sie eigentlich noch fragen, wer ihre Augenbrauen gemacht hat. Die sind sehr natürlich gelungen! Was bleibt, ist die Stille im Raum. Ich kann die Kaugeräusche der anderen bis zum letzten Tisch hinten hören. Und ich hasse Kaugeräusche!

Vielleicht hasst die Cousine, die das zukünftige Vintage-Fastenhotel in meinem Buch betreibt, auch Kaugeräusche. Man soll ja Eigenschaften überhöhen, habe ich mal in einem meiner zahlreichen Schreibworkshops gelernt. Bigger than live! Und optisch könnte sie an Cher erinnern. Eine blonde steirische Variante von Cher. Mit Indianerfedern um den Hals.

Eine halbe Stunde später bin ich wieder auf meinem Zimmer und studiere die Morgenpost vom Hotel von vorne bis hinten. Eine echte Zeitung gab es keine mehr, nur diese Hotelnachrichten. Also lese ich genau durch, wie das Wetter heute wird, morgen und übermorgen. Dass morgen ein Bauernmarkt am Hauptplatz wäre und dass man einen Spaziergang in den nahe gelegenen Kurpark in Erwägung ziehen könnte, um dort die Falco-Statue zu bewundern. Am Ende löse ich sogar noch das *Sudoku* für Anfänger. Wenn der Tag so ereignisreich weitergeht, werde ich vor Aufregung nur sehr schlecht einschlafen können …

Dabei wäre ich sogar bereit für eine kleine inspirative Außenrunde rund um die Kuranstalt. Aber ich muss noch warten, bis das Bittersalz endlich zu wirken beginnt. Jeder Morgen im F. X. Mayr-Kurprogramm beginnt mit einem großen Glas Bittersalz. Und solange das Bittersalz nicht seine volle Pracht und Wirkung entfaltet hat, ist es eher angeraten, in Sichtkontakt mit der Toilette zu bleiben.

Bis dahin kann ich die Zeit ja auch nützen, um mir die Notizen vom Frühstück aufzuschreiben und weiter an der Geschichte und den Figuren zu arbeiten.

Genauso habe ich mir das Leben als berühmte Autorin vorgestellt. Ich liege schreibend im Bett, die offene Klotür im Blickwinkel.

Falco war auch mal hier im Haus. Das ist der Nachteil vom Arbeiten am Computer. Du willst eigentlich nur kurz deine Notizen abtippen, und schon bist du auf *Google*, um herauszufinden, warum da eine Falco-Statue im Park steht.

Bevor das Hotel eine reine Frauen-Kuranstalt geworden ist, war es ein Gesundheitszentrum, in dem Falco öfter zu Gast war. Ist der vielleicht sogar in meinem Bett gelegen?

Ich streiche über mein Leintuch. Hat der auch so lange warten müssen, bis das Bittersalz wirkt?

Weiters steht da, dass Falco sogar bei den *Weight Watchers* war. Keine Ahnung, ob das stimmt. Aber ich finde, so was macht Stars gleich nahbarer und menschlicher. Ich stelle mir vor, wie Falco wöchentlich in seiner *Weight Watchers* Gruppe sitzt, wie er dann aufsteht, zum gemeinsamen Wiegen geht und sein Gewicht im Pass einträgt. Und dann schreibt er eifrig mit, wie viele *Weight Watchers* Punkte dieses und jenes Essen hat.

Drei Stunden später kann ich endlich die Reise in den Kurpark antreten. Wobei, Reise ist vielleicht etwas zu viel gesagt, denn nach fünf Minuten sehr entspanntem Spaziergehtempo habe ich die Statue bereits erreicht. Mein Fitnesstracker zeigt 1.500 Schritte. Da habe ich mehr, wenn ich an einem normalen Homeoffice-Vormittag zum Kühlschrank pendle.

Ich schau mir die Staue genau an. Bildende Kunst ist nicht so mein Spezialgebiet. Ich kann immer nur sagen, ob das wem ähnlich schaut oder nicht. Die Statue schaut allerdings niemandem ähnlich.

Würde nicht »Falco« drunter stehen, könnte das genauso gut irgendein chinesischer Bandenführer sein, der da in Stein gegossen auf einem Sockel steht. Ich sehe null Ähnlichkeit. Er wirkt außerdem wahnsinnig klein!?! Gehört das so? Oder wollten die beim Material sparen?

Falls ich jemals berühmt werde, kann ich festhalten, dass keine Statue von mir angefertigt wird. Wenn die noch kleiner als das Original wird, könnten sie auch gleich einen Gartenzwerg aus mir machen.

Ich versteh sowieso das mit den Denkmälern nicht. Gut, dass ein Mozart-Denkmal in Wien steht oder ein Johann-Strauss-Denkmal im Stadtpark, das kann ich noch halbwegs nachvollziehen. Es braucht ja eine Selfie-Kulisse für die *Instagram*-Touristen.

Aber ein Michael-Jackson-Denkmal in Mistelbach. Warum?

Letztens habe ich auf *Radio Burgenland* gehört, dass ein junger Bursche sein Taschengeld (!) jahrelang gespart hat, um sich dann im erwachsenen Alter seinen größten Traum zu erfüllen: ein Denkmal von Lady Di zu finanzieren. Das wurde feierlich enthüllt und steht inzwischen in einer Parkanlage bei einem Wiener Pflegeheim. Lady Di im Pflegeheim!!

Vielleicht sollte ich auch ein Denkmal in mein Buch einbauen? Oder vielleicht moderne Kunst auf dem sterbenden Hauptplatz. Ja genau, eine Skulptur. Ein Mahnmal. Ein originalgetreuer Nachbau im Maßstab 1:100 vom Einkaufszentrum vor der Toren der Stadt. Eines, wo man rundherum gehen kann und sich wie im *Legoland* alles anschauen kann. Die Geschäfte. Die Parkplätze. Den Grillhendl-Stand. Vielleicht sogar mit einem kleinen Zug zum Durchfahren. Titel meiner Kunstinstallation: »Dem Tod ins Auge schauen«. Der Optiker der Stadt, der einzige verbleibende Gewerbebetrieb in der ausgestorbenen Innenstadt, stellt Monokel zur Verfügung, mit denen man die Details des Todes genau anschauen kann.

Vielleicht sollte ich doch eine etwas breitenwirksamere Variante in mein Buch schreiben. Das versteht ja keiner.

Ich kann jetzt schon den Kommentar der Schreibschwester sehen, wenn ich ihr so ein Kapitel schicke.

»Was willst du damit sagen? Ich verstehe das nicht.« So was wird sie dann sicher mit der Kommentarfunktion an den rechten Rand schreiben.

Oder: »Achtung Zwiebel!« Das schreibt sie immer, wenn ich mich in einen seltsamen Strudel hineinschreibe, dem niemand mehr folgen kann. Wenn ich von einem Thema ins nächste komme und dabei immer abstruser werde. Am Ende versteht keiner mehr etwas. Man muss klar bleiben und darf nicht aus reiner Eitelkeit den Leser zwingen, sein Hirn extramäßig anzustrengen. Immerhin ist *Netflix* nur einen Klick davon entfernt, in Konkurrenz mit dem Geschriebenen zu treten.

Ich fühle mich ausreichend inspiriert und bereit, noch ein Kapitel zu schreiben. Jetzt! Also drehe ich wieder um, immerhin liegen noch 1.500 Schritte vor mir.

Dabei werde ich schneller und noch schneller.

Aber nicht wegen des Kapitels für das Buch, sondern wegen des Bittersalzes …

LOST

Cher sitzt bereits mit ihrem Bademantel am Nachbartisch, als ich am nächsten Morgen den Frühstücksraum betrete. Sie winkt mir fröhlich zu und sagt: »Gdnmgn.«

Ich denke, das heißt Guten Morgen, aber mit vollem Mund und 30-mal Kauen ist das so ein Ding mit der Verständlichkeit. Wenigstens kann ich das heute mit den Augenbrauen klären.

»Was darf ich Ihnen bringen?«, fragt die freundliche Kellnerin. Was ist das bitte für eine Frage? Als ob ich die Wahl hätte.

Tatsächlich stellt sich heraus, dass ich anstatt des Schafmilchjoghurts auch Sojamilch haben könnte. Es ist noch weniger als das Joghurt. Die Sojamilch wird in so einem winzig kleinen Glas serviert, normalerweise kippt man Schnaps aus solchen Gläsern. Ich aber sitze davor und löffle mit einem Miniaturlöffel Sojamilch daraus und versuche, diese bestmöglich einzuspeicheln. Wegen der Verdauungssäfte.

Das letzte Mal habe ich so ein Schnapsglas in der Hand gehabt, als ich 16 war. Ich hatte es mit Schnaps befüllt und in einen Krug Bier getaucht. »U-Boot« nannte man das. Ich fand das sehr verwegen. Und hatte danach eine mittelschwere Alkoholvergiftung. No party – no youth!

Was hätte mein 16-jähriges Ich damals gesagt, wenn man ihm das Bild aus seiner eigenen Zukunft gezeigt hätte?

»Liebe Susi, du stellst dir deine Zukunft jetzt zwar noch sehr aufregend vor, aber ich sage dir, mit Ende 40 sitzt du in einem Hotel, wo du viel Geld für kein Essen zahlst, und löffelst zehn Minuten lang Sojamilch aus einem Schnapsglas.«

Wahrscheinlich hätte ich bei der Vorstellung noch ein U-Boot bestellt und mich endgültig ins Koma gesoffen.

Soll ich vielleicht trinkende Jugendliche in mein Buch einbauen? Oder ist das zu sehr Kleinstadtklischee? Das ist ja immer auch die Gratwanderung. Die Leser müssen sich schon identifizieren können und teilweise wiedererkennen, aber es darf nicht zu einseitig und vorhersehbar werden. Sonst wird es platt, sagt die Schreibschwester. Und da hat sie wieder recht. Also vielleicht eine negative und gleichzeitig eine positive Eigenschaft. Vielleicht ein trinkender Landjugendlicher mit starker sozialer Ader. Vielleicht einer, der beim Zivildienst bei der Rettung hängen bleibt und sich am Medikamentenschrank vergreift, und dann entwickelt er ein Business daraus. Ein mobiler Rettungsfahrer-Dealer-Ring?

Na ja. Geht so, die Idee.

»Und? Hatten Sie auch schon ein Treatment?« Cher lächelt mich an und reißt mich aus meinen Rettungsfahrer-Träumen. Wobei. Vielleicht eine illegal fahrende *Botox*-Zentrale? Mit billigem ungarischem *Botox* und einem geschassten Tierarzt, der sich damit über Wasser hält, die Rich Ladies aufzupolieren.

»Äh, sorry, was meinen Sie?«

»Ob Sie auch schon eine Beauty-Anwendung hatten? Sie sehen toll aus heute!« Das impliziert zwar, dass dem gestern nicht so war, aber ich freue mich trotzdem über das Kompliment, und innerlich küre ich Cher zu meiner besten Freundin der Woche. Als ob ich eine andere hier hätte.

Pling!

Pling!

Scheiße. Alle hören jetzt zu kauen auf und starren mich an. Ich versinke in mein Sojamilch-Schnapsglas und tue so, als ob ich nichts mit dem Ton zu tun habe.

Pling!

Natürlich kommt das Geräusch aus meiner Hosentasche. Ich habe illegal das Handy mit zum Essen genommen! Genauso gut hätte ich mit einem Grillhendl auffahren können.

Ohne hinzusehen, taste ich nach dem Handy und suche den Ausschaltknopf. Gelingt nicht. Also bleibt mir nur die Flucht.

»Bin gleich wieder da«, sage ich zu Cher. »Das Bittersalz!«

Sie nickt verständnisvoll. In Wahrheit zeigt das Bittersalz keine Reaktion. Ich bin wohl immun. Gestern nach dem Ausflug in den Kurpark, das war nur blinder Alarm. Der Kurarzt sagt, ich soll die Dosis erhöhen. Habe ich heute getan. Wirkt noch immer nicht.

Stattdessen sitze ich mit voller Montur am geschlossenen Klodeckel und lese heimlich die Nachricht, die ich gerade bekommen habe.

»Magst du eine Runde spazieren gehen? Ich könnte dich in zwei Stunden abholen!«, schreibt Petra Hartlieb, meine Buchhändler-Freundin. Sie hat ein Wochenendhäuschen in der Gegend.

Ich rechne kurz nach. In dreieinhalb Stunden wäre Mittagessen. Also bleiben eineinhalb Stunden zum Spazieren. Guter Plan.

»Ja super, geht sich aus! Bring Würste mit!!!«, antworte ich.

»Ich habe nur Hundekekse im Auto!«

»Egal. Nimm sie mit!« Ich habe wirklich großen Hunger.

Ich ziehe alles an Multifunktionskleidung an, was ich mitgenommen habe, und beschließe, die Wartezeit am Hauptplatz zu verbringen. Wegen der Hauptplatz-Inspiration für mein Buch und wegen des Bauernmarkts. Und außerdem kann ich vielleicht ein paar Einheimische nach dem Falco-Wohnsitz fragen. Dem Superstar hat es hier so gut gefallen, dass er sogar eine Villa gekauft hat. Als Landsitz. Angeblich soll die nach seinem Tod nie wieder verändert worden sein. Sogar das Duschgel soll noch so drinnen stehen, wie er es verlassen hat. Faszinierende Vorstellung!

Von einem Bauernmarkt ist leider weit und breit nichts zu sehen, offenbar habe ich mich im Wochentag geirrt. Das einzige offene Geschäft ist eine kleine Modeschmuck-Boutique.

Die wollte ich eh ansteuern, die haben nämlich ein paar Exponate in einer eigenen Vitrine im Hotel ausgestellt. Nicht blöd! Denn was sind die besten Kunden? Richtig! Solche, die nix zum Essen kriegen und dringend Substitutionskäufe tätigen müssen. Notiz an mich selbst: So was brauch ich auch in meinem Buch. Ein kleiner verbleibender Laden, der aus Not und Elend einer innerstädtischen Verwahrlosung Kapital schlagen kann! Verzweifeltes Geld ist das beste Geld!

»Wenn Sie Hilfe brauchen, geben Sie mir gern Bescheid«, sagt die freundliche Modeschmuckboutiquenbesitzerdame, die optisch ein bisserl wie die Gitti Schimek aus dem *Kaisermühlenblues* aussieht. Gespielt von der wunderbaren Marianne Mendt. Die wiederum angeblich hier irgendwo eine Sommerresidenz haben soll. Ich muss das nachher die Petra fragen, ob das stimmt.

Vielleicht hat sie ein paar Look Alikes abgesetzt, so wie die Modeschmuck-Gitti, damit sie selbst Ruhe vor den Paparazzi hat. Na ja. Die ist auch schon wieder zu wild, diese Theorie.

Die Gitti sitzt jedenfalls gemütlich hinter ihrem Verkaufstisch und wickelt kleine Anhänger auf Freundschaftsarmbänder. Es sieht herrlich meditativ und entspannend aus.

Weil ja sowieso alle irgendwann wieder Geburtstag haben und man dann eh ein Geschenk braucht, stehe ich bald darauf mit zehn verschiedenen Armbändern vor der Gitti.

»Sagen Sie, wissen Sie, wo hier die Falco-Villa ist?«, frage ich, während sie jedes Armband extra auf einen Kassabeleg mit Durchschlag einträgt. Puh. Das kann dauern. Sie schreibt »Armband mit Palmenanhänger« hin. Und dann beim nächsten »Armband mit Katze«. Ich bereue, zehn verschiedene Motive gewählt zu haben.

»Ja sicher! Die ist gleich neben dem Haus von meiner Schwägerin«, sagt sie. Die Information hilft mir nur bedingt weiter. Ich müsste jetzt nur noch wissen, wo die Schwägerin wohnt.

»Wissen Sie, der hat damals oft mitten in der Nacht angeläutet bei meiner Schwägerin.«

»Oha«, sage ich, und Bilder vom nackten Falco am Weg zur Nachbarin geistern durch meinen Kopf.

»Ja, wenn der ein neues Lied geschrieben hat, hat er es unbedingt jemandem vorspielen müssen. Egal, wie spät es war. Sie war auch die Erste, der er ›Out of the Dark‹ vorgesungen hat, lange bevor es rausgekommen ist.«

Wow! Augen auf bei der Wahl der Nachbarn! Aber ich verstehe den Falco. Die Nachbarin war für ihn wie die Schreibschwester für mich. Unmittelbares Feedback ist das Beste für einen Künstler. Ich finde das auch großartig, wenn ich sofort Rückmeldung zu einem Kapitel bekomme. Niemals könnte ich ein ganzes Buch schreiben, ohne jemals Zwischenstandsmeldungen bekommen zu haben. Habe ich beim ersten Buch auch so gemacht. Mit meiner Verlegerin. Sie hat gesagt, schick mir ein Probekapitel. Gut, hab ich gemacht. Dann hat sie gesagt, okay, das gefällt mir, schick mir gleich mehr, gerne die ersten 60 Seiten. Problem: Ich hatte nur das Probekapitel.

Also musste ich innerhalb von einer Woche Skiurlaub schreiben wie eine Irre und dann so tun, als hätte ich das ohnehin sehr lange in der Schublade liegen gehabt. Dabei sind mir die Finger am Sessellift oft abgefroren, weil ich die einzelnen Kapitel wie gestört in das Handy getippt habe.

Pling. »Ich bin schon da!«, schreibt die Petra.

Vor lauter Tratschen mit der Gitti habe ich fast die Zeit übersehen. Ich verspreche, am nächsten Tag noch mal zu kommen, und laufe in Richtung Parkplatz.

»Fesch«, sagt die Petra und hält mir vom Fahrersitz aus die Beifahrertür auf. Der Hund sitzt hinten und starrt mich an.

»Was fesch?«, frage ich und halte Ausschau nach Nahrung im Wageninneren. Wenigstens ein Kaugummi in der Mittelkonsole wäre schon super.

»Die Ketten.« Sie deutet mit dem Kopf in Richtung von meinem Oberkörper. Da merke ich erst, dass ich noch drei Modeschmuckketten in unterschiedlicher Länge über meiner Multifunktionswanderkleidung trage, inklusive Preisschild. Oh Gott! Ich habe die Gitti bestohlen! Ich muss das sofort morgen zahlen gehen.

»Du kennst dich hier aus?«, frage ich, als wir vom Auto aus in Richtung Wald losstarten.

»Ich habe so eine super WanderApp am Handy«, sagt sie.

Außerdem können wir ja eh nur eine kleine Runde gehen, weil in einer Stunde mein Mittagessen am Tisch steht. Fächerförmig geschnittenes Dinkelbrot an Schafskäse. Zur Abwechslung.

»Und? Was machst du so die ganze Zeit?«, fragt mich Petra.

Ich überlege, ob ich das Übungsbuch erwähnen soll. Andererseits ist es vielleicht zu früh. Am Ende wird es nichts, und ich steh blöd da. Einerseits wäre natürlich das Urteil einer Buchhändlerin großartig, keiner weiß besser als sie, was am Markt gekauft wird. Und dann fallen mir zahlreiche Einerseits und Andererseits ein, während wir durch den Wald spazieren.

»Ja du, ich äh, kaue viel. Und denke viel nach und so Sachen eben. Weißt du, einfach mal entspannen!« Was rede ich da für einen Müll?!?

Dann frage ich sie nach ihren aktuellen Projekten, und sie erzählt mir von einem gemeinsamen Buch, das sie gerade mit dem Enkel vom Arthur Schnitzler schreibt. Petra hat ja eine sehr erfolgreiche Serie von historischen Romanen veröffentlicht, die sich um Arthur Schnitzler drehen. Ich finde das faszinierend, wie man historische Romane schreiben kann. Ich kann nicht mal die aktuelle Realität erfinden, bei historischen Romanen musst du ja auch noch Sprache und Gehabe erfinden, das du selbst gar nicht erlebt hast.

Sie schreibt die Geschichte des Kindermädchens von Arthur Schnitzler. Muss ich mir merken, auch ein guter Trick. Eine volksnahe Hauptfigur, die den eigentlichen Star aus der Ferne beleuchtet. Und jetzt schreibt sie mit dem tatsächlichen Enkel vom Schnitzler ein Buch.

Weil das Projekt schon so gut wie abgeschlossen sei, gibt es schon ein Folgeprojekt. Ein Kinderbuch!

Ich hätte auch gerne ein Folgeprojekt. Meinetwegen ein Kinderbuch. Ist ja wohl die leichteste Übung.

Ein großer deutscher Kinderbuchverlag möchte, dass die Petra ein Kinderbuch passend zu ihrer erfolgreichen Buchreihe mit der wundervollen Buchhandlung schreibt.

Vor lauter Beeindruckung merke ich gar nicht, wie wir tiefer in den Wald kommen. Der Weg wird gatschig, wir weichen auf einen Seitenarm aus.

Soll ich doch fragen wegen meiner Buchidee? Und wenn sie dann sagt, die ist schlecht? Was dann? Höre ich auf?

Ich denke an Falco und die Gitti-Schwägerin. Was würde Falco tun? Sein langjähriger Manager, Markus Spiegel, hat mal in einem Interview gesagt, das Problem von österreichischen Künstlern sei oft, dass sie in einer Ecke stehen und darauf warten, aufgrund ihrer Genialität von allein entdeckt zu werden. Aber von allein passiert halt selten was.

Die Wege hier haben seltsame Rundungen. Gehen wir noch in die gleiche Richtung?

»Kommen zu dir manchmal Autoren ins Geschäft und bitten dich um Hilfe?« Mache ich mich verdächtig mit der Frage? Ich habe immer gleich das Gefühl, zu aufdringlich zu sein. Denk an den Falco! Und die Ecke, wo die Künstler alle stehen.

»Manchmal?« Petra lacht laut auf. »Täglich!«

»Und was machst du dann?«

»Na ja, kommt drauf an.«

Und dann erzählt sie mir die lustigsten Geschichten, während wir weiter durch den Wald ziehen. Ihr Hund läuft fröhlich vor uns her und wedelt mit dem Schwanz.

Sie erzählt von Leuten, die ihr Manuskripte bringen und sie um Feedback bitten. Einmal hat sie einem ein sehr detailliertes Feedback gegeben und Vorschläge, wo man was vielleicht anpassen könnte. Und der war dann beleidigt, wie sie es wagen kann, ihn zu kritisieren.

Ich wäre ja offen für Kritik. Soll ich vielleicht doch fragen?

»Den meisten muss ich aber sagen, dass es besser ist, wenn sie sich direkt an die Verlage wenden.«

»Hm, ja, kann ich mir vorstellen, sind sonst viel zu viele«, sage ich und bekomme so ein mulmiges Gefühl im Magen.

Ich sehe all die Menschen vor mir, die gerne ein Buch schreiben würden. Irgendwo habe ich mal gelesen, dass es inzwischen mehr Menschen gibt, die Bücher schreiben wollen, als Menschen, die Bücher lesen. Krass. Dann stelle ich mir vor, wie jeder Baum hier ein schreibender

Mensch wäre, auf der Suche nach einem Verlag und später nach einem Publikum. Und die Leser wiederum sehen den Wald vor lauter Bäumen nicht mehr. Dauernd was Neues. Und das Alte ist dann schon wieder Past Season. Ich sag nur 69.000 Bücher pro Jahr allein im deutschsprachigen Raum. 69.000!!

»Weißt du, wie viele Einsendungen so ein Buchverlag im Jahr bekommt?«, frage ich.

»Je nachdem, ein paar Tausend sicher.«

»Und wie viel Prozent werden tatsächlich als Buch verlegt?«

»Ich glaub, maximal zwei oder drei Prozent.«

Jetzt ist mir schlecht. Vielleicht ist das aber auch der Hunger. Mein Magen macht seltsame Geräusche.

»Ich glaube, wir sollten langsam zurück, mein Mittagessen wird bald serviert.«

Petra fuchtelt nervös mit ihrem Handy herum. Sie dreht es in alle Richtungen und sich selbst mehrfach im Kreis. Sieht aus wie eine Performance mit der Hundeleine, in Kürze umwickelt sie sich vollständig.

»Gibt es ein Problem?«, frage ich, und irgendwas unten in meinem Bauch wird immer lauter. Oh Gott, bitte nicht das Bittersalz! Mitten im Wald!

»Die WanderApp, ich kriege keinen Empfang!«, sagt Petra.

Das ist der Satz, den man am wenigsten hören will, wenn man wie Hänsel und Gretel im Wald herumirrt, in Kürze das ohnehin karge Mittagessen versäumt und die doppelte Portion Bittersalz möglicherweise kurz davorsteht, ihre volle Wirkung zu entfalten.

LESEBÜHNE ZUM MITSINGEN

Die Mitarbeiter der Wiener Magistratsabteilung 48 sind zuständig für Abfallwirtschaft, Reinigung und Fuhrpark und tragen orangefarbene Arbeitskleidung. Deswegen werden sie umgangssprachlich auch als »Karottenballett« bezeichnet. Ich mag den Ausdruck, weil das so klingt, als wäre ihr Arbeitsalltag eine öffentliche Aufführung. Wenn sie hinten von ihren Müllautos runterhüpfen und die schweren Mülltonen zum Wagen schieben. Eigentlich ist es das ja auch, die Choreo ist klar gezeichnet, einer fährt, einer holt die Tonnen aus den Häusern und einer bringt sie zum Wagen. Aber sie sind auch für den Verleih von Verkehrsschildern zuständig.

»Die junge Dame bekommt zweimal absolutes Halte- und Parkverbot«, sagt der Herr in der orangefarbenen Uniform gerade zu seinem jüngeren Kollegen und deutet in meine Richtung. Ich stehe mit offenem Kofferraum vor der Lagerhalle der MA48 und freue mich über das »jung« in dem Satz. Und das, obwohl ich nicht die teuren Beauty Treatments von Cher in der Fastenkur genommen habe. Die Entschlackung sieht man zumindest ein paar Tage lang noch am Hautbild, und die Hose vom letzten Jahr passt endlich auch wieder. Und ich habe jeden Tag mindestens ein Kapitel für mein Übungsbuch geschrieben. Auch wenn die Schreibschwester sagt, ich darf nicht Übungsbuch sagen. Ich würde die Sache dadurch innerlich nicht ernst nehmen. Ich hätte ja auch nicht Übungskind gesagt, als ich damals schwanger war.

Der jüngere orange Kollege beginnt damit, Befestigungssockel in meinen Kofferraum zu laden. Als er den ersten reingehoben hat, geht mein Auto gleich um fünf Zentimeter nach unten. Ich freue mich jetzt schon, wenn meine Produktionsmitarbeiterin den Sockel wieder herausheben muss.

Das bin ich nämlich selbst.

Ich habe morgen eine öffentliche Aufführung und leihe mir daher gerade die Verkehrsschilder, um die Parkplätze für den Streaming Bus freizuhalten. Seit zwei Jahren veranstalte ich nämlich im ältesten noch bespielten Kino der Welt die sogenannte *Lesebühne zum Mitsingen*. Mein morgiger Stargast ist der berühmte Schauspieler, Kabarettist und Musiker Manuel Rubey. Ja genau, der, dessen Pappfigur ich in der Buchhandlung kurz zur Seite geschoben habe, um den Blick freizugeben auf meinen Bücherstapel.

Die *Lesebühne zum Mitsingen* habe ich selbst erfunden. Aus einem einzigen Grund: Ich wollte auch öffentliche Lesungen machen! Aber ohne Buch und Bekanntheit hat mich natürlich niemand zu einer Lesung eingeladen. Warum auch.

Vor drei Jahren war ich auf Urlaub in Berlin und bin zufällig hineingestolpert in die *Lesebühne der Brauseboys*. *Lesebühnen* haben in Deutschland eine viel größere Traditionen, bis nach Österreich hat die nur nie gereicht. Warum auch immer.

In jeder größeren deutschen Stadt gibt es *Lesebühnen* fast an jeder Ecke. Autoren oder Hobbyautoren treffen sich hier meist in regelmäßigen Abständen, um vor Publikum zu lesen.

Bei den *Brauseboys* ist das ein fixes Team von Autoren, und zusätzlich wird jede Woche ein anderer Gast eingeladen, der auch lesen darf. Das Konzept hat mich so begeistert, dass ich den *Brauseboys* unmittelbar nach meiner Rückkehr nach Wien geschrieben habe. Ich sei eine aufstrebende Jungautorin und würde sehr gerne anbieten, falls es sich zeitlich ausginge, auch bei ihnen einen Gastauftritt im Rahmen meiner kommenden Berlin-Tournee zu machen.

Alles gelogen. Haben sie sofort gecheckt und mich trotzdem eingeladen.

Ich bin dann angereist mit zwei Kartons *Klopfer* im Handgepäck, *Mozartkugeln*, Neonschildern und Plakatmalstiften. Die *Kleinen Klopfer* sind so Partylikörgetränke, die hat der Gatte vor meinem Auftritt an das Publikum verteilt. Ich wollte kein Risiko eingehen und für Basisstimmung sorgen. Außerdem wollte ich gleich in meinem Auftaktschmäh darauf Bezug nehmen, von wegen, wer hat den größeren Klopfer. Die Ösis oder die Deutschen. Kam mäßig gut an, weil niemand den Ausdruck »einen Klopfer haben« kannte. Einer der *Brauseboys* war so freundlich für mich zu übersetzen. »Einen an der Waffel haben, meint sie«, hat er gesagt. Ich hätte lieber Waffeln mitnehmen sollen. Aber egal.

Inzwischen hat die Wirkung der kleinen Likörchen eh schon gut eingesetzt, und der Gatte war dabei, Runde zwei an die Gäste zu verteilen. Später haben wir dann noch die *Mozartkugeln* ins Publikum geworfen. Das hat auch für zusätzliche Freundschaften gesorgt. Mozart geht immer.

In meinem Text habe ich Geschichten über sprachliche Missverständnisse zwischen Österreichern und Deutschen erzählt. Konkret zwischen Berlinern und Wienern. Und die Dialoge, wo ich die Berliner zitiert habe, habe ich vorher extra mit einem Arbeitskollegen von mir, der in Berlin geboren ist, einstudiert.

Kein Mensch hat ein Wort verstanden. Es war erbärmlich. Aber es hat allergrößten Spaß gemacht. Immer, wenn mich das Publikum stumm und fragend angeschaut hat, an Stellen wo sie eigentlich lachen hätten sollen, habe ich einfach einen *Kleinen Klopfer* zur Hand genommen und PROST gerufen.

Und für den Fall der Fälle hatte ich ja auch meine Neonschilder und die Plakatmalstifte dabei. Die habe ich dann gut verwenden können. Ich habe die schwierigsten Wörter, die man nicht kennen konnte, schon übersetzt aufgeschrieben. »Oida« zum Beispiel (Universeller Ausdruck für eigentlich eh alles). Oder »Oaschgsicht« (Hackfresse). Wobei sie mir dann beigebracht haben, dass die Wörter »eigentlich« und »eh« de facto in Deutschland nicht existieren. Diese schwammige Unverbindlichkeit gibt es nur bei uns.

»Wollen Sie die Braut heiraten?«

»Jo, eigentlich eh.«

Auf jeden Fall, ich habe Bühnenluft geschnuppert und wollte da nie wieder runter. Mich fix ins Ensemble der *Brauseboys* zu drängen, wäre allein logistisch nicht möglich gewesen, kann ja schlecht jeden Donnerstag von Wien nach Berlin fahren.

Also habe ich zu Hause einfach beschlossen, so was mache ich selbst!! Ich gründe meine eigene *Lesebühne*, und dann werde ich immer eingeladen! Prima Idee, oder? Dazu kann ich mir noch Gäste und Stars einladen, die ich ohnehin immer schon kennenlernen wollte.

In meinem Grätzel in Wien (Kiez würden die Berliner sagen) befindet sich das älteste noch bespielte Kino der Welt. Die *Breitenseer Lichtspiele*. Ein 120 Jahre altes Kino mit Holzsesseln und einem Filmprojektor und einer Besitzerin, die das Kino seit über 50 Jahren betreibt! Inzwischen ist sie in Pension und hat es an ihre Nichte weitergegeben. Aber damals war sie noch aktiv, mit über 80 Jahren ist sie täglich mit der Straßenbahn in ihr Kino gefahren. An vielen Abenden kamen keine Besucher ins Kino, oder nur einer oder zwei. Aber sie hat nie aufgegeben und ihre Pension in ihr Lebensprojekt gesteckt. Ich glaube, sie hat auch deswegen so lange durchgehalten mit diesem alten Kino, weil sie immer offen und interessiert für neue Projekte geblieben ist. Vor Jahren war ich dem Stricken verfallen. Ich habe nicht nur Tag und Nacht gestrickt, sondern auch immer und überall. Außer im Kino. Das war blöd, weil es da finster war. Also habe ich damals die Idee entwickelt, ein Strickkino ins Leben zu rufen. Wir drehen das Licht nicht ganz ab, sodass die Menschen im Kino weiter handarbeiten könnten. Stricken, häkeln, was auch immer.

Die Kinobesitzerin war sofort begeistert von der Idee, und zur Premiere gab es den österreichischen Film *Die Zweisitzrakete*. Mit Manuel Rubey in der Hauptrolle.

Mit dieser Erfindung des »Strickfilms« habe ich es sogar in das »Lexikon des unnützen Wissens« geschafft, außerdem war die Frage »Was ist ein Strickfilm« einmal in einer Game-Show, und es gab eine Anfrage von einem deutschen TV-Team für eine Sendung von Johannes B. Kerner. Die wollten sogar extra mit Johannes B. Kerner anreisen. Wurde leider dann doch nichts draus.

Irgendwann hat sich meine Strickleidenschaft gelegt, und ich habe stattdessen mehr und mehr zu schreiben begonnen. Meinen Blog, Alltagsgeschichten auf *Facebook*, so Zeug.

Und als ich die Kinobesitzerin gefragt habe, ob sie sich vorstellen könne, dass ich eine *Lesebühne* in ihrem Kino veranstalte, war sie sofort begeistert bei der Sache.

Für mich die perfekte Kulisse, immerhin hat das Kino 160 Sitzplätze und noch etwas Besonderes: ein Klavier! Es gibt nämlich auch Stummfilme mit Klavierbegleitung.

So, und da wurde Teil zwei von meinem Konzept geboren: die *Lesebühne zum Mitsingen*!

Ich wollte nicht nur normale Lesungen veranstalten, ich dachte, ich muss das Publikum interaktiv mitmachen lassen. Und ich wollte die gute Laune nicht allein den ausgeteilten *Kleinen Klopfern* überlassen. Und was hebt die Stimmung immer und überall am besten? SINGEN! Eben!

Mit Clemens Schaller habe ich einen kongenialen Partner und Entertainer am Klavier gefunden, und die *Lesebühne zum Mitsingen* war geboren. Wir spielen ausschließlich deutschsprachige Lieder, Austropop, Wiener Lieder, so was, und beamen die Liedtexte auf die Kinoleinwand. Das Publikum singt mit – wir machen Massenkaraoke!

Zur Premiere kam der berühmte österreichische Schauspieler und Theatermann Michael Schottenberg, später waren die Kabarettisten Reinhard Novak und Markus Hauptmann zu Gast, meine Freundin, die Buchhändlerin und Autorin Petra Hartlieb, selbstverständlich die Schreibschwester, und morgen wird Manuel Rubey als Stargast kommen.

Irgendwann habe ich angefangen, die *Lesebühne* online zu streamen, so konnten die Zuschauer von überall zuschauen. Zahlreiche Freunde aus Deutschland waren begeistert bei der Sache. Manche haben mir nachher Fotos geschickt, dass sie einen Ösi-Abend draus gemacht haben, sie haben Salat mit Kernöl gegessen und gemeinsam laut mitgesungen. »Am Zentralfriedhof ist Stimmung …«

Ich träume davon, dass irgendwann aus der *Lesebühne zum Mitsingen* ein TV-Format werden könnte. Aber ich habe so meine berechtigten Zweifel, dass jemand auf die Idee kommt, einer Endvierzigerin ein TV-Format zu geben. Aber gut, wir leben im Zeitalter der wokeness, vielleicht kommt mir das irgendwann zugute, und man braucht eine Alte für die Quote. Here I am! Wenn nicht, auch egal. Ich habe den größten Spaß vor Ort mit meinen Gästen und dem Publikum!

Nur davor, also die letzten 24 Stunden davor, da ist der Spaß überschaubar. Denn meine kleine feine Unterhaltungsproduktion besteht aus einem fixen Mitarbeiterstab von: genau einer Person! Mir! Und zwei großartigen Assistenten, dem Gatten, der macht das, was er am besten kann: Publikums Entertainment und Alkoholausschank, und meiner Tochter, die am Abend den Buchverkauf im alten Kassahäuschen vom Kino durchführt.

Ich erstelle die Gästeeinladungen, schreibe die Gästelisten, drehe durch, wenn wer absagt am Vortag, ich schleppe den Alkohol ins Kino, organisiere eine Partner-Buchhandlung für die Abwicklung vom Buchverkauf, schreibe die Moderationstexte, bereite mich auf die Gäste vor, suche mit Clemens die Lieder aus, schreibe die Folien mit den Liedtexten für die Kinoleinwand, ich mache die Werbung auf allen Social Media-Kanälen und schnorre die Medien an, dass sie eventuell darüber berichten. Dann muss ich noch zum Friseur gehen und ins Nagelstudio, und seit Kurzem haben wir auch ein professionelles Streaming. Und weil dafür ein Übertragungswagen notwendig ist, der mindestens drei Autoparkplätze benötigt, habe ich diesmal ein offizielles Halte- und Parkverbot bei der Stadt Wien beantragt und mir eben gerade die Verkehrsschilder dazu ausgeborgt. Bei meiner letzten *Lesebühne* mit Übertragungswagen habe ich das nicht gemacht. Deswegen konnte ich eine Woche vorher schon fast nicht mehr schlafen, aus Angst, dass keine Parkplätze für den Übertragungswagen frei sein werden. Drei Tage vor der Veranstaltung bin ich dann stundenlang mit meinem Auto auf der Lauer gelegen, um genau den benötigten Parkplatz beim Eingang zu bekommen. Dann habe ich mich so blöd eingeparkt, dass ein weiterer Parkplatz verstellt war, und als das hintere Auto dann weggefahren ist, habe ich mir ein Auto von Freunden geborgt, um auch diesen Parkplatz zu besetzen. Das hat mich locker zwei Tage gekostet.

Verdammter Rockstar Lifestyle.

Jetzt bin ich schlauer und habe eine amtliche Erwirkung für ein Halte- und Parkverbot. Nur der Übertragungswagen darf dort stehen. Deswegen baue ich am Vortag die Hinweisschilder dafür auf.

Hätte ich heute beim Friseur nicht so viele *Insta*-Stories gepostet, wäre jetzt vielleicht mein Akku nicht leer und ich könnte daher googeln, wie man diese mobilen Verkehrsschilder richtig zusammenbaut. Habe ich aber nicht und deswegen stehe ich schön blöd im Kino, vor mir liegen zahlreiche Einzelteile, wie bei so einem *Lego* Raumschiff. Schilder, Stangen, Einsteckdinger, Aufstecktafeln, und ich checke nichts.

Die einzige Lösung, die mir einfällt, ich muss zu einer Baustelle fahren, wo ich mir abschauen kann, wie die zusammengebaut sind. Also raus in den Regen (!), scheiß auf die Bühnenfrisur für morgen. Zum Glück ist gleich eine Baustelle ums Eck, wo ich ein Verkehrsschild kurz hinlegen kann, um nachzuschauen, wie das von unten befestigt ist. Der neue Nagellack ist jetzt auch im Arsch.

Auf einmal pfeift es ur laut. Noch mal.

Da seh ich, dass ewig weit weg auf einem Dachgeschossbalkon einer rauspfeift.

Vielleicht pfeift er nach seinem Hund? Denn gleich darunter ist ein Hundepark. Weiß man ja nicht, vielleicht ist das ein *Montessori*-Hund. Hilf mir, es selbst zu tun.

Oder er pfeift nach der Frau? Hat er Hunger?

Weder Hund noch Frau sind zu sehen. Kein Wunder bei dem Wetter. Ich will wieder wegfahren mit meinem Auto, und wie ich näher zu dem Haus komme, sehe ich, wie er eine Spiegelreflexkamera mit mega Objektiv auf mich richtet!!!

Ich bin ein positiver Mensch und gehe immer vom best case aus. Paparazzi.

Schusswaffe wäre worst case gewesen.

Genau auf seiner Höhe bleibe ich stehen und schrei rauf: »Brauchen Sie etwas von mir vielleicht?«

Er brüllt zurück: »Buargn Sa si do de Tofüln aus?«

(Hochdeutsch: »Borgen Sie sich die Verkehrsschilder aus« = extrem doofe und zynische Art, den geschnappten Dieb zur Rede zu stellen)

Was ist denn das für ein Wappler? Wie viele Frauen im besten Alter gibt es wohl, die mit ihrem Pkw (Kennzeichen!) daherkommen und Verkehrsschilder stehlen??

Hallo! So was macht man vielleicht im ersten jugendlichen Marihuana-Rausch, aber fix nicht kurz vorm Wechsel!?!?!

»Ja sicher, du Reservesheriff!«, brülle ich hoch. »Damit werde ich gleich den Tatort vor deinem Haus markieren!«

Ich glaube, er hat mich nicht gehört bis nach oben, denn er macht unbeirrt weiter, Fotos zu schießen.

Im ersten Stock erscheint eine alte Omi mit sorgenvollem Blick hinter einem offenen Fenster. Ich geh lieber.

Eine Stunde später hatte ich meine Schilder endlich aufgestellt und alle Formulare korrekt bei der nächsten Polizeistation abgegeben.

Sicherheitshalber habe ich dort angemerkt:

»Falls Ihr Lehrling vom Eckhaus mich anzeigt, ich habe die Schilder nicht gestohlen!«

Die beiden freundlichen Polizisten schauten sich verwundert an.

Man muss nicht immer alles verstehen.

HOST

Ich habe dem Gatten ein Upgrade gegeben. Ein berufliches. Denn bisher war er immer nur für den Alkoholausschank zuständig. Das macht er gut und gewissenhaft, auch wenn er dazwischen gerne vorführt, wie man die *Kleinen Klopfer* auch richtig trinkt.

»Du bist heute der Host!«, habe ich ihm gesagt, und er hat mich verwirrt angeschaut.

»Wos bin i?«

»Der Host vom Star!« Das hat mir ein Freund auf *Facebook* erzählt. Er wird manchmal bei großen Events, wo es berühmte Stargäste gibt, gebucht, um die Gäste zu betreuen. Er muss schauen, dass die Gäste zur richtigen Zeit am richtigen Ort sind und gut bei Laune bleiben und überhaupt dort auftauchen, wo sie sollen. Darüber hinaus den Drogenkonsum im noch sozial erträglichen Ausmaß halten und gegebenenfalls beim Kotzen die Haare halten. Das alles unter Einhaltung größter Diskretion, versteht sich. Darum kann ich jetzt auch nicht sagen, welche Stars und welche Events das sind. Aber große. Und berühmte!

»Ich soll dem Manuel Rubey die Haare beim Speiben halten?«

»Nein, natürlich nicht. Das wird nicht nötig sein!«

»Weil er kurze Haare hat?«

»Nein! Weil er, ach egal, du gehst einfach nach der Lichtprobe mit ihm in das Lokal neben dem Kino, die sperren exklusiv für euch auf (hat natürlich auch die Produktionsassistentin gecheckt), und dort wartet ihr in Ruhe, bis es losgeht, und dann unterhältst du ihn und fragst ihn, ob er was braucht, und gehst mit ihm pünktlich rüber, bis ich ihn anmoderiere und er ins Kino reinlaufen kann.«

»Mit Anlauf?«

»Nein! Das sagt man nur so!« Manchmal dreh ich noch durch mit ihm.

Er hat sich natürlich sehr geschmeichelt gefühlt und die Aufgabe sehr ernst genommen. Nachdem der überaus sympathische und bescheidene Gaststar eingetroffen ist, wir einen kurzen Sound- und Lichtcheck gemacht haben und den Ablauf durchgegangen sind, hat er ihn »übernommen«.

Wie so ein Security-Mitarbeiter hat er angekündigt: »Okay, ich übernehme jetzt.« Hat nur noch das Funkgerät gefehlt. Aber auszuschließen ist nichts.

Eine Stunde später hat er Manuel Rubey pünktlich im Kino abgeliefert. Es war eine großartige Show, Manuel hat Kapitel aus seinem Buch *Einmal noch schlafen, dann ist morgen* gelesen. Lustige Sprüche seiner Kinder erzählt, aber auch ernste Themen angesprochen, wie zum Beispiel, als er eines Tages auf einmal gar nicht mehr arbeiten konnte. Nichts ging mehr. Er musste Produktionen absagen und konnte nicht mehr. Panikattacken. Psychischer Zusammenbruch. Offen und charmant hat er über diese Themen geredet. Und dann übers Rauchen aufhören, wie er immer mit einem Gurkenglas im Arm unterwegs war. Das war ein Teil der Therapie zum Rauchen aufhören. Eine Zeit lang sollte er jeden gerauchten Zigarettenstummel in diesem Gurkenglas sammeln. Man darf es nicht ausleeren, es muss überall mit hin. Das Gurkenglas des Grauens. Morgens beim Aufwachen muss es neben dem Bett stehen und einen fröhlich anlachen, und abends beim Einschlafen soll es das Letzte sein, das man sieht. GRAUSLICH! Irgendwann bist du von allein bereit aufzuhören!

Das Schwierigste ist ja, dass man seine Hände beschäftigt, wenn man zum Rauchen aufhört. Darum gibt es ja oft diese lächerlichen Dinger, die wie Zigaretten aussehen, die aber nur leuchten oder glühen. Damit sind die Hände abgelenkt. Kann man machen. Man kann aber auch so wie Manuel zum Häkeln anfangen!

Im Backstagebereich vor und nach Auftritten sei er gesessen und habe unentwegt an einer Tagesdecke gehäkelt. Schauspieler, Entertainer, Musiker und Superstar Manuel Rubey sitzt im VIP-Bereich und häkelt eine Decke.

Als ob ich das damals vor Jahren vorhergesehen hätte, als ich zur Premiere von meinem Strickfilm einen Film ausgesucht habe, wo er in der Hauptrolle war.

Ich kannte die Story natürlich, weil ich mich immer extrem genau auf die Gäste vorbereite. Ich lese die Bücher, studiere die Biografien, schaue alle Filme an. Am Ende von so einer Vorbereitungszeit bin ich oft knapp davor, eine Selbstanzeige wegen Stalking bei der Polizei zu machen.

Das ist aber auch der spannendste Teil für mich, weil ich neugierig bin wie eine Wiener Hausmeisterin.

Zur Feier des Tages habe ich dem Manuel eine Häkelarbeit von mir mitgebracht, an der er während der *Lese-*

bühne zum Mitsingen weiterarbeiten konnte. Eine Obstschale aus *Myboshi* Wolle.

Nach der *Lesebühne* gehen wir mit dem Publikum immer ins Stammlokal vis-à-vis vom Kino etwas trinken. Und so nach circa drei, vier Stunden weicht langsam die Aufregung von mir, und der Adrenalinspiegel nimmt wieder halbwegs normale Werte an.

Ich schwöre mir dann, nie wieder mir das alles anzutun, aber zugleich überlege ich dann, wer mein nächster Stargast sein könnte. Und jetzt weiß ich ja auch schon, wie man die Verkehrsschilder richtig aufstellt!

»Und wie war dein Job als Host?«, habe ich den Gatten am Heimweg gefragt. Und dann hat er einen verklärten Blick bekommen, und ich dachte schon, gleich muss ich ihm die Haare halten. Aber der Grund war ein anderer.

»Der Manuel war so was von nett! Er könnte locker mit unserer Bubenrunde auf Urlaub fahren!«

»Du hast meinen Stargast gefragt, ob er mit dir auf Bubenurlaub fährt?« Ich weiß noch nicht genau, wie ich das finden soll.

Die gemeinsame Wellenlänge wäre schon am Anfang da gewesen.

»Magst du *Frucade* oder Eierlikör trinken?«, hat er den Manuel am Weg ins Lokal gefragt. In Anlehnung an die Einstiegsfrage aus der berühmten Talkshow *Phettbergs nette Leit Show*.

»Darf man das jetzt schon?«, habe der Manuel dann laut des Gatten Schilderung gefragt, wegen der Uhrzeit und weil ja vor der Show keine Aftershow Party stattfinden kann.

Und von dann an waren die beiden BFF (Best Friends Forever), laut Aussage vom Gatten.

Bei jedem Film und jeder Serie, wo Manuel mitspielt, schreit er laut auf, dass sein Freund im Fernsehen sei!

AUTOBAHNKLO

Wir haben die Wiener Stadtgrenze kaum verlassen, schon werden die Sandwiches gereicht. Habe ich vorher alle daheim gemacht, damit das Brot und die Restln vom Kühlschrank nicht schlecht werden. Also Doppeldeckerbrote mit allem. Salami, Schinken, Käse, auch wenn die Ränder schon trocken sind. Egal. Bald gibt es ja Gönnung pur! Wir sind am Weg nach Kroatien. Der Gatte will die ganze Zeit Urlaub machen, der ist so was wie ein mobiler Dauercamper. Also habe ich einem Urlaub im kroatischen Familienhotelparadies zugestimmt, an meinem Übungsbuch kann ich ja überall weiterschreiben. Das ist der eigentliche Grund, warum Leute Autoren werden, oder? Also man wird Lehrer, damit man neun Wochen Sommerferien hat. Und man schreibt Bücher, weil man hofft, irgendwann das Leben am Meer zu verbringen. Ist natürlich beides falsch.

Außer man will Müllsammler oder Strandtuchverkäufer werden, weil Bücher schreiben fix kein Leben am Meer finanziert. Das beginne ich langsam zu ahnen, je tiefer ich in die Materie eintauche. Aber aus dem Grund schreiben ja die meisten keine Bücher, die meisten schreiben Bücher, weil die Geschichten aus dem Kopf raus müssen und der sonst zerplatzt. Und weil man sich beim Fernsehen denkt, geile Geschichte, würde ich auch gern schreiben! Oder weil man den ganzen Tag wie besessen Bücher liest und das auch können will.

Der Gatte beginnt bereits auf Höhe der *Shopping City Süd* zu fragen, ob ich bei der nächsten Raststation aufs Klo muss. Natürlich müsste ich, aber ich halte durch bis Zöbern. Dort schau ich lang im Shop, was ich mir kaufe, um den 50-Cent-Gutschein, den man bekommt, wenn man vorher fürs Klogehen ordnungsgemäß bezahlt und durch das Drehkreuz geht.

Und sich nicht durch den Kinderdurchgang schummelt, auch wenn ich mich dort nicht mal richtig bücken muss. Aber wenn das Kind dabei ist, unterlasse ich solche nicht erwachsenen Verhaltensweisen, das bringt mir nur strenge Blicke ein.

Eis kann ich mir keines kaufen, ich bin ja noch in der F. X. Mayr-Kur-Ausleitungsphase. Kaffee ist auch subopti, weil der so treibt, und da müsste ich bei der nächsten Raststation schon wieder aufs Klo.

Also vielleicht ein Souvenir kaufen! Ich schwanke zwischen einem kleinen Plüschmurmeltier mit Lederhose und Steirerhut, das jodelt, wenn man es am Bauch drückt, oder einem roten Kuschelpolster in Herzform, wo »I Love You« draufsteht. Auf dem Polster könnte ich im Auto die kommenden Stunden gut schlafen, aber ich entscheide mich für das Murmeltier. Wegen des Fun-Faktors.

»Und, alles erledigt?«, fragt der Gatte, als ich ins Auto einsteige. Er war inzwischen tanken.

Blöde Frage eigentlich in so einer Situation. Mir fällt keine Antwort ein. Also drücke ich heimlich unterm Autositz den Murmeltierbauch. Es jodelt unter meinem Autositz. »Hollaröidiii!«

»Was ist das?«, fragt der Gatte, während ich das Murmeltier über die Nackenstütze hinweg langsam nach hinten auftauchen lasse. Dann drücke ich noch mal den Jodelknopf.

»Mama, bitte!«, das Kind am Rücksitz schaut kurz vom Handy hoch, rollt die Augen und widmet sich wieder dem Handy. Bleibt das so? Ist schon die Pubertät?

Kurz vor der Grenze rüttelt mich der Gatte wach. Genauer gesagt jodelt er mit dem Murmeltier unmittelbar vor meinem Gesicht und freut sich dabei sehr, dass er mich mit den eigenen Waffen geschlagen hat.

»Sehr lustig!«

»Reisepass herrichten, bitte«, sagt er, und ich nehme sofort pflichtgetreu alle drei Reisepässe aus der Handtasche und klemme sie dem Murmeltier in die Pfoten.

»Bitte!«, sagt er. »Ich will keine Probleme an der Grenze bekommen. Die schicken noch die Drogenspürhunde wegen dir.«

»Aye, aye, Sir«, sage ich und frage mit vorauseilendem Gehorsam, ob ich vielleicht die mobilen Daten bei allen Handys ausschalten soll. Das fragt er nämlich normalerweise immer, wenn wir mit dem Flugzeug wo landen. Da habe ich noch nicht mal richtig fertig geklatscht, springt er schon auf, steht mit eingezogenem Kopf am Mittelgang und ermahnt uns, die mobilen Daten auszuschalten.

»Na, des ist doch EU!« Ganz kann man es ihm auch nie recht machen. Egal.

Sicherheitshalber schaue ich trotzdem, was es Neues

am Handy gibt. Ein neuer Newsletter vom *Eduscho*. Einer von *Bergfex*. Woher haben die bitte meine Daten?

Und ein Mail von Jössas!! Ich kann es nicht glauben.

Absender: Der deutsche Verlag, dem ich mein Buch geschickt habe. Mit der Anfrage, ob die nicht ein Taschenbuch davon in Deutschland auflegen wollen. Betreff: Ihre Anfrage Taschenbuchlizenz.

Ich schaue nach rechts aus dem Fenster, ich schaue nach links (Gatte glotzt zurück), ich schaue über die Schulter nach hinten (Kind glotzt ins Handy) und ich schaue hinten aus der Heckscheibe raus. Warum, weiß ich nicht. Ein Reflex, ob ich wirklich da bin. Oder uns jemand verfolgt.

Dann noch mal aufs Handy. Augen zu. Wieder auf. Das Mail ist noch immer da!

»Ist was?«, fragt der Gatte und wird langsamer, wir nähern uns der Grenze.

»Nein, alles bestens!«, sage ich und lege mein Handy weg, um die Reisepässe geöffnet bereitzuhalten.

Ich muss das zuerst selbst in Ruhe lesen, bevor ich drüber reden kann. Außerdem bringt mir so eine kleine Verzögerungstaktik immer Glück. Habe ich als Kind entdeckt. Wenn ich am Schulweg zu einer Schularbeit einen kleinen Umweg gegangen bin, ist es mir nachher deutlich besser gegangen. Vor meiner Hochzeit war ich noch Autowaschen. Im Brautkleid bei der SB-Sauger-Station. Was soll ich sagen – die Ehe hält!

Also zuerst Grenzübertritt, dann Mail lesen!

»Kann ich schon aufs Klo gehen?«, schreit das Kind von hinten nach vorne. Sie hat noch die Kopfhörer auf.

»Nein, das ist erst die Grenze, aber gleich danach machen wir eine Klopause«, sagt der Reiseleiter am Steuer.

Okay, zuerst Grenzübertritt, dann Klopause, aber dann!!

»Schatz, nimmst du mir einen Kaffee mit«, sagt der Gatte und drückt mir seine Geldspange in die Hand. Wir haben uns bei der *Autogrill*-Raststation am Parkplatz eingebremst.

»Mama, bitte, es ist dringend!« Das Kind ist schon zum Eingang vorgelaufen.

»Kommst du nicht mit?«, frage ich ihn.

»Nein, ich schnappe lieber frische Luft.«

An der Autobahn! Man muss ihn nicht immer verstehen. Als ich mit seiner Geldspange in der Hand durch die Tür der Raststation gehe, sehe ich aus den Augenwinkeln, wie er neben dem Auto Hampelmänner macht.

Die Geldspange war ein Weihnachtsgeschenk von mir, er liebt so was. So eine Lederspange, ganz reduziert, wo du nur ein paar Karten und ein paar Geldscheine reinstecken kannst. Mehr nicht. Angeblich findet er es viel schöner, die Wahrheit habe ich längst durchschaut. Er findet, eine normale Geldbörse in der Hosentasche würde seinen Arsch nur unnötig dicker machen.

Blöderweise hat meine Hose keine Hosentaschen, und in der Klokabine gibt es kein Ablagebrett. Wo also könnte ich die Geldspange hingeben?

Auf die Türschnalle legen scheidet aus, weil die schief hängt. Das würde sofort abstürzen.

In den Mund nehmen wäre noch eine Option. So wie die Leute das machen, wenn sie in ein Parkhaus fahren und das Ticket ziehen. Aber nachdem die Geldscheine außen sind in dieser Spange, müsste ich das Geld in den Mund nehmen. Ich hasse es schon, Geldscheine anzugreifen.

Zum Glück gibt es wenigstens einen Mistkübel mit Ablagefläche. Auch nicht der Hygienehöhepunkt, aber zur Not. Also bereite ich mehrere Schichten Klopapier vor, die ich zuerst auf den Mistkübeldeckel lege, dann die Geldbörse drauf.

Und genau in dem Moment, wo ich danach die Hose öffnen will, macht es einen Tuscher und die Spange ist weg. Scheiße! Der Mistkübel hat die Geldspange verschluckt. Das war eine Falltür.

Was soll ich jetzt machen? Die Optionen sind überschaubar. Ich denke an das Mail vom Verlag und beiße die Zähne zusammen. Vielleicht ist das ein gutes Zeichen. Bestimmt.

Ich drücke kurz auf die Falltürklappe, um mir einen Überblick zu verschaffen. Ich sehe leider nur das Allerschlimmste. Im Ausland herrschen ja andere Gesetze, was die Toiletten-Mistkübel betrifft. Und weit und breit ist keine Geldspange in Sicht. Durch das Gewicht muss die ganz nach unten gefallen sein.

Es muss ein sehr gutes Zeichen vom Verlag sein, vielleicht wollen die gleich einen Dreijahresvertrag mit mir.

Was muss, das muss, also umwickle ich mir beide Hände massiv mit Klopapier, solange bis ich ausschaue wie ein beidhändiges Verbrennungsopfer nach der Erstversorgung, und wühle mich durch.

»Mama, wie lang brauchst du noch?«

»Schatz, geh schon mal vor, ich bin gleich da!«

Nachdem ich das gesamte Papiergeld inklusive Geldspange gewaschen und im Handföhn getrocknet habe, kaufe ich den bestellten Kaffee, weiters eine Sechserpackung Wasser, eine Zehnerpackung Taschentücher und noch eine Packung Desinfektionstücher. Das alles zahle ich mit den frisch getrockneten Geldscheinen. Damit sie wegkommen. Den Rest der kleinen Scheine und Münzen lasse ich mir mit einer faulen Ausrede in einen großen Schein wechseln.

»Wieso hast du so viel gekauft?«, fragt mich der Gatte, als ich zum Auto retour komme.

»Sicherheitshalber, kann man immer brauchen«, sage ich und gebe ihm die frisch gewaschene Geldspange zurück.

Okay. Jetzt aber das Mail.

»Liebe Frau Kristek. Vielen Dank für Ihre Anfrage, Ihr Buch als Taschenbuch bei uns zu verlegen. Wir haben hineingelesen und finden es vom Stil und der Sprache wirklich sehr gut. Allerdings haben wir uns in der Programmsitzung doch dagegen entschieden, es als Taschenbuch zu verlegen. Es ist doch zu sehr in Episoden aufgebaut, und für die Buchhandlungen als auch die Konsumenten fehlt der Pitch.«

Ich habe keine Ahnung, was ein Pitch in dem Fall sein soll, aber ich bin froh, dass ich auch noch die Zehnerpackung Taschentücher gekauft habe …

JEDER KANN KINDERBUCH SCHREIBEN

Option eins, nämlich Ruhm und Erfolg durch eine Taschenbuchauflage in Deutschland, ist also weg vom Fenster. Na gut. Ich habe es wenigstens versucht. Und sie haben wenigstens tatsächlich einen Blick ins Buch geworfen und mir höchstpersönlich geantwortet. Das ist wesentlich mehr, als viele, die gerne ein Buch schreiben würden, erwarten können. Das ist auch schon viel mehr, als ich vor zwei Jahren hätte erwarten können.

Also aufstehen und weitermachen.

In dem Fall muss ich noch sitzen bleiben, weil ich festgeschnallt bin. Am Beifahrersitz irgendwo im kroatischen Hinterland auf dem Weg ins Familienhotel.

Also wieder Fokus auf Option zwei, das Übungsbuch. Der Schreibschwester sage ich nichts von der Absage, sie würde mich zu weiteren Maßnahmen nötigen. Sie ist so eine Kämpferin, eigentlich wäre sie auch eine super Gewerkschaftsführerin. Mehr Lohn oder wir streiken, ich kann mir das ausgezeichnet vorstellen. Vor allem, wenn es um andere geht!

Pling. Nachricht von ihr.

»Ich habe Heimweh«, schreibt sie. »Wie geht dein nächstes Kapitel weiter, I am waiting!!!«

Sag ich ja. Das würde nur unnötigen Aktionismus hervorrufen.

»Wo bist du?«, frage ich und ignoriere ihre Aufforderung einfach.

»Ich bin auf Lanzarote auf Urlaub, und es gibt nur Steine und Wolken, und es sieht aus wie auf dem Mond!«

»Ja, da hast du wenigstens keine Ablenkung und Zeit zum Schreiben, oder?«

»Nein, ich bin mehr der Lignano-Typ!! Ich will Sonne, Liegebetten mit Auflagen, Sonnenschirme, eine Beachbar und einen Kellner, der mit mir flirtet!«

»Lachender Smiley mit roten Wangen.«

»Außerdem habe ich falsch gepackt! Ich bräuchte eine verdammte Trekkingausrüstung und nicht Kleider zum Flanieren und Riemchensandalen!«

Ich muss laut auflachen bei der Vorstellung.

»Hast was Lustiges geschrieben?«, fragt der Gatte. Gut, dass er immer glaubt, ich lache am meisten über meine eigenen Scherze. Tu ich auch meistens. Egal.

Ich erzähle ihm vom kanarischen Trekkingurlaub, und es geht los mit der ausufernden Erklärung. Die Kanaren seien bekannt für das Lavagestein, und dann folgen zahlreiche weitere geologische und landschaftliche und kulturelle Schilderungen.

»Wieso bist du Kanaren-Experte?«, frage ich ihn.

»Weil ich alle Flecken auf der Insel als Kind bei den Kamelsafaris gesehen habe!«

Der Gatte ist in einem Familiensystem aufgewachsen, die haben sich das ganze Jahr lang alles vom Mund abgespart, in sehr bescheidenen Verhältnissen in einem Wiener Gemeindebau gelebt, aber wehe, wenn die einmal im Jahr in den Urlaub losgelassen wurden!

»Was bitte sind Kamelsafaris?«, frage ich, denn im

Gegensatz zu ihm habe ich meine Kindheitsurlaube am Bauernhof verbracht. Und zwar großteils am Maisfeld oder im Keller, wo der Mais geputzt wurde.

»Na ja, bei der Kamelsafari sind wir mit einem Bus wohin gebracht worden, es gab gratis Getränke und eine Produktvorstellung über Kamelhaardecken. Am Ende sind wir dann wo ausgestiegen und konnten mit den Kamelen reiten.«

»Das war ja dann wie eine Heizdeckenfahrt! Wieso macht man so was?«

»Weil es gratis war!«

»Wurde das übers Hotel angeboten?«

»Natürlich nicht! Über Strandverkäufer!«

Ich schreibe der Schreibschwester, sie soll Ausschau nach einer Kamelsafari halten. Da ist sicher Recherchematerial für ihr zweites Buch dabei.

»Mir ist fad! Wie lang dauert es noch? Sind Max und Pippa schon vor uns da?« Offenbar ist auf der Rückbank gerade der Akku ausgegangen.

Ich muss an den Spruch denken, den Manuel Rubey bei der *Lesebühne* erzählt hat. Wenn ihm in der Kindheit langweilig war, haben die Eltern gesagt: »Ziag di aus und pass aufs Gwand auf!«

»Fad sein ist gut«, sage ich, »das fördert kreative Prozesse!«

»Was glaubst du, wie fad mir oft war als Kind! Drei Wochen lang nur mit den Eltern im Urlaub, ohne irgendein Spielzeug!«, sagt der Kanaren-Experte.

»Wieso hattest du kein Handy mit, Papa?«

»Da war kein Platz im Koffer für Spielzeug!«

»Wieso nicht?« Jetzt bin auch ich neugierig geworden. »Was war im Koffer sonst drin?«

»Der Löskaffee; die Luftmatratzen, das Schlauchboot und den Sonnenschirm hatten wir im Sperrgepäck!«

»Was ist bitte Sperrgepäck?«

»Das, wo man große sperrige Sachen aufgeben kann, Surfbretter oder Fahrräder zum Beispiel. Da muss man zu einem eigenen Schalter gehen für die Gepäckaufgabe.«

Wer fliegt bitte mit einem Schlauchboot und einem Sonnenschirm auf Urlaub?

Ich hinterfrage das lieber nicht weiter, wer weiß, was noch alles zutage tritt.

Außerdem habe ich auf *Facebook* gerade eine Nachricht im Messenger bekommen von Monika aus Leipzig.

Wir kennen uns nur von *Facebook*, am Freitag, dem 13. März 2020 hätten wir uns zum ersten Mal persönlich gesehen, ich war im Zug auf dem Weg nach Leipzig zur Buchmesse. In Wien-Meidling bin ich eingestiegen und in Sankt Pölten wieder raus. Das war der erste Tag vom ersten Corona-Lockdown, und der Gatte hatte mir damals bereits Fotos geschickt, wie er unser Klopapierdepot aufforstet. Das war mir dann alles zu unsicher, und ich habe mich leider gegen diese Reise entschieden. Die Buchmesse haben sie eh abgesagt, aber Monika hätte ich gerne persönlich kennengelernt. Ihr gehört ein saucooler Kinderbuchverlag, sie veröffentlicht Bücher wie *Alle behindert*. Ein Bilderbuch für Behinderungen. In Zeiten, wo man das Wort schon lang nicht mehr sagen darf, veröffentlicht sie bebilderte Bücher für Kinder, wo auf jeder Seite eine neue Behinderung vorgestellt wird.

Autist oder Spastiker, Handysüchtiger oder Tussi.

Eben! Weil jeder irgendeine Behinderung hat. Ich liebe ihre Bücher und schütte mein Kind damit zu!

Apropos.

»Lies doch ein Buch, Schatz, da brauchst keinen Strom dafür!«

»Mama, bitte!!!!«

Ich brauch mich gar nicht umzudrehen, ich weiß, die Augen rollen. Einmal hat sie mir eine Nachricht via Post-it auf die Kinderzimmertür geklebt. »ICH HASSE LESEN!«

Wobei, die Bücher von Monika findet sie auch cool. Ihr Lieblingsbuch ist das mit den grauslichsten Krankheiten der Welt.

Ich wende mich wieder meiner Messenger-Nachricht von *Facebook* zu. Mal sehen, was es Neues gibt.

»Liebe Susanne, ich hätte eine Spezialanfrage an dich! Es gibt da so eine Idee bei uns im Verlag. Über einen Wiener Hamster! Genauer gesagt um einen Lesehamster am Wiener Zentralfriedhof. Ich schick dir anbei eine erste Skizze, wie der aussehen könnte. Ich mag deinen Stil und deine Geschichten auf *Facebook*. Hättest du vielleicht Lust, so ein Buch zu schreiben? Abgesehen vom Ort und der Figur, könntest du die Geschichte natürlich nach deinen Vorstellungen gestalten. Wir hätten dich super gerne mit an Bord!«

»Hallo, ist da jemand?«, ruft der Gatte und drückt mit seiner rechten Hand auf den Murmeltierbauch, der in der Mittelkonsole liegt.

»Hollaröidiii!«, macht das Murmeltier.

Ich habe die Nachricht von Monika zweimal, dreimal,

viermal, immer wieder durchgelesen und gar nicht mitbekommen, dass er mich angesprochen hat.

»Wir sind schon da! Aussteigen!«, sagt er, und tatsächlich biegen wir gerade in die Einfahrt von dem Familienhotel. Meine Freundin steht schon mit ihren Kindern im Eingang und winkt uns zu.

ICH BIN EINGELADEN, EIN BUCH ZU SCHREIBEN! HALLELUJA!

Das Murmeltier hat mir Glück gebracht, ich drücke es an mich und steige aus, um meine Freundin zu umarmen.

ANTIHELD

»Ein *was*? Ein Kinderbuch?« Der Gatte schaut mich erstaunt an und winkt den Kellner an der Poolbar zu uns her.

»Ja! Geil, oder?«, sage ich.

»Kannst du das?«, fragt er.

Was ist denn das für eine blöde Frage. Ob ich das kann. Ein Kinderbuch! Geht's noch? Natürlich kann ich ein Kinderbuch! Wer bitte kann kein Kinderbuch? Jede zweite Hausfrau und Mutti schreibt ein Kinderbuch, illustriert mit Bildern von den eigenen hochbegabten Kindern. Sogar Madonna hat ein Kinderbuch geschrieben!!! Hallo!! Wenn ich *das* nicht kann, dann kann ich gleich aufhören zu schreiben.

»Natürlich kann ich das«, sage ich knapp. Der Kellner ist gerade zu uns an den Tisch gekommen.

»Hello, my friend!«, der Gatte begrüßt ihn wie einen lange verschollenen Freund, »it's so nice to be here again!« Dann grinst er ihn an und zieht die Augenbrauen freudig hoch dabei. Ich glaube, er wartet darauf, dass ihn der Kellner wiedererkennt. Wie soll der ihn wiedererkennen? Wir waren erst einmal in diesem Hotel hier, und das ist auch über ein Jahr her.

»Was darf ich Ihnen bringen?«, fragt der Hotelmitarbeiter in astreinem Deutsch. Wahrscheinlich ist das ein Kärntner Gastro-Praktikant. Was weiß man.

»Das gleiche wie immer!«, sagt der Gatte und fügt eine dramatische Sprechpause ein. »Zwei *Aperol Spritz*, zur Feier des Tages!«

»Glaubst leicht, der kennt dich noch?«, frage ich, als der Kellner weg ist.

»Natürlich! Denn ich rede immer mit den Leuten, und das Wichtigste, ich gebe gleich am ersten Tag viel Trinkgeld! So bleibt man in Erinnerung. Hat uns die Mama beigebracht.«

Dem kann ich nichts entgegensetzen. Die Schwiegermutter hatte immer sehr schlaue Tipps, wie man das Maximum aus so einer Urlaubsreise rausholt. Sie war zum Beispiel der einzige Gast, der in ihrer Urlaubs-Stammdisco das *Bacardi Cola* bis an den Rand gefüllt bekommen hat. Ohne Eis! Und mit dem Verhältnis 7:1. Sieben Teile *Bacardi*, ein Teil *Cola*. Normalerweise wäre das Verhältnis umgekehrt gewesen, zu Ungunsten vom *Bacardi*. Aber die Schwiegermutter habe darauf bestanden, dass für sie so viel *Cola* todbringend sein könnte, als Zuckerkranke. Also bitte umgekehrt!

Das war eine der ersten Geschichten, die sie mir stolz erzählt hat, als ich sie kennengelernt habe. Ich habe gewusst, in der Familie bin ich richtig.

»Prost, auf dich«, sagt der Gatte und hebt das Glas mit seinem *Aperol Spritz*. »Ich bin sehr stolz auf meine talentierte Frau!«

»Was gibt es zu feiern?« Meine Freundin Nico und ihr Partner Cisco sind gerade mit drei großen Badetaschen und einem aufgeblasenen Flamingoschwimmreifen zu uns an den Tisch gekommen. Dahinter folgen ihre drei Kinder und meines auch.

»Meine Mama schreibt ein Kinderbuch!«, ruft mein Kind stolz, und mir wird ganz warm ums Herz.

»Aber schreibst du nicht an einem anderen Buch? Ist das schon fertig?«, fragt Nico.

»Nein, das macht Pause. War eh nur so eine Übungssache. Das hängt jetzt ab, wie Speck.«

»Ein Verlag aus Deutschland will, dass die Mama ein Buch für sie schreibt!«

Der Gatte winkt noch mal seinen Freund, den Barmann, zu uns an den Tisch.

»Super!«, sagt Nico und dann an mich gerichtet: »Aber du? Ein Kinderbuch?«

»Ja ich!«, sage ich trotzig. Was ist mit denen allen? Warum traut man mir kein Kinderbuch zu. Halten die mich für ein kinderfressendes Monster?

»Wir sind bereit für den Begrüßungscocktail.« Der Gatte strahlt seinen Freund, den Kellner, an und zählt umständlich die Personen am Tisch durch. »Vier Erwachsene, drei Kinder.«

»Meine Nachbarin hat auch grad ein Kinderbuch geschrieben. Es heißt *Toni Töpfchen*«, sagt Nico.

»Es hat 30 Kapitel, genau für einen Monat, und soll dabei helfen, die Kinder in 30 Tagen sauber zu bekommen. Zuerst will der Toni nicht aufs Töpfchen, aber am Ende dann …«

Ich ahne den Ausgang schon: »… lass mich raten, scheißt er in den Topf!«

»Mama, bitte!«

Na ja, stimmt ja. Immer muss gleich so eine Optimierungsbotschaft dabei sein. Das nervt. Es fängt an mit schneller krabbeln, schneller windelfrei, schneller sprechen lernen, lesen lernen vor der Einschulung. Schneller, höher, weiter. Ein ewiges Wettrennen ist das. Am Ende halten sich alle für hochbegabt, Endstation: Deutschland sucht das Supertalent. Und nach der Castingshow wundern sich alle, wenn sie in ihrem ersten Job nicht gleich als Generaldirektor wo einsteigen, sondern erst mal irgendwo das Lager umräumen müssen.

»Die Nachbarin hat das Buch über *Amazon* selbst verlegt, funktioniert einfach, ›Print on Demand‹ oder so ähnlich heißt das. Das könntest du doch auch machen?«

»Ja eh, aber ich will mit einem richtigen Verlag zusammenarbeiten«, sage ich.

»Ich will, dass jemand die Texte beurteilt, der Ahnung davon hat. Ich will was lernen, ich will, dass jemand meine Fehler ausbessert, ich will, dass jemand ein professionelles Buch daraus macht, ich will, dass sich jemand um die Pressearbeit und die Vermarktung kümmert und dass es in den Buchhandlungen zum Verkauf aufliegt. Sonst kann ich es ja gleich wieder selbst aufkaufen und verschenken.«

Stille.

Alle schauen mich an.

»Du hast *was*?« Der Gatte starrt mich mit aufgerissenen Augen an.

»Haha, lustig, gell?«, sage ich und lache laut. Und künstlich.

Keiner lacht mit.

»Das war natürlich nur ein Scherz, das ist ja eh klar, oder?«

Da sitzen mein Mann und meine beste Freundin. Sie kennen mich zu gut, um mitzulachen.

»Und worum wird es in deinem Kinderbuch gehen?«, fragt Nico, um die Stimmung zu retten.

»Um einen Hamster. Einen Lesehamster. Am Wiener Zentralfriedhof.«

»Oh«, sagt Nico, »na, da bin ich mal gespannt.«

Zwei Stunden später liege ich am Rand vom Pool, die Kinder im Blick, die auf ihren Flamingoschwimmreifen herumhüpfen. Nico im Blick, die an der Bar bei einem *Aperol Spritz* sitzt und an ihrem Handy wischt. Wo sind eigentlich die Männer?

Einen besseren Ort als ein Familien- und Kinderhotel gibt es eigentlich gar nicht, um sich für ein Kinderbuch inspirieren zu lassen. Die Zielgruppe sozusagen direkt vor Augen.

Ich starre die erste Skizze an, die mir Monika mitgeschickt hat. Die Zeichnung von einem kleinen Hamster in einer Höhle unter der Erde. Die Höhle ist voller Bücher, und die Backen vom Hamster sind auch voller Bücher. Aha. Deswegen Lesehamster. Offenbar liest der sehr gerne. Früher hat man »Leseratte« gesagt zu den Kindern, die den ganzen Tag den Kopf in Bücher gesteckt haben. Aber Ratten sind halt nicht so lieb wie Hamster, insofern ist das eh eine sehr liebe Idee. Ich schaue mich um, ob ich am Gelände so kleine Lesehamster entdecken kann. Nix. Links von mir liegt eine vierköpfige Familie, Vater, Mutter, zwei Kinder im Volksschulalter. Alle vier am Handy. Na gut. Ich muss wohl eine Runde gehen.

Ich umrunde den Pool, den Babypool, den Strandbereich. Kein Kind mit Buch.

Ich war als Kind so eine richtige Leseratte. Jeden Sonntag nach der Kirche durfte ich mir in der Bücherei daneben Bücher ausborgen. *Bärli Hupf* oder *Hatschi Bratschis Luftballon*. Später dann *Die fünf Freunde*. George, der eigentlich ein Mädchen war. Und dazu der exotische Name der Autorin: Enid Blyton. Das fand ich allein schon cool. Ich wusste nie, ob Enid eine Frau oder ein Mann ist.

Da wusste ich auch noch nichts davon, dass Frauen manchmal absichtlich geschlechtsneutrale Abkürzungen oder überhaupt einen männlichen Autorennamen wählen. Weil sich Bücher von Männern besser verkaufen. J. K. Rowling.

Zelda Fitzgerald, die Frau des berühmten Schriftstellers F. Scott Fitzgerald, hat auch geschrieben. Das wurde aber meistens unter dem Namen ihres Mannes veröffentlicht, weil es mehr Geld gebracht hat.

Es gibt einen Kinderklub im Hotel, vielleicht haben die ja Bücher. Ich starte meinen Inspirationsrundgang und entdecke zuerst einen großen Kletterbereich mit einem riesigen, blauen fischernetzähnlichen Ding. Gleich daneben ist ein Raum mit einer riesigen Leinwand. Das Kinderkino. Und dahinter noch ein Raum.

»Game Area« steht drauf, es ist sehr dunkel und wirkt ein bisserl wie eine Höhle. Ja, das ist eine gute Inspiration für meine Lesehamster-Bücherhöhle! Ich schaue tief in den dunklen Raum hinein und erkenne sofort zwei bekannte Gesichter.

Der Gatte und Cisco sitzen in einem Gaming Sessel und spielen Fußball auf einer Spielekonsole! Umringt von zahlreichen Kindern, die zuschauen.

Mein armer kleiner Lesehamster hätte hier ein schweres Leben.

Zurück auf der Liege stelle ich fest, dass das vielleicht doch nicht so leicht wird, so einen kleinen Helden zu positionieren, der wahnsinnig gerne liest. Der seine kleinen dicken Backen mit Büchern vollfüllt, damit er genug hat, um über den Winter zu kommen.

»Würdest du gerne ein Buch über einen Hamster lesen, der den ganzen Tag nur liest?«, frage ich das Kind, als es zu mir an die Liege kommt, um sich abzutrocknen.

»Ja klar, Mama!«, sagt sie, und ich weiß sofort, das ist eine sozial erwünschte Antwort. »Darf ich ein Eis?«

Dann sehe ich das Post-it vor mir, das sie damals auf ihre Zimmertür geklebt hat: »Ich hasse lesen.«

Und da ist auf einmal meine Idee! Vielleicht ein Antiheld! Vielleicht ist der Lesehamster nur in eine Familie von Lesewahnsinnigen hineingeboren und hasst aber lesen. Vielleicht hat der auch so eine wahnsinnige Mutter, die unbedingt Autorin werden will, einen Vater mit einer Traditionsbuchhandlung, die über Generationen weitergegeben wird. Eine nervige Schwester, die Buch-Influencerin ist. Nur er will auf gar keinen Fall in diesem Hamsterrad weiterarbeiten. Er will was anderes …

PROBEKAPITEL

»Gefällt mir schon mal gut die Plot-Idee, könnte was werden!«, schreibt Monika.

Und dass ich ihr gerne ein Probekapitel schicken soll. Ich bin wie aus dem Häuschen vor Glück! Gleich die erste Idee hat geklappt! Jetzt muss ich das nur mehr runterschreiben. Sieben Tage Urlaub, so ein Kinderbuch hat ja nicht so viele Seiten, vielleicht bin ich sogar am Ende vom Urlaub fertig mit dem Buch! Das wäre es ja!

Am Wiener Zentralfriedhof gibt es viel mehr Lebewesen, als man glauben möchte. Darunter sind die Feldhamster, die inzwischen leider vom Aussterben bedroht sind. Monika hat mir einen Link geschickt zu einer Dokumentation über die Feldhamster vom Wiener Zentralfriedhof. Ich liege auf meiner kroatischen Strandliege, habe das Handtuch über dem Kopf wegen der Spiegelung und den Laptop auf den Oberschenkeln und beobachte einen Feldhamster dabei, wie er seinen Kopf in eine Grabkerze steckt. Das Wachs der Kerzen ist eine Nahrung für die Hamster. Sie sind in der Lage, ihre Backen massiv aufzublähen und können so sehr viel Nahrung in ihren Backen bunkern. Der süße kleine Hamster auf meinem Video taumelt mit der Grabkerze über dem Kopf hin und her auf einem Grab. Er wirkt, als wäre er besoffen. Aber offenbar hat er nur die Backen so voll genommen, dass er wie ein Hohlraumdübel mit seinem Kopf in der Kerze stecken geblieben ist. Verzweifelt versucht er, sich zu befreien, was ihm sehr schwer gelingt. Ein tragikomisches Bild.

Das inspiriert mich gleich zu meinem ersten Probekapitel. Vorher muss ich allerdings die Liege weiterrücken, weil die Sonne gewandert ist. Schräg neben uns liegen Russen, die wandern nicht, die wollen braun werden. Deswegen haben sie möglichst wenig Stoff auf ihren dunkelbraun gebrannten Körpern. Irgendwo zwischen den Arschbacken der beiden Frauen wird ein Stringtanga wo vergraben sein, sieht man nur eben gerade nicht, weil sie den Arsch so in die Sonne halten, damit der möglichst nahtlos braun wird.

Beide Männer tragen *Versace* Badehosen. Zumindest schauen diese komisch goldenen Verzierungen so aus auf dem Seidenstoff. Vielleicht sind es auch ortsansässige Zuhälter, was weiß man.

Nicht ablenken lassen! Zuhälter sind wenig erträglich für ein Kinderbuch.

Der kleine Lesehamster also, ich brauche noch einen Namen. Vielleicht Igor. Oder Wladimir?

Nein, beides schlecht. Ich bin zu sehr durch die Russen abgelenkt.

Und einen Freund braucht der Lesehamster auch. Jemand, der nicht aus der Familie der Lesehamster kommt, also ein anderes Tier. Eine Maus! Ja genau, ich nehme eine Maus! Milica, die Mausmeisterin! Eine pensionierte Hausmeisterin aus Ex-Jugoslawien, die ihre Familie nach einem Bombenangriff sucht.

Nein, das geht nicht. Bombenangriff ist zu arg für Kinder. Ex-Jugoslawien darf man sicher auch nicht mehr sagen. Also was anderes. Milicas Haus musste einem Einkaufszentrum weichen. Das ist gut! Da haben wir auch Konsumkritik drinnen.

Der kleine Lesehamster will ja nicht ins Hamsterrad der Familie einsteigen, er will was anderes, was könnte er wollen? Ich denke nach, was alle Kinder wollen könnten. Zu meiner Zeit wollte ich Kellnerin oder Polizistin werden. Das will heute keiner mehr. Heute will man eher viele Follower und fame sein.

Okay, das ist es! Mein kleiner Lesehamster findet das mit den Büchern saulangweilig, er will lieber Superstar sein! Und da hat er ja am Wiener Zentralfriedhof gleich ein paar gute Superstar-Beispiele liegen, die wir einbauen können. Das berühmte Falco-Grab zum Beispiel, oder das Grab in Form eines Klaviers von Udo Jürgens. Und dann vielleicht im Buch einen Lageplan hinten dranhängen. Für eine spezielle Kinderführung. Das könnte man im Eingangsbereich gleich verkaufen.

Ich google mal die Ansprechperson für das Marketing vom Wiener Zentralfriedhof. Das schreit nach einer Kooperation.

Doch halt! Ich sollte lieber zuerst das Probekapitel schreiben, bevor ich mir um die Vermarktung Gedanken mache.

Also Einstieg. Es braucht einen knackigen Einstieg. Am besten gleich ein Dialog mit einem Konflikt.

Aber wie redet so ein Hamster? Ein erfundenes Fabelwesen quasi, wie spricht so was? Und reden alle Tiere die gleiche Sprache? Ja klar, er muss ja mit seiner Mausfreundin sprechen können.

Und er braucht nicht nur eine Freundin, sondern auch einen Gegner. Damit man einen guten Konflikt einbauen kann. Die Schwester! Die Buch-Influencerin. Sie heißt Ingeborg, benannt nach der berühmten Ingeborg Bachmann. Sie rennt den ganzen Tag mit ihrem *Instagram* herum und nervt alle, wir nennen das hier aber *Hamstergram*. Macht das Sinn, dass die Internet in ihrem Erdloch haben? Ja klar, sie haben ja auch eine Buchhandlung.

Je länger ich drüber nachdenke, desto schwurbeliger werden meine Gedanken. Irgendwie habe ich mir das leichter vorgestellt.

Die Sonne ist auch schon wieder gewandert, ich muss nachrücken. Wenn die Russen sich nicht bewegen, klebe ich in Kürze auf denen drauf. Kann ich die auffordern, bitte schön teilzunehmen am kollektiven Liegenrücken? So was funktioniert nur, wenn ALLE mitmachen!

Inspiriert von der Szene aus der Doku, mit dem Kopf in der Kerze, schreibe ich ein erstes Probekapitel. Wobei Kapitel vielleicht etwas zu viel gesagt ist, genauer gesagt sind es nur zwei Seiten. Mit eineinhalbfachem Zeilenabstand. Aber es könnte klappen. Ich finde es lustig. Die große Frage ist nur – finden das auch Kinder lustig?

Ich werde einfach den Profi, die Monika, fragen und schicke ihr das Probekapitel durch.

Und dann setze ich noch einen neuen Text auf mit dem Titel: »Wie soll man wissen, ob man etwas kann, wenn man es noch nicht probiert hat?«

Der Text ist die Ankündigung für *Facebook* und meine Social Media-Kanäle, dass ich die große Ehre habe, ein

Kinderbuch schreiben zu dürfen. Am liebsten würde ich das sofort posten, so aufregend finde ich das alles!! Aber oberste Regel immer bei meinen Postings, wenn jemand anderer vom Inhalt betroffen ist oder darin vorkommt, hole ich mir vorab die Zustimmung der betreffenden Personen.

Also schicke ich den Vorschlag ebenfalls an den wunderbaren Kinderbuchverlag. Korrigiere: *meinen* wunderbaren Kinderbuchverlag.

Den restlichen Nachmittag bis zum Sonnenuntergang verbringe ich damit, alles über den Wiener Zentralfriedhof nachzulesen, was das Internet hergibt.

Immer wenn jemand aus unserer Reisegruppe an meiner Liege vorbeikommt und mich fragt, ob ich nicht mit ins Wasser oder an die Bar kommen möchte, lehne ich dankend ab und erzähle dafür einen kleinen überraschenden Schwank über den Zentralfriedhof.

»Hast du gewusst, dass die Straßenbahn Nummer 71, die zum Zentralfriedhof fährt, auch umgangssprachlich ›Witwenexpress‹ genannt wird?«, frage ich zum Beispiel Lisa.

»So was kommt in dein Kinderbuch?«, fragt sie verwundert.

»Nein, das ist Hintergrundrecherche!«, sage ich.

Oder später dann, als der Gatte mich zu einer Runde *Rummikub* abholen will, erzähle ich ihm, dass die früher überlegt haben, die Särge mit einer unterirdischen Rohrpost von Wien aus zum etwas außerhalb gelegenen Zentralfriedhof herauszuschießen. Die Leichentransporte seien nämlich sehr oft aufgrund der schlechten Witterung, besonders im Winter, auf der Zubringerstraße hängen geblieben. Das hat den Anwohnern natürlich nicht besonders gefallen. Versteh ich auch, du schaust aus deinem Küchenfenster, und ein Sarg nach dem anderen steckt vor dir im tiefen Schnee. Irgendwann fangt das sicher auch zum Stinken an.

Ich mache mir über alles Notizen in mein Handy. Wer weiß, was ich im Buch noch alles einbauen kann. Und ich muss Friedhofsbesuche einplanen, wenn wir zurück sind in Wien, und alles über die Stars, die dort liegen, recherchieren.

Plötzlich scheint mir das alles aufwendiger als vorgestellt. Vielleicht darf man Kinderbuchschreiben doch nicht so unterschätzen …

Egal. Ich habe die wunderbare und einmalige Chance, der Verlag glaubt an mich, die Schreibschwester auch, ich habe vorher mit ihr telefoniert. Auch wenn sie etwas traurig ist, dass ihr Wir-dürfen-es-nicht-Übungsbuch-nennen-Buch jetzt auf Eis liegt. Sie glaubt nämlich sehr stark daran.

Jetzt wird es Zeit für mich zu gehen. Die Sonne ist schon wieder gewandert, und ich müsste sonst endgültig auf die Russen aufrücken.

BESTATTER

Die Schreibschwester war so lieb, mich zu einer Lesung mitzunehmen. Diesmal bei einem Bestatter im Waldviertel. Man muss nehmen, was man kriegen kann, sage ich immer.

Kaum bin ich aus dem Auto ausgestiegen, schon drückt mir der freundliche Bestatter ein Glas Wein in die Hand. So eine Gastfreundschaft mag ich.

»Danke, ich muss ja noch Autofahren später«, sage ich und nehme mir die Lederjacke vom Beifahrersitz. Es ist kälter im Waldviertel als gedacht.

»Doch, du kannst ruhig trinken, das ist kein Problem«, sagt Golfprofi 1, noch während er hinten rechts aus meinem Auto aussteigt. »Beim Heimfahren kann ich sehr gerne fahren.«

Entweder will er dem Bestatter ein Geschäft verschaffen oder er findet, dass meine großartige Autofahrweise auch durch ein Glas Wein nicht getrübt werden kann.

Letzteres ist erfahrungsgemäß eher auszuschließen.

Golfprofi 2 steigt gerade hinten links aus meinem Auto aus. Sie sieht ein bisschen aus, als wäre ihr schlecht.

Wenn Kinder hinten bei mir mitfahren, sage ich immer, dass sie selbst schuld sind, wenn ihnen schlecht wird, weil sie so lang aufs Handy glotzen.

Aber das sind zwei Erwachsene, die Schreibschwester und ihr Golf-Freund. Und sie haben auch nicht aufs Handy geglotzt, aber dafür von Wien bis ins Waldviertel beinahe durchgehend spannende Golfdetails besprochen. Und von Wien ins Waldviertel fährst du locker zwei Stunden! Kein Hobby auf der Welt könnte ich zwei Stunden lang besprechen. Wobei, doch. Ich könnte locker zwei Stunden lang über ein einziges Glavinic-Buch sprechen, hätte ich gleichgesinnte Mitsprecher.

Die beiden am Rücksitz waren auf jeden Fall zwei gleichgesinnte Mitsprecher, darum nenne ich sie jetzt Golfprofi 1 und Golfprofi 2, weil, wenn man sich so ur gut auskennt, wie sich das angehört hat, dann muss man Profi sein! Golfprofi 1 betreibt sogar eine eigene Golfzeitschrift!! War mir auch neu, dass es so was gibt. Aber ich bleib in der Zeitschriften-Ecke ja meistens bei meinen üblichen verdächtigen Magazinen hängen. *Gala*, *Bunte*, *Stadlpost*. So was. Und da war leider noch nie etwas über Golf in der *Stadlpost*.

Am Anfang habe ich mich noch von meiner vorderen Fahrerposition aus ur bemüht mitzudenken und mitzureden. Ich habe gefragt, warum ein Schläger nicht reicht. Warum so viel schleppen? Aber irgendwann konnte ich nicht mehr folgen und habe mich lieber auf meine Musik und aufs Mitsingen konzentriert.

Das neue Album von Michelle bietet einige sehr vielversprechende Hits! Die neue Version ihres Megahits vom Songcontest »Wer Liebe lebt« – ein Traum!

Die Golfrückbank war weniger schlageraffin. Und irgendwann haben wir einen Pakt geschlossen. Denn als Autor muss man über seinen Tellerrand springen können.

Gerade als Autor! Da muss man in neue Welten eintauchen können und wollen. Also der Pakt: Wenn die Schreibschwester sich für meinen Schlager öffnet und mit mir einmal auf ein Konzert geht, gehe ich mit ihr auf den Golfplatz.

Und das Autoradio habe ich auch ausmachen müssen.

Nach der Bestatter-Begrüßung und dem ersten Zuprosten mit dem Wein hat Golfprofi 1 dann ein paar lobende Worte an mich gerichtet. Ich könne mich sehr gerne bei der langen Heimfahrt ausruhen, die Herfahrt wäre eh lang genug gewesen, er würde sehr gerne Auto fahren, da bräuchte ich null schlechtes Gewissen haben, mich chauffieren zu lassen. Als Herausgeber eines großen Golfmagazins hätte er eine eigene Autorubrik im Heft und würde ständig Autos testen. Also da könne ich ihm vertrauen.

Der Bestatter ist mit seiner Weinflasche und zwei leeren Gläsern staunend neben uns gestanden. Ich glaube, der hat sich gewundert, warum die mich unbedingt so schonen wollen. Vielleicht hat er gedacht, dass irgendwas nicht stimmt mit mir, der wird sich vielleicht allein von Berufs wegen solche Gedanken um seine Mitmenschen machen. Dem wird ja viel unterkommen, wo man schnell reagieren muss. Damit aus einer Bekanntschaft keine Kundschaft wird …

Ich kann ja die zwei armen Golfseelen irgendwie verstehen. Niemand fährt gerne mit mir Auto! Niemand! Nicht mal ich selbst. Das hat seine Gründe. Und wenn man zwei Stunden mit mir im Auto auf der Rückbank sitzen und durch rumpelige Freilandstraßen fahren muss, das ist nicht zwingend eine große Freude.

Dafür kann ich wenigstens gut einparken! Muss ja nicht jeder auch gut fahren können, oder? Jeder hat andere Talente. Autofahren is not mine! Was natürlich ungemeine Vorteile mit sich bringen kann. Ich komme nie dran beim Fahrerwechsel in den Urlaub zum Beispiel. Der Gatte würde vorher lieber am grauslichsten Truckstopp auf der schäbigsten Autobahnraststation übernachten, als längere Zeit neben mir zu sitzen, wenn ich am Steuer bin. Wie verkrampft er da den Türgriff hält! Ich sehe das natürlich! Da kann er noch so viel rufen: »Vorn spielt die Musik.« Ich spüre die Verkrampfung. Oder so schlaue Sätze wie: »Der zweite Gang ist nicht für die Autobahn gedacht.« Ja, Herr Fahrlehrer! Beim letzten Autokauf habe ich auf Automatik bestanden, damit a Rua ist neben mir. Das war für ihn wie die Wahl zwischen Pest und Cholera. Denn viele Männer glauben ja, Automatik ist nur für Frauen. Jetzt ist er auch froh darüber.

»Na gut, is eh Automatik, da kannst nicht viel falsch machen«, sage ich zum golfspielenden Autotester und händige ihm meinen Autoschlüssel aus.

Jetzt löst sich leicht die Anspannung aus seinem Gesicht. Ich sehe das genau! Tue aber so, als wäre mir das eh egal, und nehme fröhlich das Glas Rosé vom Bestatter entgegen, während ich dabei das schöne Setting bewundere. Was die Schreibschwester da Tolles ausgesucht hat! Ohne sie würde ich nie an solche Orte kommen! Und schon gar nicht die Gelegenheit haben, an solchen Orten zu lesen.

Ein Blockhaus aus dicken Baumstämmen steht mitten im Waldviertel. Oder ist es das Weinviertel? Ich verwechsle diese Viertel immer. Das ist wie bei links und rechts bei mir, das kann ich auch nie auseinanderhalten. Die haben mich in der Volksschule noch von Linkshänder (wäh, grauslich, bäh, gacki!) umgeschult auf Rechtshänder (schön, gut, brav). Der ärgste unblutige Eingriff im menschlichen Gehirn soll das angeblich sein. Haben sie zumindest mal in einer Talkshow gesagt. Und dass 80 Prozent aller Psychopathen umgeschulte Linkshänder sind. Aber an die Theorie kann ich nicht glauben, es wachsen ja Psychopathen nach, die nicht mehr in der Altersgruppe sind, wo man noch umgeschult hat.

Wie auch immer. Ich, umgeschulte Psychopathin, stehe in einem Viertel, das ich mir nicht merken kann (Waldviertel? Weinviertel? Mostviertel? Mühlviertel?), beim Wohnhaus vom ortsansässigen Bestatter und warte darauf, dass ich fremden Menschen etwas vorlesen darf. So weit, so stimmig.

Das Blockhaus sieht aus, wie wenn jemand dicke, fette Baumstämme einfach nur aufeinandergelegt hätte. Aber auf eine sehr schöne und geschmackvolle Art und Weise. Und rundherum ist nichts. Wirklich nichts! Nur Wiesen und Natur. Weiter hinten kann ich noch einen Zaun erkennen oder besser gesagt eine Koppel mit Tieren. Pferde vielleicht, oder Kühe, oder Büffel, so was in die Richtung. Es könnten auch Bären sein. Bären? Diese Gleitsichtkontaktlinsen sind wirklich der letzte Schrott!

Ich muss an die Fernsehserie denken, die ich als Kind geschaut habe: *Der Mann in den Bergen*. Wo der Typ mit dem Bart und dem Hut irgendwo allein wohnt und einen Grizzlybären aufzieht. Ben, der Bär. Sofort habe ich die Titelmelodie wieder im Kopf:

Maybe
There's a world where we don't have to run
And maybe
There's a time we'll call our own
Livin' free in harmony and majesty
Take me ho-ome
Take me home.

Ich frage mich, ob der Bestatter vor mir die Waldviertlerversion vom Mann in den Bergen ist. Der Mann im Wald. Nur dass er keinen Bart hat, sondern glatt rasiert ist, und Hut hat er auch nicht, aber dafür ein Kopftuch. Also nicht so ein omamäßiges mit Knoten unterm Kinn, auch nicht so verschleierungsmäßig wie muslimische Frauen, sondern eher so piratenmäßig. Cool nach hinten gebunden. Wo sich alles oder nichts darunter verbergen kann.

Und blaue Augen hat er, sehr blaue Augen. Der blauäugige Piratenbestatter. Das ist gut, die Beschreibung merkt man sich. Die Schreibschwester sagt immer, ich muss ein Bild im Kopf entstehen lassen. Das haben wir jetzt, denke ich.

Aber man muss an der Stelle vielleicht auch erklären, warum ich überhaupt hier bin. Also die Schreibschwester, heute bekannt als Golfprofi 2, die grad zügig ihren Rosé kippt, hat den Deal eingefädelt. Weil sie die Frau vom Bestatter kennt. Und die Frau vom Bestatter hat grad so ein Start-up aufgebaut mit personalisierbaren Merchandising-Produkten. Und heute ist so was wie eine Ausstellung im Blockhaus, wo die Besucher ihre wirklich coolen Geschenkartikel anschauen können. Vom Babybody bis zur Teekanne gibt es alles, und das kann man sich individuell bedrucken lassen. Der dramaturgische Höhepunkt der Hausmesse ist die Lesung der Schreibschwester. Und ich darf mit, was super ist, weil ich sonst niemals so eine Gelegenheit bekommen hätte. Außerdem liest es sich zu zweit lustiger als alleine.

Als mir die Schreibschwester erzählt hat, dass wir beim Bestatter lesen, dachte ich, wir lesen am Friedhof. Was bei unseren beiden Büchern etwas verstörend gewesen wäre, zumindest was den Titel betrifft. *Zuagroast* und *Nur die Liege zählt*.

Dabei war es nur das Haus des Bestatters, und die eigentliche Bestattung war ein paar 100 Meter weiter weg.

Noch während der Lesung halte ich Ausschau nach dem Golfprofi 1, immerhin hat er meinen Autoschlüssel. Auch wenn er sagt, dass er Autotester ist, sicher ist nix, sag ich immer. Ich will nicht im Bärengehege übernachten müssen, während mein Auto ohne mich am Rückweg nach Wien ist.

Auch beim Essen, zu dem wir später im engeren Kreis geladen sind, behalte ich ihn sicherheitshalber im Blick. Er mich auch. Er nippt an seinem Glas Wasser und schenkt mir fleißig Rosé nach. Wohl aus Angst, ich könnte meine Meinung ändern.

Der Bestatter hat den Vorsitz am selbst geschnitzten Holztisch. Hätte ich so einen großen Tisch in der Wohnung, könnte man diese nicht mehr betreten. Man müsste vom Gang aus bei offener Wohnungstür essen. Aber hier ist alles weit und groß und mächtig.

Es gibt Fleisch, würde ich kochen können, könnte ich das näher definieren. Kann ich aber nicht, also kann ich nur sagen, dass es sich um ein großes Stück Fleisch handelt. Nicht paniert. So weit reicht mein Wissen. Und es gibt Kartoffeln pur und Salat ohne Dressing aus einer Holzschüssel. Alles fühlt sich echt und erdig an und schmeckt erstaunlich gut.

Die Schreibschwester und ich hängen an den Lippen vom Bestatter. Schon allein von Berufs wegen. Wenn eine Krimiautorin schon mal die Chance hat, einen leibhaftigen Bestatter zu treffen, muss man natürlich alles klären. Wie man zu so einem Beruf kommt, wie das ist, was die größten Hürden sind. So was halt. Die allergrößte Hürde war übrigens einmal ein Netzausfall vom Handyanbieter. Eine Woche lang war der Bestatter nicht erreichbar. Das ist natürlich suboptimal, weil gestorben ja trotzdem wird.

»Können wir uns die Bestattung ansehen?«, fragt die Schreibschwester am Ende des Essens, als ich gerade dabei bin, mir die Reste vom dressingfreien Salat aus den Zahnzwischenräumen zu entfernen. Die Zahnstocher schauen handelsüblich aus. Ich habe genau geschaut, ob nicht eventuell doch selbst geschnitzt.

»Ja gerne«, sagt der Bestatter, und dass gerade keine verstorbene Person in der Bestattung wäre. Beruhigend.

Mit zwei Autos (eines davon meines!) tritt unsere kleine Reisegruppe den nächtlichen Ausflug in die Bestattung an. Es ist stockdunkel, als wir dort ankommen, keine Straßenlampen, nichts. Ich fühl mich wie am Jungscharlager, als wir die Räumlichkeiten der Bestattung betreten. Nur dass sich diesmal keiner aussucht, ob er lieber oben oder unten liegen will. Niemand will hier überhaupt liegen.

Nur die Schreibschwester ist in ihrem kriminalistischen Element. Sie schnappt sich jeden Flyer und jede Visitenkarte, die aufliegen, und liest sich alles neugierig durch.

Dann dürfen wir Platz nehmen, an dem Tisch, wo die Angehörigen sitzen, die einen Todesfall zu betrauern haben. Wie so eine bunte Patchworkfamilie sitzen wir da. Die Schreibschwester, der Golfprofi, die Geschenkemacherin und ich.

Der Piratenbestatter zeigt uns die Ausstellungsmappe mit den Partezetteln. Da kann man sich das Layout und den passenden Spruch aussuchen. Manchmal würden Angehörige stundenlang sitzen und sich streiten, welcher Spruch drauf soll und wer namentlich auf dem Zettel aus der Familie erwähnt werden soll.

Versteh ich auch, denn wie soll man ein langes Leben am Ende auf einen einzigen Spruch reduzieren.

Wenn es bei uns mal so weit ist, gibt es so was vermutlich gar nicht mehr. Da werden dann nur mehr QR-Codes verschickt, wo man alle wichtigen Social Media-Facts über uns nachlesen kann.

Ich denke so angestrengt über meinen eigenen möglichen Spruch nach, dass ich gar nicht merke, dass sich die Schreibschwester inzwischen neugierig die Accessoires, mit denen man in der Bestattung arbeitet, präsentieren lässt. Wie ein Tatortreiniger macht sie sich penibel genau Notizen und schießt ein Foto nach dem anderen. Von den Kontaktlinsen mit Widerhaken, die man einsetzt, damit die Augen nicht wieder aufklappen. Von den Urnen, die man mit einem eigenen Spruch bedrucken lassen kann (schon wieder ein Spruch notwendig!), oder auch von den

Kinnhaltern. Die werden verwendet, damit das Kinn nicht nach unten klappt.

Später am Heimweg, als ich auf der Rückbank von meinem eigenen Auto liege, hoffe ich nur, dass wir in keinen Unfall verwickelt werden und danach ins Koma fallen oder so was.

Denn die Fotos und Notizen der Schreibschwester auf ihrem Handy würden definitiv Fragen bei der Unfallaufklärung aufwerfen …

DER HAMSTER STIRBT ZULETZT

Vor mir auf der Simmeringer Hauptstraße tingelt die Straßenbahnlinie 71, der »Witwenexpress«, zum Zentralfriedhof. Wobei gendergerecht ist das auch nicht mehr, so eine Bezeichnung. »Hinterbliebenenshuttle« wäre vielleicht eine geschlechtsneutrale Form.

Bei jeder Station warte ich dahinter geduldig in meinem Auto, bis alle aus- und eingestiegen sind.

Ich hoffe, das bringt kein schlechtes Karma, dass ich in so kurzer Zeit zweimal bei der Bestattung bin.

Zum Glück bin ich eh viel zu früh dran und habe noch fast eine Stunde Zeit bis zu meinem Termin mit dem Marketingleiter der *Bestattung Wien*. Noch vom Urlaub aus habe ich recherchiert, wer dafür zuständig ist, und einen Termin ausgemacht, um ein paar Fragen für die Buchrecherche zu stellen. Genauer gesagt habe ich ihn auf *Facebook* gestalkt, eine Freundschaftsanfrage geschickt und eine Nachricht hinterher. Ja okay, das ist nicht so die professionelle Vorgangsweise, aber immerhin, ich habe einen Termin bekommen. So habe ich mir mein Autorenleben immer vorgestellt, dass man sich coole Themen und Welten ausdenken kann, in denen man eine Geschichte schreibt. Und dann kann man »Recherche« machen, bedeutet, man darf offiziell Menschen ansprechen und anschreiben und Fragen stellen. Eigentlich meine Lieblingsbeschäftigung, Menschen ausfragen, meine Neugierde stillen, vielleicht will ich ja deswegen unbedingt, dass das klappt mit der Schreiberei. Polizei wäre sonst auch eine Option gewesen als Berufswunsch früher, aber ich war zu klein. Da gab es noch Mindestgrößen. Stewardess ging aus dem gleichen Grund nicht. Wobei ich es da eher verstanden habe, immerhin muss man an die hohen Fächer ran. Aber bei der Polizei hätte ich ja prima die Verbrecher weiter unten fangen können.

Totengräber wäre vielleicht noch eine Option gewesen, denke ich, als ich mich gerade am Parkplatz neben dem großen Gebäude der *Bestattung Wien* einparke. Als kleiner Mensch bist du näher dran am Boden. Und als Frau wäre Totengräber sehr innovativ gewesen. Wobei ich vielleicht besser beim Schreiben der Trauerreden aufgehoben wäre.

Meinem allerersten Freund habe ich eine Abschiedsrede geschrieben, die war oscarreif. Ich war 15 und hatte so Angst, ihm zu sagen, dass ich nicht mehr länger an unsere Beziehung glaube. Also habe ich ihm ein fünfseitiges Kompendium geschrieben. Auf einem karierten Schulblockpapier mit Korrekturrand. Dann habe ich ihn um ein Treffen gebeten. Er hat ein paar Orte weiter weg gewohnt, Führerschein hatten wir noch keinen, also hatten wir vereinbart, dass jeder von uns mit dem Zug fährt und wir uns in der Mitte treffen. Er ist vier Stationen gefahren und ich fünf, und in so einem alten Gasthaus gleich neben dem Bahnhof sind wir wie zwei Erwachsene an einem Ecktisch neben der *Jukebox* gesessen. Er hat meinen Endlosabschiedsbrief stumm gelesen, und auf Seite zwei dürfte ihm langsam was gedämmert sein. Da war auf einmal eine feuchte Stelle am Korrekturrand. Niemals wollte ich so was je wieder durchleben.

War zum Glück auch nicht notwendig. Alle späteren Trennungen waren einvernehmlich.

Mehr oder weniger.

Die Urlaubswoche und auch die beiden folgenden Wochen habe ich weiter an meinem »Hamsterbuch« geschrieben. Inzwischen habe ich sogar insgesamt zehn Kapitel geschafft. Den Ausdruck »geschafft« trifft es wirklich am besten. Nach jedem Kapitel habe ich mich auch »geschafft« gefühlt. Ganz anders als bei den Geschichten, die ich sonst schreibe. Irgendwas hat sich bei den Hamstergeschichten nicht richtig angefühlt. Ich hatte nicht wie sonst das Gefühl am Ende eines Kapitels, dass das so funktionieren könnte. Dass ich das gerne jemandem vorlesen würde. Dass ich das selbst lustig fände oder berührend. Oder wenigstens interessant. Ich habe endlos überlegt, was in der Handlung passieren könnte, welche Konflikte auftauchen könnten, warum der kleine Hamster überhaupt Superstar werden will, wenn er gar nicht weiß, was er gut kann.

Dabei wollte ich so gerne eine Geschichte für Kinder schreiben, in der es darum geht, dass es auch okay ist, wenn man nicht weiß, was man gut kann.

Ich wollte schreiben, dass es okay ist, wenn man irgendwo nicht gut ist. Man muss nicht überall gut sein. Vielleicht ist man am Anfang auch erst mal überall schlecht und kommt erst sehr viel später drauf, dass man ein besonderes Talent hat!

Ich wollte einen Text schreiben, der Kindern Mut macht, auf ihre Schwächen zu pfeifen. Weil es vielleicht scheißegal ist, wenn man Legastheniker ist oder schlecht rechtschreiben kann, weil man dafür vielleicht tolle Geschichten erfindet. Weil es vielleicht scheißegal ist, wenn man Mathe hasst, weil man dafür vielleicht ur gut zuhören kann. Weil es vielleicht scheißegal ist, wenn man zu klein für die Polizei ist, weil man dafür gut Abschiedsbriefe schreiben kann. Okay, das Letzte vielleicht eher nicht.

Das wäre meine Botschaft gewesen, jeder hat irgendein Supertalent. Das muss auch nicht immer was Großartiges sein. Aber etwas, was man gern macht und wo man gut darin ist. Man darf nur nicht aufhören, danach zu suchen.

Das alles wollte ich schreiben, verpackt in eine Geschichte mit einem sympathischen Helden, den wir beim Scheitern in lustigen Episoden begleiten dürfen, und der am Ende sein Talent findet.

Sein Talent wäre es gewesen, dass er gut Geschichten erzählen kann, dass er die Leute gut unterhält und dass er am Ende draufkommt, er wird kein Superstar, der zum Fernsehen geht, aber er wird den Besuchern am Zentralfriedhof spannende und lustige Geschichten erzählen, und sie werden ein Stück glücklicher heimgehen. Selbst wenn es ein Friedhof ist.

So weit, so gut.

So weit, so gescheitert!

Denn so einfach es klingt, ich kann es nicht!

Am Ende hat sich jedes Kapitel konstruiert und hölzern angefühlt. Durchschaubar und überhaupt nicht lustig.

»Vielleicht funktioniert dein Schmäh eben einfach nicht bei Kindern?«, hat der Gatte gemeint, als ich ihm mein Drama geschildert habe. »Deine Geschichten sonst leben ja in erster Linie von Ironie und Selbstironie. Ich glaube, das versteht man erst später, wenn man älter ist. Vielleicht liegt es daran?«

Manchmal überrascht er mich mit blitzgescheiten Analysen. Vielleicht hat er recht?

Vielleicht kann ich das tatsächlich nicht. Vielleicht ist das aber auch die Strafe, weil ich altes Schandmaul so lästerhaft über Muttis, die Kinderbücher schreiben, geredet habe. Vielleicht ist das in Wahrheit die schwierigste Disziplin von allen, die mit Schreiben zu tun haben?

Oder bin ich zu streng zu mir selbst? Vielleicht habe ich den neutralen Blick darauf verloren. Vielleicht passt es ja eh. Und ich sehe das alles falsch. Deswegen habe ich die zehn Kapitel, die vom Umfang her eigentlich ein ganzes Kinderbuch ergeben würden, letzte Woche an Monika geschickt mit der Bitte um ehrliches und schonungsloses Feedback. Sie hat sich bisher nicht gemeldet. Entweder liest sie noch oder sie weiß nicht recht, wie sie mir das Befürchtete sagen soll.

Vielleicht hilft meine heutige Recherche vor Ort, vielleicht komme ich auf neue Inspirationen und auf spannende Themen, die ich noch einbauen könnte. Vor allem die Tierwelt am Zentralfriedhof und was sich hier so abspielt, was man kindgerecht einbauen könnte, das alles kann ich gleich vom Profi direkt erfragen.

Ich stelle das Auto neben der *Bestattung Wien* auf dem großen Parkplatz ab und schaue auf das Eingangstor zum Zentralfriedhof. Unglaublich, wie groß das alles ist. Ich treffe mich mit dem Marketingleiter im Verwaltungsgebäude gegenüber, aber ein kurzer Blick auf die Handyuhr sagt mir, dass ich noch eine halbe Stunde Zeit habe.

Genau in dem Moment läutet es. Monika.

»Hallo«, sage ich, »das ist lustig, dass du grad anrufst, ich sitz nämlich vor dem Friedhof und warte auf einen Termin mit dem Marketingleiter!«

»Ich kann gern später anrufen, wenn es dann besser passt?«, sagt sie.

»Nein, bitte, es geht wunderbar, ich habe noch eine halbe Stunde Zeit. Das passt perfekt.«

Beim letzten Teil überschlägt sich meine Stimme. Das ist ja peinlich, ich hoffe, das hat sie nicht gemerkt. Am liebsten würde ich direkt zum Kern kommen. Deswegen arbeite ich ja so gerne mit Deutschen zusammen. Da redet man nicht so lang um Dinge herum wie bei uns, und da kommt man schneller zur Sache. Ist zumindest meine subjektive Einschätzung. Mein Zahnarzt erklärt mir zum Beispiel immer sehr lang und ausführlich und anhand von Röntgenbildern den Status meiner Zähne. Wo ein Schatten zu sehen wäre und was wir da mittelfristig andenken könnten. Interessiert mich ALLES NICHT. Ich will einfach nur in der Sekunde wissen: Muss der Zahn raus oder nicht? Schmerzen, ja oder nein? Alternativen? Kosten? Ende Gelände.

In dem Fall würde ich gerne sofort von Monika hören, ob es klappt oder nicht.

Am liebsten würde ich sagen: »Ich weiß, meine Texte sind schlecht. Also kürzen wir das ab. Können wir trotzdem Freunde bleiben?«

Aber ich trau mich die Frage nicht direkt zu stellen, deswegen erzähle ich ihr die Wetterlage in Wien!! Die Wetterlage! Als ob!

Bis sie irgendwann zum Punkt kommt. Ich spüre genau, wie schwer es ihr fällt und wie sie dabei um Worte ringt. Ich weiß gar nicht, wer von uns beiden in der blöderen Situation ist.

Und dann deckt sich alles mit meinen Erwartungen. Sie formuliert es nur sehr viel schöner und analytischer. Wobei ich eigentlich eh nur den letzten Satz höre: »Ich fürchte, wir können das so nicht weiterentwickeln.«

Zahn raus also. Okay. Verstanden.

WhatsApp an den Gatten: »Ich habe in zehn Minuten den Recherchetermin beim Zentralfriedhof, und mein Hamster ist grad gestorben.«

»Hä?«, schreibt er in der nächsten Sekunde zurück.

»Hab grad mit dem Verlag telefoniert. Wir lassen das mit dem Hamsterbuch. Es war ein Experiment. Ich kann es nur leider nicht.« Und dann überlege ich lange, welches Smiley passend wäre. Ich entscheide mich für das mit den großen Augen, die verzweifelt nach oben links schauen.

»Soll ich dich abholen kommen?«

»Nein, das war ja nur ein Versuch, das passt schon. Ich mache den Termin trotzdem. Wenn ich schon da bin.«

Ich wüsste jetzt nicht, wie ich das dem Marketingleiter sonst erklären soll. »Bitte entschuldigen Sie, ich muss den Termin kurzfristig absagen. Mein Verlag und ich, wir haben uns gerade einvernehmlich getrennt. Weil wir es trotz bester beidseitiger Anstrengung nicht geschafft haben. Passiert halt manchmal im Leben.«

Ich könnte auch lügen und sagen, dass ich einen eitrigen Zahn habe. Aber auch das würde sich falsch anfühlen.

In der Mittelkonsole liegt mein Murmeltier von der Raststation. Ich drücke das kleine Bäuchlein. »Hollaröidiii!«, ruft es fröhlich.

Ich weiß, das ist nur ein Stoffmurmeltier und kein Hamster, aber ich werde den Termin trotzdem machen, das bin ich wenigstens den Hamstern schuldig.

Und wenn ich was gelernt habe, es ist immer alles für was gut im Leben.

Also sperre ich mein Auto zu, wische mir über die Wange und werfe einen Blick in den Seitenspiegel, ob eh nix verschmiert ist.

RECHERCHE ZENTRALFRIEDHOF

Ich habe mich beim Empfang der *Bestattung Wien* angemeldet und warte auf meinen Termin mit dem Marketingleiter. Zum Glück bin ich nicht abergläubisch, weil das dann vielleicht mieses Karma wäre, sich selbst bei der Bestattung anzumelden.

Solange mein Hirn noch so schlechte Scherze produziert – selbst ohne Publikum hier –, dürfte mir die Kinderbuch-Niederlage nicht so dramatisch zugesetzt haben.

Kurz überlege ich sogar, ob ich das auf *Facebook* posten soll, dass ich mich grad bei der Bestattung angemeldet habe. Aber ich lasse es bleiben. Das wäre pietätlos.

Da fällt mir ein, dass ich zum Glück das Posting damals nicht abgesetzt habe, dass ich ein Kinderbuch schreibe. Das wäre ja jetzt peinlich. Da könnte ich alles gleich wieder zurückrufen und öffentlich die Niederlage eingestehen.

»Darf ich Ihnen vielleicht was zu trinken anbieten inzwischen? Einen Kaffee oder ein Wasser?« Die Mitarbeiterin der Bestattung steht vor mir und lächelt mich freundlich an.

»Nein danke, aber sehr freundlich«, sage ich, auch wenn ich sehr gut einen Kaffee brauchen könnte. Aber ich habe Angst, dass der Kaffee genau in dem Moment kommt, wo mich der Marketingleiter abholt, und dann entsteht eine peinliche Situation. Denn wenn wir dann in ein anderes Büro gehen, müsste ich den Kaffee entweder ungetrunken stehen lassen, was sehr unhöflich wäre. Oder ich müsste ihn mit einer Hand balancierend hinterhertragen, weil ich in der anderen Hand meine Laptoptasche habe. Das wäre auch sehr peinlich. Bei meinem Geschick kippt mir der Kaffee dann auch noch um, genau in dem Moment, wo wir an den Ausstellungssärgen vorbeigehen. Nein danke. Lieber nicht.

Von meiner Warteposition aus kann ich gut in den schön gestalteten Ausstellungsraum mit Särgen sehen. »Showroom« heißt so was üblicherweise bei meinen Kunden sonst, wo die neuesten und besten Produkte präsentiert werden. Beim Essen gehen heißt das neuerdings »Signature Dish«, aber vielleicht gab es das schon und mir fällt es erst jetzt auf. Aber überall steht Signature hier, Signature da. Früher hat ein Zusatz »nach Art des Hauses« auch gereicht, um auf die Spezialitäten hinzuweisen. Alles wird komplizierter und englischer.

In dem Showroom sind verschiedene Sargvarianten ausgestellt. Eiche. Kiefer. Dann was mit rotem Glanzlack. Daneben ein paar Urnen. Keine Ahnung, was ich da wählen würde, spontan und aus der Ferne betrachtet spricht mich gar nix an. Am ehesten hätte ich gerne einen weißen Sarg und würde alle meine Freunde mit bunten Farben was draufschreiben lassen. Einen Spruch oder eine Erinnerung oder einen Songtext. Das wäre schön. So wie ein Stammbuch, wo man früher die Freunde hat eintragen lassen. »Mach es wie die Sonnenuhr, zähl die heitren Stunden nur« war ein beliebter Spruch. Das wäre vielleicht in dem Zusammenhang am Sarg weniger passend. Ich kann gar nicht mehr aufhören, an Stammbuchsprüche zu denken.

»Ob steil der Pfad, ob schwer die Pflicht, sage nie: Das kann ich nicht.« Dem Spruch muss ich widersprechen. Denn ich kann mit Fug und Recht sagen: Kinderbuchschreiben, das kann ich nicht!

Da kommt auch schon direkt ein Herr im Anzug auf mich zu, schätze, das wird mein Termin sein. Ich bin froh, den Kaffee abgelehnt zu haben. Wäre sich nie ausgegangen. Er stellt sich als Florian vor, obwohl auf seiner Visitenkarte steht, dass er ein Herr Doktor ist und ich sehr ehrfürchtig bin und mich etwas schäme über meine unprofessionelle *Facebook*-Freundschaftsanfrage. Er bietet an, mir das Bestattungsmuseum zu zeigen, da könnte ich einen guten Überblick bekommen. Das Museum liegt auf der anderen Straßenseite direkt am Gelände vom Friedhof. Gleich neben der Konditorei.

»Was genau wird das für ein Kinderbuch?«, fragt mich Florian, als wir bei der roten Fußgängerampel auf Grün warten.

»Wäre geworden«, müsste ich eigentlich sagen, im Konjunktiv, aber ich bringe es nicht übers Herz, das Drama offenzulegen. Also erzähle ich die Geschichte vom Lesehamster, der ein Superstar werden will, aber sein Talent noch nicht kennt.

»Sehr coole Idee«, sagt er.

»Danke«, sage ich. »Ich mag die Idee auch«, und klinge dabei eine Spur trauriger, als ich wollte. Ich mag die Idee wirklich sehr und finde es schade, dass die vielleicht stirbt, nur weil ich es nicht hinbekomme. Vielleicht findet sich ja jemand anderer, der das gut kann und der die Geschichte erzählen möchte.

Wir gehen beim großen Tor in den Friedhof hinein, rechts beim Eingang ist ein kleiner Shop. Eigentlich wollte ich ja fragen, ob man das Buch hier verkaufen kann. Aber die Frage kann ich mir sparen.

Ein paar Schritte weiter haben wir das Museum erreicht. Es sieht sehr neu adaptiert aus, mit zahlreichen Ausstellungsobjekten, aber auch mit Videoscreens, wo man sich etwas anschauen kann. Eine original Kutsche zum Leichentransport ist ausgestellt, Uniformen der Totengräber, aber auch skurrile Dinge aus der Zeit, wo die größte Angst war, dass man lebendig begraben wird, wie zum Beispiel ein Herzstichmesser oder ein Rettungswecker. Und Bilder, viele Bilder in Schwarz-Weiß und schon oft sehr verblasst, von Menschen. Alte Grabsteinbilder. Ich schaue den Menschen in die Augen, die meisten schauen sehr ernst aus. Keiner lacht. Was die wohl alle erlebt haben? Ob irgendwer noch an die Menschen denkt? Der Lebensgefährte meiner Schwiegermutter, er war eine kleine italienische Version von Louis de Funès, ist immer mit seinem alten Waffenrad auf den Friedhof geradelt und hat sich um das Grab meines Schwiegervaters gekümmert. Ich fand das nett, denn wer macht das schon für seinen »Vorgänger«. Jahre später hat er uns erzählt, dass er auch das Unkraut am Nebengrab weggezupft und ab und zu Blumen hingelegt hat. Niemand in der Familie hat verstanden, warum, keiner kannte die Frau in dem Nachbargrab. »Warum hast du das getan?«, wollten alle wissen. »Weil die Frau so freundlich ausgesehen hat auf dem Foto am Grabstein und sich niemand um das Grab der armen Frau gekümmert hat.«

Eigentlich schade, dass das mit den Fotos langsam aus der Mode gekommen ist.

Ich frage Florian nach Prominenten, die hier begraben liegen. Falco ist das berühmteste Promigrab. Seinetwegen würden die meisten Touristen kommen. Oder natürlich Beethoven, Schnitzler, Udo Jürgens.

Wir haben inzwischen den Ausgang vom Museum erreicht, auch hier befindet sich ein kleiner Shop, wo man verschiedene Merchandising-Artikel kaufen kann.

Er zeigt mir ein *Lego*-Krematorium für Kinder, wo sie Einäscherung nachspielen können. Das wäre genau mein Humor für Kinder, großartig! Im Gedanken entzünde ich das Feuer der Einäscherung für mein Kinderbuch. Es gibt auch eine schwarze historische Spielzeugstraßenbahn, den Leichentransporter. In Gedanken transportiere ich damit das Buch ins Nirwana.

Dann zeigt er mir einen Turnbeutel, wo draufsteht »Ich turne bis zur Urne«. Großartig! Ich liebe das alles hier. Vielleicht kann ich hier arbeiten, wenn ich mal einen neuen Job brauche und das mit der Autorenkarriere nix wird.

Für die Tierwelt am Zentralfriedhof, die ja wirklich sehr vielfältig sei, könnte er mir den Kontakt zu einer Kollegin herstellen. Die war früher in der Gärtnerei beschäftigt und würde sich perfekt mit allen Tieren auskennen. Kurz überlege ich zu fragen, ob die Kollegin gut schreiben kann und Interesse hätte, ein Kinderbuch …

Zum Abschied bekomme ich ein T-Shirt mit dem Aufdruck »Ich lese, bis ich verwese« geschenkt. Ja eh, vielleicht sollte ich einfach beim Lesen bleiben, muss ja nicht jeder Mensch Bücher schreiben. Keiner liest mehr, aber jeder will Bücher schreiben.

»Ich bringe auch gerade ein Buch heraus«, sagt Florian genau in dem Moment zu mir.

Scheiße. Habe ich den letzten Satz vielleicht laut ausgesprochen? Ich habe mal wo gelesen, dass das durchaus der Anfang von einer psychischen Störung sein kann, wenn man beginnt, unpassende Dinge zu gänzlich fremden Menschen zu sagen. Oder wenn man nicht mehr unterscheiden kann, was gesellschaftlich akzeptierte Verhaltensweisen sind und welche nicht. Zunge zeigen mitten in einem Businessgespräch wäre so etwas.

Vielleicht ist es aber auch ein Symptom meiner Stoffwechselstörung! Vielleicht sind das erste Anzeichen vom Schlaganfall, es kommt nicht mehr genug Blut ins Hirn. Ich beginne, möglichst unauffällig meine Finger zur bewegen und meine Hände hinter dem Rücken kreisen zu lassen.

»Hättest du Lust, vielleicht ein Kapitel beizusteuern?«, fragt er weiter.

Ich schaue mich kurz um, ob sonst jemand im Shop ist, der gemeint sein könnte.

»Ich?« Scheiße, da ist sonst niemand. Oh Gott! Jetzt fragt er sicher gleich nach einem Probekapitel vom Hamsterbuch. Jetzt muss ich raus mit der Wahrheit. Mir wird heiß.

»Ja, ich finde deine Texte gut, und das könnte super zum Buch passen«, sagt er.

Welche Texte, denke ich mir und stelle die Frage aber nicht.

»Also deine Texte, die ich auf *Facebook* gelesen habe«, fügt er hinzu.

Ha! Das habe ich jetzt von meiner *Facebook*-Anfrage. Mit meinen eigenen Stalking-Waffen geschlagen.

Er gibt ein Buch heraus, wo es um den Umgang mit dem Tod aus unterschiedlichen Perspektiven gehen wird. Durchaus auch humoristisch. Der Wiener Bürgermeister schreibt ein Kapitel. Der berühmte Dompfarrer Toni Faber, die Oberhäupter von zahlreichen Glaubensgemeinschaften, Schriftsteller, Krimiautoren und Kriminalpsychologen und verschiedene andere sehr interessante Menschen. Ich freue mich sehr über die Anfrage!

Vor dem Museum scheint inzwischen die Sonne, ein Flugzeug fliegt knapp über dem Friedhof drüber, im Landeanflug auf den Flughafen Wien Schwechat, der gleich dahinter liegt.

Ich beschließe, noch eine kleine Runde zu den Promigräbern zu drehen, nachdem ich mich von Florian verabschiedet habe. Wenn ich schon mal da bin. Vielleicht sehe ich ja sogar einen realen Feldhamster. Ich kaufe mir eine große rote Grabkerze mit viel Wachs und gehe damit die lange Hauptallee nach hinten.

Links und rechts von der Allee sind Bänke aufgestellt,

manche Besucher haben sich hingesetzt und halten ihre Nasen in die Sonne. Die meisten sitzen jeweils allein.

Moment! Das ist doch …?

»Was machst du da?«, frage ich erstaunt.

Der Gatte sitzt auf einer Bank in der Sonne und grinst mich an. Neben ihm liegt die *Anna & Elsa*-Lunchbox von unserer Tochter und zwei *Dreh & Drink*-Flaschen, rot und orange.

»Ich dachte, du brauchst eine Ablenkung nach der Absage vom Kinderbuch«, sagt er.

Ich setz mich mit meiner Grabkerze zu ihm aufs Bankerl.

»Kirsche oder Orange?«, fragt er und hält mir die beiden *Dreh & Drink*-Flaschen hin.

Dazu essen wir Wurstsemmeln aus der Lunchbox und beobachten die Besucher am Friedhof. Eine alte Dame schiebt gerade einen Mann im Rollstuhl an uns vorbei.

»Weißt du was?«, frage ich ihn.

»Nein, was?«

»Wenn du mal so alt bist, fahr ich dich auch mit dem Rollstuhl hier im Kreis, wenn du magst.«

»Jo genau«, sagt er. »Wie a Flugzeug, das auf Landeerlaubnis wartet.«

HERA

»Wann machst du endlich wieder am Buch weiter?« *Whats-App* von der Schreibschwester.

Ich drücke die Nachricht weg. Blöd, dass man auf *WhatsApp* den Status nicht wieder auf ungelesen stellen kann.

»Ich bin nicht da«, antworte ich.

»Sehr witzig. Schreib endlich weiter! Du warst schon so weit, das Buch wird super, das hat es nicht verdient!«

Nicht verdient. Danke, jetzt habe ich einen Ohrwurm.

Ich stelle das Handy auf lautlos und gehe zum Kühlschrank. Irgendwo muss noch eine Packung gekühlte *Ildefonso* sein. Ich liebe Schichtnugat. Während ich die Nugatwürfel auswickle, singe ich leise vor mich hin: »Denn er hat dich nicht verdient, nicht dich. Nein, er hat dich nicht verdient, nimm mich.« Ich kann gar nicht mehr aufhören, dieses Lied zu singen. Nach dem sehr erfolgreichen Duell »Du Idiot« von dem Ex-Paar Michelle und Matthias Reim ist »Nicht verdient« noch tausendmal erfolgreicher geworden.

Das Gegenteil von mir. Nach meinem Debütroman ist alles Weitere gar nicht erst zustande gekommen.

Dann greife ich doch wieder zum Handy.

»Ich kann nicht!«, schreibe ich.

»Jetzt hör bitte auf. Nur wegen des blöden Kinderbuchs

glaubst du, dass du nicht mehr schreiben kannst. Das ist ein paar Wochen her, also genug getrauert!«

Sie kann schon auch streng sein. Langsam kommen mir Zweifel, ob die SM-Szene in ihrem ersten Buch wirklich nur fiktiv ist oder nicht doch auch … na ja. Egal.

»Es ist nicht deswegen. Ich kann nicht, weil ich wegfahre. Mein Zug nach Salzburg geht gleich.«

»Was machst du dort?«

»Einen Schreibworkshop bei Hera Lind!«

»Einen bitte *was*?«

»Schreibworkshop!«

»Wie viele Workshops willst du bitte noch machen? Du KANNST es! Du musst es nur TUN!«

Sie hat recht. Aber ich konnte nicht widerstehen. Ein Schreibworkshop in den privaten Räumlichkeiten bei Superstar Hera Lind. Und man wird bekocht von ihrem Mann – ich denke, er ist Kapitän oder so was Ähnliches – dem Engelbert. Gefühlt jeder im deutschsprachigen Raum kennt die Namen der beiden und dass da was war, irgendein dunkles Geheimnis. Die Medien waren voll davon, und dann ist es lange still gewesen. Keine neuen Bücher, nix.

Dabei war sie die Gründerin, die Erfinderin, die Urmutter der deutschen *ChickLit*-Bewegung. Also witzig geschriebene Romane über Frauen, die irgendwas fürs Leben suchen, den Mann fürs Leben, den Job fürs Leben, die Handtasche fürs Leben. So was eben. Und dann gibt es irgendwelche humorvollen Verstrickungen, die sie natürlich mit Witz und Charme lösen, und am Ende ist alles gut. So wie Bridget Jones. Hera Lind ist so was wie die deutsche Cousine von Bridget Jones. Je länger ich darüber nachdenke, eigentlich genau mein Genre.

Ich muss daran denken, wie das Magazin *Wienerin* über mein erstes Buch in einem Satz geschrieben hat: »Wer Bridget Jones mag, wird Susanne Kristek lieben.«

Ich habe inzwischen zumindest schon Figur und Gewicht von Bridget Jones – wohlgemerkt während der Dreharbeiten.

Das habe ich im Literaturkurs damals natürlich niemandem gesagt. Dass ich eigentlich gerne lernen würde, wie man freche Frauenromane schreibt. Weil man allein für den Ausdruck »frecher Frauenroman« eventuell gesteinigt und gegeißelt wird.

»Frech« impliziert ein vorlautes Fräulein. Und Frauenroman impliziert meine Schwiegermutter, die in ihrem Wiener Gemeindebau-Einbauschlafzimmer liegt, in der linken Hand einen Tschick und in der rechten Hand einen Hendlknochen vom Vortag. Wahlweise kiefelt sie das Huhn ab oder zieht an der Zigarette, während sie gebannt in ihrem Roman liest, wo es immer um Ärzte geht, denen arge Dinge mit Krankenschwestern widerfahren. Oder Förster, die zuerst in Unwetter und später in eheliche Turbulenzen geraten.

So schnell kann es gehen. Und aus *ChickLit* wird die Gemeindebauversion: TschikLit.

Na und! Sie hatte den Spaß des Lebens dabei!

Im Leben kann ich mir diese einmalige Chance nicht entgehen lassen. Von Hera Lind zu lernen, wie man Bücher in dem Genre Unterhaltung schreibt.

Inzwischen stehe ich in der Salzburger Altstadt vor dem Haus, in dem Hera Lind wohnt und ihre Schreibkurse abhält, und warte auf meine Freundin Isolde aus Linz.

Wir haben heute unser erstes Blinddate, denn bisher kennen wir uns nur von *Facebook*. Als ich dem Gatten gesagt habe, dass ich mit einer *Facebook*-Freundin, die ich noch nie zuvor gesehen habe, einen Wochenendworkshop bei Hera Lind in Salzburg mache, hat er so geschaut, als würde er im Kopf überlegen, wann es an der Zeit sein wird, die ersten Vorkehrungen zu treffen, um mich zu besachwaltern. »Erwachsenenvertretung« heißt das ja jetzt.

Auf jeden Fall, die Isolde bringt mir Hausschlapfen mit. Haben wir via *Facebook*-Messenger vereinbart. Deswegen warte ich hier auf sie, bevor ich bei Hera Lind anläute. Es wurde um Hausschuhe gebeten, was ja logisch ist, wenn man einen Kurs in den privaten Räumlichkeiten abhält. Nur, ich besitze keine Hausschuhe. Ich mag sie auch nicht. Eigentlich mag ich nirgendwo hingehen, wo ich die Schuhe ausziehen muss. Das ist eine verstörende Art von Intimität, wenn ich Menschen in Socken sehe. Ich weiß auch nicht, warum. Stell dir David Bowie vor, wie er an meiner Haustür läutet und dann die Schuhe im Vorraum abstreift. Eben!

Und da biegt Isolde um die Ecke. Sie biegt nicht um die Ecke: Sie erscheint. So als ob sie in die Kulisse dieser seltsam inszenierten Salzburger Innenstadt hineingeschrieben worden wäre. Da der Domplatz, dort die berühmte Felsenreitschule, da die enge Getreidegasse mit den vielen Touristen, das Café *Tomaselli*, die Salzburger Stadtbewohner in Trachtengewändern. Ich kann gut verstehen, wenn Touristen hierherkommen und erwarten, dass alles wie in dem Film *Sound of Music* ist. Die Erwartungen werden eigentlich sehr gut erfüllt.

Und dazwischen erscheint die Isolde wie die neue Buhlschaft in einer Interpretation von *Louis Vuitton*. Haare wie die junge Liz Taylor, dazu ein mondäner Turban, perfektes Make-up und ein dreiteiliges Kofferset von *Louis Vuitton*.

»Nicht, dass du glaubst, ich habe die Taschen um den Originalpreis gekauft!« So bin ich auch noch nie von einem Blind Date begrüßt worden, aber mein Blick war wohl sehr fixiert auf ihr Kofferset.

»Konkursware! Ersteigert, um einen Spott! Ich bin ja nicht deppert und zahl für so was den vollen Preis!«

Schlagartig ist mir klar: Das wird der Beginn einer langen Freundschaft.

»Do schau, deine Schlapfen!« Sie drückt mir ein weißes Paar originalverpackte Hotelhausschuhe in die Hand. Extrem flauschig und mit goldener Schrift bedruckt. *Stanglwirt*. Ja klar, was sonst. Der Promiwirt in Tirol.

Die Leidenschaft für Promistalkings hat uns schon auf *Facebook* vereint und für nächtelange Chats gesorgt. Wie sie einmal in Miami den Boris Becker im Lift getroffen hat. Oder wie sie einmal bei einer Gala neben der Naddel gesessen ist und irgendwas mit deren Pediküre nicht so ganz im Lot war.

Kurze Zeit später sitzen wir bei Hera Lind in ihrem Wohnzimmer. Ich mit den weißen *Stanglwirt*-Schlapfen, neben mir die Füße von der Isolde in Hausschuhen vom *Adlon Berlin*.

Ich kann mich gar nicht auf die Begrüßungsworte von Hera Lind konzentrieren, weil ich die Bilder an den Wänden zählen muss. 21, 22, 23 … Das hört nicht auf. Jedes ihrer Bücher hat sie gerahmt und aufgehängt, und es sind so viele, dass ich gar nicht alle zählen kann.

Ich stelle mir meinen Bücherraum vor. Eine kahle weiße Wand. Mein einziges Buch alleine in der Mitte. Aber diese Lebensratgebersendungen sagen ja immer, man soll seine Träume imaginieren. Die Zukunft als Vision sehen. Wegen des Unterbewusstseins. Also stelle ich mir rund um mein einziges Buch auch so eine Hera Lind-Galerie vor. Daneben tauchen in meiner Vorstellung allerdings auch andere Bilder meiner Zukunft auf. Ein ausgeschnittenes Katalogbild von einer modernen Gehhilfe, aber dick und fett durchgestrichen. Mein Unterbewusstsein hofft auf lange Gesundheit.

Das Buch *Das Superweib* von Hera Lind kenne ich natürlich. Ihr erster Bestseller. Wurde auch gleich verfilmt. Hat die Veronika Ferres richtig großgemacht. Daneben hängt *Der gemietete Mann*, *Der Überraschungsmann*, *Ein Mann für jede Tonart*.

Ich weiß, wem diese Männer-Fokussierung in den Buchtiteln gefallen würde. Unlängst hat er vorgeschlagen, ob ich nicht ein Buch überhaupt gleich *Der Gatte* benennen wolle, für ihn sei das durchaus okay.

Männer sind wie Schuhe, hängt auch auf der Galerie. Mein Blick fällt auf meine *Stanglwirt*-Hausschlapfen.

Vielleicht kann ich das Schuh-Buch nachher von Hera kaufen und sie um eine persönliche Widmung bitten. »Für den besten Gatten auf der Welt, weil du bist wie Hotelschlapfen!«

Ob er diese Widmung so gut findet? Aber er will ja die ganze Zeit reisen. Auch wenn ein eigentlich sehr trauriger Grund die Ursache für sein unsesshaftes Gemüt ist.

»Darf es ein Glas Sekt zur Begrüßung sein?« Da ist er! Der berühmte Engelbert! Der Mann von Hera Lind geht mit einem Silbertablett durch und reißt mich aus meinen Gedanken. Er sieht dabei aus wie Baron Georg von Trapp, der Vater der singenden Trapp-Familie. Mit Lederhose, Hemd, Stutzen und Gilet. Bin ich jetzt in *Sound of Music*? Fiktion und Realität beginnen bei mir wohl langsam zu verschwimmen.

Wir nehmen den Sekt und dazu ein paar Canapées auf der Terrasse ein, unter Anleitung von Hera, die uns sympathisch und fröhlich wie Julie Andrews in *Sound of Music* durch die Vorstellungsrunde dirigiert. Unsere kleine Wochenendschreibgruppe besteht aus einer Handvoll Frauen in allen Altersgruppen und einem jungen Mann. Die meisten sind sogar aus Deutschland extra angereist, zwei davon aus dem Osten. Wer mein Buch gelesen hat, weiß, ich liebe Ossis und ihren Humor!

Nach dem Empfang, man kann das nur Empfang nennen, starten wir in die ersten Schreibübungen. Hera Lind hat Übungsblätter für uns zusammengestellt, in eigenen Mappen, die sogar mit unserem Namen bedruckt sind! Ich komme aus dem Staunen gar nicht mehr raus.

Aber noch faszinierender als die Unterlagen und der Kugelschreiber von der Fremdenverkehrswerbung, den jeder Teilnehmer bekommen hat – schwarz mit Noten drauf, ich tippe auf Mozart –, ist Hera Lind selbst.

Noch nie in meinem Leben ist mir eine Person begegnet, die so schnell im Kopf ist. Wenn wir unsere Übungstexte vorgelesen haben, hat Hera fast den ganzen Text in Raketengeschwindigkeit mitgeschrieben und extrem gutes, aber vor allem mega motivierendes Feedback gegeben. Außerdem habe ich noch nie so praktische und gut verständliche Tipps und Übungen bekommen.

Von meiner Position am Tisch aus kann ich die anderen Bilder an den Wänden sehen. Ebenfalls Bücher von Hera Lind. Aber das dürften aktuellere sein, denn diese Bücher unterscheiden sich sowohl optisch als auch von den Titeln von den anderen Büchern. *Die Frau, die frei sein wollte, Die Frau, die zu sehr liebte, Die Frau zwischen den Welten.* Es fällt auf, dass keine Männer im Titel mehr vorkommen. Und auch keine Schuhe.

Dafür steht auf jedem Cover neben dem Titel »Roman, nach einer wahren Geschichte«.

Irgendwas muss passiert sein zwischen den Büchern mit den Überraschungsmännern und den Büchern mit den Frauen, die frei sein wollten. Aber was?

Und warum hängt zwischen den Büchern ein gerahmtes Plakat von einem Musical?

Da stimmt doch was nicht! Das passt nicht in die Reihe.

Am Abend des ersten Seminartages sitzen wir alle im Halbkreis auf der Couch von Heras Wohnzimmer. Satt gegessen von den Köstlichkeiten, die uns Engelbert kredenzt hat. Mehrgängige Menüs und noch ein Gläschen zum Ausklang. Wir sind alle aber nicht nur erschöpft vom vielen Essen, sondern auch von der Arbeit. Von den Übungseinheiten, von den Texten, die wir uns gegenseitig vorgelesen haben, auch von den Emotionen, die teilweise hochgekommen sind. Einmal habe ich vom Stand weg zu weinen begonnen. Das war ein bissi peinlich, manchmal habe ich so Probleme mit meiner Contenance. Aber der Text von einer Teilnehmerin war so berührend. Es ging um den Tod eines jungen Mannes, der in jungen Jahren mitten aus dem Leben gerissen wurde. Er war am Weg zum *Ikea*. Um Möbel zu kaufen, für die erste Studentenbude. Dann war da ein Lkw.

Es war keine erfundene Geschichte. Es war die Geschichte ihres eigenen Sohnes.

Wahrscheinlich ist man niemals so authentisch, als wenn man über das schreibt, was man selbst erlebt hat. Wahrscheinlich ist das die hohe Kunst im Schreiben. Geschichten zu erfinden mit den Emotionen der eigenen Erfahrung.

Wir alle fühlen uns aber auch bestärkt, den Weg des Schreibens weiterzugehen. Noch nie war ich so motiviert, an meinen Übun… – darf ich nicht sagen – Buchprojekt weiterzuarbeiten. Ich muss an ein Laufseminar denken, das ich einmal gemacht habe. Das war so ein Laufguru, der das abgehalten hat, meine Ex-Firma hat uns da alle hingeschickt. Der Typ hat gesagt, man soll sich vorstellen, dass man an einem unsichtbaren Faden nach oben gezogen wird beim Laufen, und dann kann man gar nicht mehr aufhören.

Und tatsächlich bin ich wochenlang danach gelaufen. Bis die Couch irgendwann wieder stärker war. Aber dieser Antrieb am Anfang war faszinierend. Dass manche Menschen so eine Gabe haben, andere zu motivieren. Hera ist so jemand, der mich an einem unsichtbaren Faden nach vorne zieht und motiviert weiterzumachen.

Und die Schreibschwester schiebt von hinten an und ruft: »Jetzt tu endlich!!!!«

»Jetzt können wir gerne über eure offenen Fragen sprechen«, leitet Hera den geselligen Teil des Tages ein. Sie sitzt in der Mitte unseres Halbkreises in ihrem Wohnzimmer. »Vielleicht habt ihr Fragen zum Literaturbetrieb oder sonst irgendwelche Fragen?«

Die Kolleginnen beginnen, Fragen zu stellen, wie das war am Anfang, wie Hera zu schreiben begonnen hat, wie sie einen Verlag gefunden hat, so was in die Richtung.

»Also, mi tät schon interessieren, was damals passiert ist«, flüstert mir Isolde zu, die neben mir mit übereinandergeschlagenen Beinen sitzt. Der obere *Adlon Berlin*-Schlapfen wippt keck hin und her.

»Was meinst du mit damals?«, flüstere ich zurück.

Hera Lind beginnt inzwischen zu erzählen, dass sie eigentlich einen anderen Berufswunsch hatte. Sie hat Germanistik und Theologie studiert und später Gesang dazu. Sie hat jahrelang als klassische Sängerin gearbeitet und war mit verschiedenen Chören auf Konzerttourneen.

»Ist ja in allen Zeitungen damals gestanden«, flüstert Isolde wieder.

»Aber wie bist du dann zum Schreiben gekommen?«, fragt eine andere Teilnehmerin.

»Was ist in der Zeitung gestanden?«, flüsterte ich zur Isolde.

Hera erzählt von der Zeit, als sie mit dem ersten Kind daheim war und nicht mehr mit dem Singen auf Tournee gehen konnte. Da habe sie angefangen, in der Garage zu schreiben. Aus Spaß und zum Zeitvertrieb.

»Na, das mit dem Engelbert! Hast du das nicht mitbekommen?«, flüstert Isolde.

»Nein«, zische ich leise zurück.

Bereits das erste Buch ist ein großer Erfolg geworden, und so ist es weitergegangen. Verfilmungsanfragen, Millionenauflagen. Bestseller.

»Und wieso hast du damals aufgehört?«, fragt eine andere Teilnehmerin.

»Weil von einem Tag auf den anderen alles vorbei war«, erzählt Hera, und für einen kurzen Moment weicht die Fröhlichkeit aus ihren Augen. »Der Verlag hat die Zusammenarbeit gekündigt, ich musste den Vorschuss für mehrere vereinbarte Bücher sofort zurückzahlen. Keiner wollte mehr etwas mit mir zu tun haben. Fremde Menschen haben auf der Straße vor mir ausgespuckt.«

Es ist still im Raum. Sogar die *Adlon*-Schlapfen haben aufgehört zu wippen.

»Aber warum?«, platzt es aus mir heraus.

Und dann folgt eine Geschichte, die so tausendfach tagtäglich stattfindet. Überall auf der ganzen Welt. Beziehungen gehen zu Ende. Menschen trennen sich. Das ist normal. Das ist schlimm genug für die betroffenen Familien, hat aber selten etwas mit dem Job zu tun.

Nicht wenn man Hera Lind heißt. Autorin und Frau.

Ihre Beziehung ist damals zerbrochen, und in dieser Phase hat sie jemand anderen kennengelernt. Das war alles.

»Aber du hast doch nichts Schlimmes getan?«, frage ich fassungslos. »Es ist das passiert, was tausendfach auf der Welt passiert. Jeden Tag. Beziehungen gehen auseinander. Das ist traurig. Familien zerbrechen. Man verliebt sich neu. Aber das alles ist doch kein Kündigungsgrund!«

Ich kann das noch immer nicht glauben, wie kann eine private Trennung den Job kosten?

Die Schlagzeilen von damals, die wirklich in allen Medien zu lesen waren, springen durch meinen Kopf.

Aber noch mehr springen andere Schlagzeilen von Prominenentrennungen oder Affären durch meinen Kopf. Hugh Grant. Boris Becker. Bill Clinton. Das waren hochdramatische Affären oder Trennungen. Sogar ein ehemaliger österreichischer Bundespräsident fällt mir ein. Auch getrennt von seiner Ehefrau. Aber trotzdem Bundespräsident. Warum auch nicht. Was soll denn das eine mit dem anderen zu tun haben?

Bei Hera Lind hatte es dramatische Auswirkungen auf ihren Beruf. Jahrelang habe niemand etwas mit ihr zu tun haben wollen. Keiner wollte Bücher von ihr verlegen. Bis eines Tages ein Angebot kam, die Geschichte für das Musical eines berühmten Musikers zu schreiben. Endlich wieder Land in Sicht. Wie eine Biene, die in ein Saftglas gefallen wäre und sich mühsam am Rand hochzieht, habe sie sich gefühlt. Endlich! Da ist der Rand!

Geschafft. Die Flügel sind wieder trocken zum Weiterfliegen!

Der erste große Auftritt stand bevor, ein gemeinsamer Besuch mit dem Musiker auf der berühmten Couch von *Wetten dass*! Aufgeregt sei sie beim Friseur gewesen, habe sich neue Schuhe gekauft. Was Frauen eben so machen. Auch wenn es ein Klischee ist. Aber ein schönes.

Bis zu dem Anruf am Tag davor. Der war dann kein Klischee mehr.

Der berühmte Musiker möchte nicht gemeinsam mit ihr auf die *Wetten dass*-Couch.

Sie sei für sein Image nicht gut.

Als sie das erzählt hat, war es sehr still im Wohnzimmer. Sehr still.

Aber sie hat nie aufgegeben und immer weitergeschrieben. Auch wenn keines der Manuskripte je zu einem Verlag gekommen ist. Bis Engelbert eines Tages, inzwischen mit ihr verheiratet, ein Manuskript geschnappt und zur Buchmesse gefahren ist. Dort habe er dann Verlage angesprochen, einen nach dem anderen, bis es geklappt hat.

Viele Jahre sind dazwischen vergangen, und aus den frechen Frauenromanen wurden Romane, die auf echten Tatsachen beruhen. Schicksale von Menschen, denen Schlimmes widerfahren ist, oder denen viel Unrecht zuteilwurde.

»Jetzt aber genug mit Geschichten, lasst uns singen!«, sagt Hera, und die Fröhlichkeit eines jungen Mädchens ist zurück in ihren Augen.

FERTIG

Ich sitze an meinem Schreibtisch und lese immer und immer wieder das Mail von Hera Lind, das direkt vor meinem Schreibtisch hängt.

Der Schreibkurs bei ihr liegt einige Wochen zurück. Wir haben alle einen ihrer mega erfolgreichen Tatsachenromane mit persönlicher Widmung geschenkt bekommen. Weil meine Mama so ein Hera Lind-Fan ist, habe ich ihr meines geborgt und mich anschließend bei Hera mit einem Mail für alles bedankt.

Liebe Hera,
gerade hat mich meine Mama angerufen und sich beschwert. Sie hätte dieses Buch von dir doch schon längst gelesen. Gleich beim ersten Satz hätte sie es wiedererkannt :-) Weil sie alle deine Bücher beim ersten Satz erkennt.
Also falls du mal mit ihr bei »Klein gegen Groß« auftreten magst (»Wer kennt alle Hera Lind Bücher besser – Die Susi Mama oder Hera Lind selbst«)
Sie wäre nur 155 cm. :-)

Ich wollte mich auch noch mal sehr für das tolle Seminar bedanken. So wunderbare und konkrete

Tipps, ich bin immer noch topmotiviert und werde bald wieder loslegen mit Schreiben.
Du hast mich wieder motiviert, dranzubleiben am Schreiben. Nachdem ich mit dem Kinderbuchprojekt gescheitert bin, habe ich Schwarz gesehen, aber jetzt weiß ich wenigstens, was ich NICHT kann, und konzentriere mich lieber auf das, was ich kann. Auch eine wichtige Erkenntnis!
Danke für alles!
Ganz liebe Grüße nach Salzburg
Susanne

Und dann kam die Antwort von Hera:

Liebe Susanne,
wie wunderbar, hahaha, da musste ich jetzt lachen. Susi Mama gegen Hera Lind selbst. Bestimmt gewinnt Susi Mama. :-)
Mach dir nichts draus, dass das mit dem Kinderbuch nicht klappt. Es gibt Tausende und Abertausende, die Kinderbücher schreiben wollen, und selbst meines ist mehr oder weniger versickert. Außer meinen Enkelkindern will das keiner mehr lesen. :-))
Deine Stärke ist dein frischer weiblicher Humor. Das musst du ausbauen. Denk an die Kürthy; baue einen Plot ein und umrahme ihn mit deinen fantastischen kuriosen Alltagssituationen und deinem Schmäh. Das hat große Chancen.
Sehr liebe Grüße
Hera

Dieses Mail hängt ausgedruckt und eingerahmt vor mir. Gleich neben der Postkarte von Elke Heidenreich. Ganz klein habe ich ein Foto von der Ildikó von Kürthy mit *Tixo* dazugehängt. Wie so ein kleines Passbild von einer Brieffreundin. Hera Lind hat im Kurs zu mir gesagt, mein Stil würde sie an die berühmte Autorin erinnern.

Fast jeden Abend bin ich in den letzten Wochen hier gesessen und habe beim Schreiben die Postkarte und das Mail angestarrt. Manchmal länger, weil mir nichts eingefallen ist, manchmal kürzer, weil ich viel zu schreiben hatte.

An manchen Tagen bin ich nur gesessen und habe geschaut.

Oder ich habe gegoogelt, ob alle Teilnehmer der Giovanni Zarrella Show noch fit sind. Gestern war es soweit. Die Sendung ist über die Bühne gegangen. Und alle waren da! Oft habe ich auch nur gewartet, bis wieder ein Mail von der Schreibschwester gekommen ist. Mit einem Text von ihr oder Feedback zu meinem Text.

Ihr erstes Buch war unglaubliche 14 Wochen (?) in den Bestsellerlisten. Der Verlag kommt mit dem Nachdrucken kaum nach.

Der zweite Band *Hamdraht* erscheint in Kürze, und der dritte *Aufblattelt* ist in den Startlöchern. Sie träumt jetzt schon vom Drehbuch und der Verfilmung. Und ich weiß, es wird geschehen und es wird großartig werden.

»Schatz!«, der Gatte ruft mich aus der Küche. Er sitzt dort mit seinem Laptop am Esstisch und ist in irgendwas vertieft. Er schaut kurz auf und sagt: »Ich habe da eine kurze Frage zu dem Kapitel.«

»Was liest du denn?«, frage ich.

»Dein Hamsterbuch«, sagt er und strahlt mich an.

»Das ist nicht MEIN Hamsterbuch«, sage ich trotzig, »das ist ein schlechtes Konzept von einem Hamsterbuch. Wieso liest du das?«

»Ich schreibe das jetzt statt dir!«

»Wie bitte?« Ich nehme seine Kaffeetasse in die Hand, um einen Schluck zu trinken. Vielleicht hat er es mit dem Eierlikör im Kaffee übertrieben?

»Wäre ja schade um die Geschichte. Also schreibe ich das jetzt. Ein Kinderbuch wird ja nicht so schwer sein!«, sagt er.

»Klar, mach das!«, sage ich und küsse ihn auf die Stirn.

Zurück am Schreibtisch sehe ich, dass Ildikó auf meiner Tastatur liegt. Das *Tixo* hat sich gelöst.

Ich nehme es in die Hand und will ein frisches Klebeband draufgeben. In dem Moment poppt ein neues Mail am Bildschirm auf.

> Absender: Martina Parker.
> Betreff: AW: Übungsbuch letztes Kapitel.
> You did it. Dein Buch ist fertig! Ich hab ja gesagt,
> du kannst das!
> Los!, schick es an den Verlag!
> Bussi deine Schreibschwester
> PS: und nenn es nie wieder Übungsbuch!!!

Ich gebe doch kein *Tixo* auf die Ildikó. Ich glaub, ich brauch sie nicht mehr.

DANKSAGUNG

Danke an….

… Martina Parker. Die beste Schreibschwester. Ohne dich würde es das alles nicht geben.

… Lucie, die beste Tochter der Welt, für deine Geschichten und Inspirationen.

… Michl, der beste »Gatte«, ich hoffe du fühlst dich auch in diesem Buch ausreichend erwähnt.

… Claudia Senghaas, die großartige Programmleiterin und Lektorin. Dafür, dass du gleich an das Projekt geglaubt hast und für deine wunderbaren Sprachnachrichten!

… Jochen Große Entrup, für die zündende Titelidee am Ende! Nach einer Vorlage von Georg Prenner.

… Agostina Suazo für das wunderschöne Cover! Mehr von ihr gibt es unter www.agostinasuazo.com

… alle wunderbaren & inspirierenden Menschen, die in dem Buch vorkommen: meine Mama, Peter Bachmann, Bettina Balàka, Bernhard Bastien, Marc Elsberg, Karin und Gustav Ernst, Petra Hartlieb, Elke Heidenreich, Vera Hillmann, Hillevi Hofmann, Robert Inghofer, Nicole Katzian, Florian Keusch, Carola Kristek, Johann-Juergen Krojer, Ursula Kuchar, Hera Lind, Nicola Löwenstein, Anna Manauschek, Monika Osberghaus, Theresa Öhler, Wolfgang Preinsperger, Manuel Rubey, Günter Schütter, Isolde Weberberger, Andreas Weimann, Andy Zahradnik.

LESEPROBE: »AUFBLATTELT« VON MARTINA PARKER

Martina Parker
Aufblattelt
Gartenkrimi
458 Seiten, 13,5 x 21 cm,
Premium-Klappenbroschur
ISBN 978-3-8392-0326-2
€ 18,50 [D] / € 19,00 [A]

»Hast schon gehört?«
»Was meinst?«
»Na die Sache mit dem jungen Grafen.«
»Was ist mit dem? Jetzt sag schon.«
»Er heiratet ein Mädchen von hier. Isabella Kirnbauer.«

Jeder im Bezirk wusste, wer der Isabella ihr Vater war. Der alte Säufer. Und ihre Großmutter – über die sprach man besser gar nicht. Das ist ja wie in der »Neuen Post«. Nur besser, weil man im Südburgenland ist und die Leute persönlich kennt. Und dass dann die Gegenbraut auf der Hochzeit Blut spuckend zusammenbricht, ist erst der Anfang der Katastrophe …

»Aufblattelt« erscheint im Januar 2023!

KAPITEL 1 – ISABELLA UND FERDI IM WALD

Isabella spürte, wie sich die borkige Rinde der Linde durch den dünnen Stoff ihres T-Shirts drückte und ihre linke Pobacke taub wurde. Sie hätte den Gesäßmuskel gerne massiert. Aber das ging nicht, weil sie in Ketten lag. Ihre Handgelenke waren in Handschellen verwahrt. An denen war eine Eisenkette befestigt, die der Ferdi meterweise im Baumarkt gekauft hatte. Der Verkäufer hatte ihn nicht einmal gefragt, wozu er diese denn brauchte.

Isabella war an die Linde gekettet. Sie blickte nach links zu Ferdi, der an eine Buche gefesselt war. Er fing ihren Blick auf und zwinkerte ihr aufmunternd zu. »Alles okay?« Sein schmales Gesicht wirkte besorgt.

Isabella nickte. Nie hätte sie zugegeben, dass sie Angst hatte. Angst vor dem, was möglicherweise gleich passieren würde.

Sie wetzte auf ihrem Hintern hin und her. Irgendetwas kitzelte sie am Nacken. Hoffentlich keine Feuerwanzen, dachte sie. Die kleinen roten, übel riechenden Insekten hätten ihr jetzt noch gefehlt. Aber das kam davon, wenn man der Natur so nahe war. Man wurde ein Teil von ihr.

Isabella überlegte, ob der Baum auch Angst hatte. Sie wusste, dass Bäume soziale Wesen waren, verbunden über Wurzelspitzen und mit einem unterirdischen Netz aus Pilzmyzelien als Telefonleitung. Waldbäume kümmern sich umeinander. Junge Bäume füttern die alten und schwachen mit Zuckerlösung. Kranke und von Insekten befallene Bäume warnen die gesunden über chemische Botenstoffe vor der potenziellen Gefahr. Die noch Unversehrten wappnen sich daraufhin mit Bitterstoffen vor Fraßschädlingen oder strömen Gerüche aus, die Nützlinge anziehen. Ein Wunder der Natur. 500 Jahre hatte dieser südburgenländische Wald so überlebt, war groß und stark geworden. Aber gegen das Unheil, das nun drohte, war der Wald machtlos.

Isabella hörte die Geräusche schon lange, bevor sie das Unheil sah. Der Boden unter ihr vibrierte. Die riesige Maschine in der Größe eines Schützenpanzers durchpflügte den Wald und walzte dabei alles nieder, was ihr in den Weg kam. Innerhalb von Sekunden konnte das Stahlmonster einen Baum, der Hunderte Jahre gewachsen war, in nur wenigen Sekunden packen, fixieren, fällen, entasten und entrinden.

Isabella hatte gesehen, was die Holzfällmaschine auf dem Weg hierher bereits angerichtet hatte. Nadelbäume, Birken, Eichen, Buchen – alles, was der Holzerntemaschine in den Weg kam, war zu Kleinholz geschlagen, Wege und Waldboden, auf Jahre verdichtet, ruiniert worden. Aber wer scherte sich darum? Hier würde ohnehin bald alles asphaltiert sein.

Es war beschlossene Sache. Der Wald war an die »Pannonia Bau« verkauft worden. Bald schon würde hier, wo sich die Kronen der jahrhundertealten Laubbäume der Sonne entgegenreckten, ein hässlicher, charmebefreiter

Wohnblock entstehen. Ein weiterer Betonklotz in der Landschaft, den die Bewohner nach wenigen Jahren verlassen würden, weil die Fenster zu klein, die Decken zu niedrig und die Wände zu dünn waren.

»Es geht los, sie kommen«, sagte Grete. Sie war die Einzige in der Gruppe, die eine Ahnung von Aktionen wie dieser hatte.

1984 hatte sich die Künstlerin schon einmal an einen Baum gekettet. Bei der Besetzung der Stopfenreuther Au östlich von Wien war das gewesen. Damals hatten Grete und ihre Freunde den Bau des Donau-Kraftwerkes bei Hainburg verhindert. Stattdessen ist dort heute ein Nationalpark. »Das Wunder von Hainburg muss sich doch auch im Südburgenland wiederholen lassen«, hatte Grete gesagt, aber Isabella war sich da nicht mehr so sicher. Damals hatten Tausende Menschen in den Donauauen demonstriert. Hier waren es gerade mal ein Dutzend. Grete hatte ihr genau geschildert, wie das damals abgelaufen war.

»Am 19. Dezember ist dann die Polizei auf uns losgegangen. Mit Schlagstöcken, Tritten, Hunden und Wasser aus Feuerwehrschläuchen – bei Temperaturen von minus 20 Grad. Wir wurden brutal aus dem Wald gezerrt, in Busse verfrachtet und abgeführt. 300 Bäume haben sie noch in derselben Nacht gefällt.«

Gretes leuchtend blaue Augen waren bei der Erinnerung an diese Schreckensnacht ganz trüb geworden. Dann hatte sie in einem kämpferischen Ton weitergesprochen.

»Aber wir sind schon am nächsten Tag wieder zurück in die Au. Und Tausende andere Menschen, die die brutale Polizeiaktion im Fernsehen gesehen hatten, sind uns zu Hilfe gekommen. Und dann haben die Großkopferten endlich Vernunft angenommen und die Rodungen eingestellt«, resümierte sie.

Isabella bezweifelte, dass die Großkopferten im Südburgenland jemals Vernunft annehmen würden, und dass Tausende Menschen zur Rettung des Waldes aufmarschieren würden, bezweifelte sie ohnehin.

Mit der »Pannonia Bau« legte man sich nicht an. Die war viel zu mächtig. Der Einzige, der sich das traute, war der Ferdi.

Aber selbst der Ferdi wirkte jetzt angespannt. Eine tiefe Falte hatte sich auf seiner Stirn gebildet. Die Ader auf seiner Schläfe pochte und Isabella sah, dass er die Hände zu Fäusten geballt hatte und seine Fingerknöchel ganz weiß waren.

Sie schloss die Augen. Das Getöse des Harvesters war jetzt ohrenbetäubend. Das Monster kam um die Ecke gewalzt. Und dann war es plötzlich ganz still.

Isabella öffnete die Augen wieder. Der Fahrzeuglenker kletterte aus dem Cockpit, nahm die Schallschutzkopfhörer ab und trat näher. »Wen haben wir denn da?«, sagte er mit einem spöttischen Blick auf die Gruppe der Demonstranten. »Was soll der Scheiß?«

»Wir lassen nicht zu, dass diese Bäume gefällt werden«, sagte Grete resolut.

Der Mann fing schallend an zu lachen. Mit allem hatte Isabella gerechnet, mit Streit, Wut, Diskussionen, Gewalt. Nur nicht damit. Nicht ernst genommen zu werden, war das Schlimmste.

»Schleicht's eich, es Wursteln«, höhnte der Arbeiter. »Sunst ram I eich weg.«

»Du hast keine Ahnung, mit wem du es zu tun hast«, sagte Ferdi.

»Und ob ich das hab, Burschi. Du wirst gleich sehen, was jetzt passiert!«

Der Arbeiter fuhr sich durchs zottige braune Haar und kletterte zurück in die Fahrerkabine. Er setzte die Kopfhörer wieder auf und startete den Motor. Benzingestank machte sich auf der Lichtung breit. Dann gab er Gas. Der Greifarm des Harvesters schnappte sich eine Buche nur ein paar Meter neben Ferdi. Das Motorsägeblatt fraß sich in das Holz. Sägespäne spritzten.

Der dicke Stamm war in nur wenigen Sekunden durchtrennt. Der Baggerarm schwenkte den Baum kurz durch die Luft und ließ den Stamm dann abrupt los. Der Boden erzitterte, als der gefällte Baum krachend neben Isabella zu Boden fiel. Fast hätte der Stamm sie erwischt.

Das ist Wahnsinn, dachte sie. Ihr Herz schlug jetzt bis zum Hals. Der Typ ist verrückt. Wir müssen hier weg.

Sie tastete nach dem Schlüssel für die Handschellen, der in ihrer Brusttasche steckte. Die Maschine zerschnitt den Stamm in einzelne Teile und begann dann, die Rinde abzuziehen. Kleine Äste flogen durch die Gegend. Einer traf Isabella im Gesicht. Ein Schmerz wie ein Peitschenhieb. Sie ließ den Schlüssel fallen, sah nichts. Ein Stück Rinde war ihr ins Auge geraten. Sie hob die gefesselten Hände, um sich das tränende Auge zu reiben, aber das machte alles noch schlimmer. Sie kniff das Auge zusammen und versuchte, mit dem anderen den Waldboden zu scannen. Da war der Schlüssel. Sie schaffte es, die Handschellen zu lösen.

Inzwischen hatte sich der Harvester schon über den nächsten Baum hergemacht. Diesmal ganz knapp neben

Ferdi. Der macht das mit Absicht, dachte Isabella. Der hat es auf Ferdi abgesehen. Der will ihn einschüchtern.

Sie streifte die Handschellen mit den Ketten ab und rannte zu ihrem Freund. »Ferdi, das hat keinen Sinn, der Typ ist irre, du musst hier weg.«

»Ich geh hier nicht weg«, presste dieser zwischen zusammengebissenen Zähnen heraus. »Ich gebe nicht auf!«

»Wenn du hier verreckst, bringt es dem Wald auch nichts.«

Aus dem Augenwinkel sah sie, dass noch mehr Forstfahrzeuge und Arbeiter die Lichtung erreicht hatten. Wo blieb nur die Presse? Ihre Freundin Vera, die beim »Burgenländischen Boten« arbeitete, hatte doch versprochen zu kommen.

Sie versuchte, Ferdis Handschellen mit ihrem Schlüssel zu öffnen, aber er wehrte sich, ließ es nicht zu, schüttelte sie ab wie ein lästiges Insekt. Isabella, deren Beine mittlerweile fast genauso taub geworden waren wie ihr Hintern, verlor das Gleichgewicht und fiel auf den weichen Waldboden. Sie rappelte sich hoch, stand auf. Streckte sich. Kurz stand sie da in voller Größe. Aufrecht wie die Bäume neben ihr. Aber so wie diese stand sie nicht lange.

Das Nächste, was sie spürte, war ein kräftiger Schlag gegen den Kopf. Der Harvester hatte beim Entasten einen weiteren, armdicken Ast zur Seite geschleudert. Und dieser hatte Bella an der Schläfe erwischt. Ihr wurde schwarz vor Augen, und sie sank zu Boden.

Als sie wieder aufwachte, war es fast still. Das Motorengebrüll des Harvesters war verstummt. Das Einzige, was zu ihr durchdrang, war Ferdis Stimme.

»Bella, bitte wach auf! Bella, du darfst nicht sterben! Bella, bitte, es tut mir so leid! Bella … ich liebe dich.«

Isabellas Kopf tat unendlich weh und dröhnte, aber dieser Satz kam in ihrem Bewusstsein an. Träumte sie? Das hatte er noch nie gesagt.

»Was?«, stöhnte sie und machte die Augen auf.

Ferdis Gesicht war über ihr. Schmal, blass, verzweifelt. »Gott sei Dank, du lebst! Einen Augenblick dachte ich … Das hätte ich nicht ertragen! Bella, ich liebe dich. Lass uns heiraten.«

Sie blickte ihn verwirrt an. »Okay«, murmelte sie. »Okay.«

Dann wurde ihr wieder schwarz vor den Augen.

*

Als Isabella Kirnbauer das nächste Mal erwachte, war sie im Neuen Oberwarter Krankenhaus, und von Ferdi war keine Spur zu sehen.

Erst durften nur ihre Eltern zu ihr. Erst als klar war, dass es sich nicht um ein Schädel-Hirn-Trauma, sondern »nur« um eine Gehirnerschütterung handelte, durfte ihre Freundin, die Horvath Vera, kurz zu Bella ans Krankenbett.

»Es tut mir so leid, dass ich nicht rechtzeitig da war!«, sagte diese. »Die Baufirma hat die Zufahrtsstraße mit einem Schranken abgeriegelt, nachdem die Maschinen da durchgefahren waren. Wir mussten aussteigen und die ganze Strecke zu Fuß gehen.«

Mit »wir« meinte sie sich selbst und ihren Fotografen Max. Max war immerhin noch rechtzeitig gekommen, um ein paar eindrückliche Bilder zu schießen. Ferdi erneut in Handschellen, nachdem er den Fahrer aus der Kabine gezerrt und ihm coram publico eine runtergehauen hatte. Grete hatte ihn dabei noch angefeuert. Vera erzählte Isabella, was passiert war.

»Ferdi? Wo ist er?«, fragte diese nur.

»Noch immer auf der Polizeistation. Aber der Anwalt von seinem Papa haut ihn da sicher raus.«

Isabella nickte nur. Der Anwalt von Ferdis Papa hatte Ferdi schon immer überall rausgehauen. Ferdi kam aus keiner normalen Familie. Ferdi war nicht nur Umweltaktivist, sondern trug auch das Los eines gewichtigen Stammbaumes mit sich herum. Ferdi war »Graf Ferdinand Wenzel Johannes Constantin Jacob Caspari von und zu Hohenfelsen«.

Die Leute im Dorf nannten ihn nur den »jungen Herrn Graf«. Offiziell führen durfte er den Titel freilich nicht. Einen Adelstitel tragen – das ist seit 1919 in Österreich untersagt. Warum das trotzdem niemanden juckte? Die Strafe dafür ist seit damals die gleiche geblieben. 20.000 Kronen. Umgerechnet auf heute sind das 14 Cent.